다시는 집을 짓지 않겠다

〈일러두기〉

현장감을 살리기 위해 몇몇 낱말은 건설 현장에서 쓰이는 용어 그대로 표기했습니다.
예를 들어 부동산의 면적은 제곱미터 대신 '평'으로 나타냈고, 세제곱미터를 뜻하는 일본식 표현
'루베'와 패널의 비표준어 '판넬'을 순화하지 않고 그대로 두었습니다.

다시는
집을 짓지 않겠다

1판 1쇄 인쇄 2023년 2월 2일 **1판 1쇄 펴냄** 2023년 2월 15일

지은이 지윤규
펴낸이 이희주 **편집** 이희주 **교정** 김란영 **디자인** 전수련
펴낸곳 세로북스 **출판등록** 제2019-000108호(2019.8.28.)
주소 서울시 송파구 백제고분로 7길 7-9, 1204호 **전화** 02-6339-5260
팩스 0504-133-6503 **전자우편** serobooks95@gmail.com

글·사진 ⓒ 지윤규, 2023
ISBN 979-11-979094-2-9 03810

다시는 집을 짓지 않겠다

농부가 된 과학자의 생생 건축일지

지윤규 지음

세로 SEROBOOKS

머리말

흔히들 집을 지으면 수명이 10년 단축된다고 한다. 그러면서도 다시 지으면 잘할 수 있겠다고 말하는 사람들이 많다. 나도 집을 짓기 전에 이러한 이야기를 많이 들었다. 하지만 그냥 하는 소리 정도로만 생각했기 때문에 별로 심각하게 고민하지 않고 집 짓는 일을 시작했다. 그러나 집을 짓는 동안 왜 그런 말들을 하는지 절감했다. 내가 경험한 일 중 일부는 나에게만 해당되는 특수한 것이지만 그 밖의 대부분은 집 짓는 사람이라면 누구나 공통적으로 겪는 일들이다.

이 이야기는 2021년 8월부터 2022년 10월까지, 밭의 일부를 대지로 전환해 15평짜리 집을 지으면서 실제로 겪은 일들을 사실 그대로 기록한 것이다. 다만, 책에 등장하는 모든 인물의 이름은 가명이다. 서울, 충주, 괴산, 제천, 이천, 경산과 같은 지명도 임의로 가져온 것으로 사건이 실제로 벌어졌던 장소와는 무관하며, 면 단위 이하의 지명은 지어낸 것이다. 가명을 사용한 까닭은 프라이버시 침해의 우려와 나의 편견이나 주관적인 판단으로 다른 사람의 명예가 훼손될지도 모른다는 염려 때문이다.

언젠가 내 집 한번 지어 보고 싶다는 소박한 꿈을 꾸는 이들이 시행착오를 줄이는 데 이 책이 조금이나마 도움이 되면 좋겠다. 아울러, 가까운 지인들에게 그동안 집을 짓느라고 적조했던 일을 얼마간 해명할 수 있는 기회가 되기를 바라 본다.

2023년 새해에
지윤규

차례

< 주요 등장인물 >

나(지윤규): 건축주, 정년퇴직한 물리학과 교수
김희철: 건설시공사 '현대하우징' 대표
조성수(조 부장): 김희철과 친분이 있는 시공업자
                    (조성수 팀: 김성중 김호중 형제)
김수현: 건축 설계 사무소 '명성종합건축사무소'의 건축 설계사
최지현: 토목 설계 사무소 '환경측량'의 소장

---- 그 밖에 ----

한철수: 국토정보공사 팀장, 측량 허가 담당 및 측량 책임자
김문철: 저자네 옆 밭 소유주
박현지 남편: 김문철네 옆 밭 소유주인 박현지의 남편
최순철: 괴산의 펜션 공사 건축주
청주 목수: 원두막 철거, 대지 정리 공사 작업자
최윤수: 원두막과 데크를 철거한 쓰레기를 처리한 업자
윤성호: 포클레인 기사
김명철: 용접 기술자, 조성수의 친구
김성원: 대문과 배수로 공사 때 토목 일을 한 작업자,
             원래는 전기공사산업기사 자격증도 있는 전기 기사

농장 주변 지도

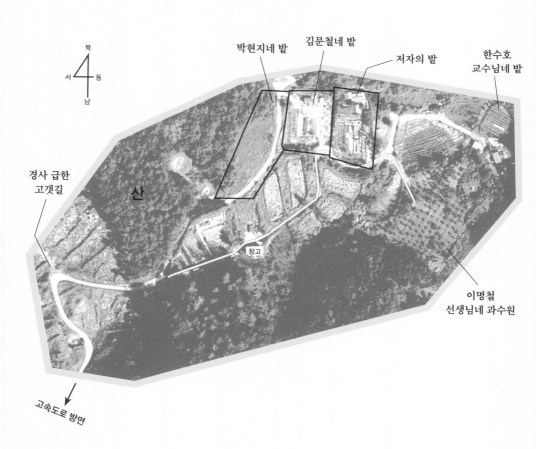

박현지네 밭
김문철네 밭
저자의 밭
한수호 교수님네 밭
경사 급한 고갯길
산
창고
이명철 선생님네 과수원
고속도로 방면
북 서 동 남

건축일지 1부

2021년 8월 9일~2022년 8월 17일

집을 짓기로 마음먹으니 걱정이 되기도 했지만 기대에 부풀기도
했다. 나와 아내는 밤에 잠을 이루지 못하고 집 이야기를 했다.
지금까지 살아오면서 큰일이 있을 때마다 잠을 이루지 못했는데
새로 집을 짓기로 한 오늘도 그런 날들 중 하나였다.

고향 근처인 충주에 작은 밭을 마련해 농사를 짓기 시작한 것은
정년퇴직을 5년 앞둔 2012년이었다. 퇴직을 하면 집에만 들어앉아
있기보다는 마음 붙이고 시간을 보낼 곳이 있어야 한다는 생각에 몇 년
동안 밭을 보러 다녔다. 그러다가 친구의 소개로 충주 시내와
고속도로에서 멀지 않으면서도 깊은 산속 같은 느낌이 드는 밭을 사게
되었다. 600평의 작지 않은 땅이지만 경사가 급한 고갯길을 넘어와야
하기 때문에 땅값도 비싸지 않아서 주말농장용으로는 안성맞춤이었다.

　처음에는 주말에만 와서 옥수수나 고구마 같은 여러 가지 작물을
심었다. 집에서 한 시간 반 정도면 올 수 있어서 별 불편함은 없었다.
다만, 밭에 그늘 하나 없는 것이 불만이었다. 농기구를 둘 장소도
필요했다. 그래서 아래쪽은 창고로 쓰고 위쪽은 휴식 공간으로 사용할
원두막을 하나 지었다. 농지에는 20제곱미터 이내의 가설건축물(농막)만을
지을 수 있다고 해서 원두막의 넓이는 19.8제곱미터로 했다. 원두막을
짓고는 시청에 가설건축물 신고도 하고 3000원인가 하는 세금도 냈다.

　한동안은 원두막만으로 충분했다. 그런데 퇴직을 하고 많은 시간을
밭에서 보내게 되니 잠잘 곳과 식사를 준비할 곳이 없는 게 아쉬웠다.
그래서 원두막 옆에 농막을 하나 짓고, 농막 앞 경사면에는 데크를
설치했다. 혹여 농지법에 위반될까 걱정되기도 했지만 이웃이 하나도 없는

산속이어서 문제되지 않을 것이라는 사람들의 말을 믿었다. 누가 진정서를 제출하거나 고발하지 않으면 아무도 이런 것을 문제 삼지 않는다고들 했다.

하지만 그게 아니었다. 농지를 투기의 수단으로 삼고 있다는 LH 관련 뉴스가 언론에 떠들썩하더니 정부에서 농지법 위반 여부를 조사하기 시작했다. 우리 밭은 추가로 지은 농막과 데크가 문제가 되었다. 농지에는 20제곱미터가 넘는 가건물은 물론 데크도 설치하면 안 된다고 했다. 2021년 5월 30일 시청에서 농막과 원두막 중 하나와 데크를 철거하라는 철거 명령서가 날아왔다.

나는 무척 당황스러웠다. 평생 법에 어긋나는 일을 하지 않으려고 조심하면서 살아왔는데 정년퇴직을 하고 범법자가 된 것이다. 주위에서는 과태료 몇 푼 내면 해결될 거라고 했지만 나는 법을 어겼다는 것 자체가 싫었다. 자신은 법을 어기면서 다른 사람의 작은 잘못에는 큰소리치는 사람들을 못마땅하게 생각해 오던 나였다. 나도 똑같은 사람이 되고 싶지 않았다. 그래서 원두막과 데크를 철거하고 건축 허가를 받아 작은 집을 짓기로 했다.

집을 짓기로 마음먹은 뒤부터 소형 주택을 소개하는 텔레비전 프로그램이나 유튜브 동영상을 찾아보기 시작했다. 유튜브에는 가격대가 적당하면서 모양도 예쁘고, 구조도 실용적인 소형 주택이 많이 소개되곤 했다. '현대하우징'이 지은 농막을 본 것은 〈하우스 스토리〉라는 유튜브 채널에서였다. 제천에 지은 6평짜리 농막을 영상으로 소개하는데, 모양과 구조가 마음에 들었다. 마침 현대하우징의 소재지도 농장에서 가까웠다.

　오늘, 서울에서 농장으로 가는 길에 아내와 나는 현대하우징에 들러서 작업장을 직접 확인해 보기로 했다. 현대하우징은 다른 회사의 공장 일부를 빌려 쓰고 있었는데, 그곳에서 여러 명의 작업자들이 유튜브에서 보았던 것과 같은 농막을 만들고 있었다. 사업가라기보다는 농촌 아저씨 같은 인상을 풍기는 김희철 사장은 제작 중인 농막의 내부를 보여 주면서 얼마나 좋은 자재를 사용하고 있는지 설명했다.

　"현대하우징은 설립된 지 얼마 되지 않은 회사지만 여러 개의 농막을 지어서 전국적으로 납품했습니다. 농막은 건축 허가를 받지 않고도 지을 수 있어서 단열 규정을 맞추지 않아도 되지만, 우리는 우주선에서 사용하는 단열재를 사용하고 있어요. 건축 허가를 받는 데도 지장이 없는 수준이지요. 외부는 징크 강판을 사용하고 있고, 내부 마감재도 최상품 자재만을 사용합니다. 그러다 보니 가격은 조금 비싸지만 품질은 보증할 수 있습니다."

　제작 중인 농막에 쓰는 자재를 직접 보여 주면서 하는 김희철 사장의 설명이 믿음직스러웠다. 가격이 비싼데도 많은 주문을 받고 있다는 건 디자인이나 품질이 그만큼 좋기 때문일 것이다. 아내도 그렇게 생각하는 것 같았다. 우리는 농장에 15평 크기의 집을 짓고 싶다고 말했다. 김희철은 내일 우리 농장에 직접 와 보겠다며, 구체적인 이야기는 그때 하자고 했다. 김희철을 만나고 농장으로 오면서 나는 생각보다 쉽게 집을 지을 수 있을 것 같다는 생각을 했다.

　아내도 집이 예쁘기도 하고 자재도 좋은 걸 쓰는 것 같아서 가격만 맞는다면 김희철에게 집을 지어 달라고 하면 좋겠다고 했다. 집을 짓게 되면, 막상 하려니 엄두가 나지 않아 아직 그대로 두고 있는 원두막과 데크를 철거하는 일도 김희철에게 맡기면 될 것이다. 집을 짓기로 마음먹으니 걱정이 되기도 했지만 기대에 부풀기도 했다. 농장에 와서는 밭을 돌아보면서 어디에다 집을 지을지, 진입로는 어떻게 낼지를 구상해 보았다. 600평 중 150평 정도를 대지로 전환하여 거기에 15평짜리 작은 집을 지으면 불법의 문제도 해결되고 손주들이 와서 지낼 때도 불편이 없을 것이다. 나와 아내는 밤에 잠을 이루지 못하고 집 이야기를 했다. 방을 몇 개로 할지, 거실과 부엌은 어떻게 할지, 그리고 건축비는 얼마나 필요할지를 이야기했다. 지금까지 살아오면서 큰일이 있을 때마다 잠을 이루지 못했는데 새로 집을 짓기로 한 오늘도 그런 날들 중 하나였다.

드론을 가지고
농장에 나타난 김희철

오전에 현대하우징의 김희철 사장이 카메라가 달린 드론을 가지고
농장으로 왔다. 요즘은 드론을 이용해 하늘에서 사진을 찍어 집을 지을
위치와 진입로를 정하는 모양이다. 나는 우리 농장이 충주 비행장에서
가까워 드론을 날리면 안 되는 지역일지 모른다고 이야기했지만 김희철은
잠깐 농장만 찍는 것이어서 문제 될 것이 없다고 했다. 김희철은 드론으로
찍은 사진을 노트북 화면에 띄우고, 그 위에 그림을 그려 가면서 집 지을
위치를 설명했다. 드론과 같은 첨단 장비를 사용하는 김희철을 보면서
현대하우징에 대한 믿음이 더욱 커졌다.

김희철은 큰 건축회사에서 주택 설계하는 일과 모델하우스 만드는 일을
하다가 현대하우징을 창업했는데, 유튜브에 올린 농막 동영상의 반응이
좋아서 요즘은 농막을 디자인하여 시공해 주는 사업을 주로 하고 있단다.
아직 건축 허가를 받고 집을 지은 적은 없지만 소형 주택은 기본적으로
농막과 같기 때문에 집을 짓는 데는 아무 문제가 없다고 했다. 마침
괴산에 펜션으로 사용할, 우리 집과 같은 크기의 집 두 동을 주문받은
상태라 함께 공사를 진행하면 큰 어려움이 없을 것이라고 덧붙였다.

건축 허가를 받아 짓는 집은 우리 집이 처음이라는 게 마음에 걸렸지만,
그동안 여러 채의 농막을 지어 납품한 실적을 믿기로 했다. 농막을 지은
경험이 있으니 같은 디자인에 크기만 조금 더 큰 집을 짓는 데는 별문제가

없으리라. 이미 괴산의 건축주도 내가 지으려고 하는 집과 디자인하고 크기가 같은 집을 짓기로 했다니 더욱 믿음이 갔다.

나는 건축비를 물어보았다. 아무리 디자인이 마음에 들어도 우리가 감당할 수 없는 금액이라면 그림의 떡일 뿐이다. 김희철은 농막의 건축비는 단층이냐 복층이냐에 따라 3000만 원에서 4000만 원 사이지만 15평형 주택의 건축비는 세세한 것을 다시 따져 보아야 한다고 답했다.

집을 짓는 일이 일사천리로 진행되는 느낌이다. 어제 김희철을 만나기 전까지만 해도 새집 건축에 대한 아무런 계획이 없었는데 오늘 벌써 건축비 이야기까지 나왔으니 말이다.

건축에 관한 구체적인 이야기를 끝내기 위해 김희철이 오전에 다시
농장에 왔다. 김희철이 가격을 제시하기 전에 내가 먼저 내 사정을
이야기했다.

"저는 정년퇴직을 한 상태이기 때문에 연금 외에는 수입이 없습니다.
내가 감당할 수 있는 금액보다 더 많은 금액을 요구하면 집을 지을 수
없어요. 내가 감당할 수 있는 금액은 모든 비용을 포함해서 1억입니다.
여기에는 원두막과 데크의 철거 비용, 설계비, 기초공사비, 건축비,
취득세와 등록세까지 포함되어야 합니다. 이런 걸 다 포함해서 1억 원에
집을 짓는 게 무리라는 것을 잘 알지만 돈이 그것밖에 없습니다.
김 사장님이 얼마의 금액을 생각하고 오셨는지 모르지만 1억 원에
가능하지 않으면 집을 지을 수 없습니다."

아마도 집을 짓다 보면 약간의 돈이 더 들어갈 것이다. 그런 약간의
추가 비용은 감수할 생각이지만, 나는 가능하면 1억 원 범위 안에서 집을
짓고 싶었다. 딱 잘라 1억을 제시하면 그것으로 건축 이야기가 끝날지도
모른다는 생각을 하면서도 나는 금액을 먼저 제시했다. 그런데 김희철이
내가 제시한 금액을 그대로 받아들이겠다고 했다.

"요즘 자잿값과 인건비가 많이 올라 1억 원으로 모든 것을 한다는 것은
불가능합니다. 그러나 이 공사는 수익을 내기 위한 공사라고 생각하지

않습니다. 현대하우징에게 이 공사는 모델하우스를 짓는 것과 같은 의미입니다. 완공된 후에 내부를 촬영하게 해 주고, 고객들이 왔을 때 집을 보여 주기로 하신다면 그 금액에 집을 지어 드리겠습니다."

우리 집을 홍보용으로 사용하겠다는 것은 마음에 걸렸지만 그 덕분에 싸게 집을 지을 수 있다니 감수하기로 했다. 아내도 좋아했다. 홍보를 하려면 모든 것이 좋아 보여야 할 테니 싸게 지으면서도 싸구려 자재를 쓸 것 같지 않았다. 이렇게 해서 건축비 문제가 의외로 쉽게 해결되었다.

나는 지금 시작하면 언제까지 공사를 끝낼 수 있느냐고 물었다.

"이미 디자인은 다 되어 있으니까 디자인을 바탕으로 설계 도면을 작성하는 데 2주일, 건축 허가를 받는 데 2주일, 그리고 공사에 두 달 정도 걸리니 지금 시작하면 넉넉잡아 12월 중순까지는 공사를 끝낼 수 있습니다."

나는 금년 안에 꼭 공사가 끝나면 좋겠다고 당부했다. 오랫동안 집 짓는 일에 매달리고 싶지 않았다. 이것으로 공사 일정도 합의가 되었다. 김희철은 현대하우징과 거래하는 건축 설계 사무소와 토목 설계 사무소의 직원과 함께 조만간 다시 오기로 했다.

명성종합건축사무소 김수현과 환경측량의 최지현

김희철이 '명성종합건축사무소'의 김수현 설계사, '환경측량'의 최지현 소장과 함께 농장으로 왔다. 나는 김수현 설계사에게 물어보았다.

"여기에 집을 짓는다고 하면 건축 허가를 쉽게 받을 수 있을까요?"

"제가 김 사장님 연락을 받고 어제 시청에 들어가서 알아보았는데 이곳에 건축 허가를 내는 데는 아무 문제가 없습니다. 동 지역이라면 5미터 도로에 접해 있는 토지에만 집을 지을 수 있지만, 여기는 면 지역이라 3미터 도로에 접해 있어도 건축 허가가 나옵니다. 다행히 2년 전에 폭이 3미터인 농로가 포장되어 건축 허가를 낼 수 있습니다."

2년 전만 해도 우리 밭은 집을 짓고 싶어도 지을 수 없는 맹지였지만 2년 전에 포장된 농로 덕분에 집 짓기가 가능하다는 것이다. 2년 전 마을 이장이 도로를 포장하겠다고 합의서에 도장을 찍어 달라고 했다. 그때 나는 우리 농장을 지나야 갈 수 있는 밭에 농사를 짓고 있는 '선생님'과 한수호 교수를 도와준다는 생각으로 도장을 찍어 주었다. 1998년에 교직에서 정년퇴직하고 농사를 지으시는 이명철 선생님을 나는 선생님이라고 부른다. 한수호 교수는 대학에서 강의를 하면서 주말에 농사를 짓고 있다. 결국 두 사람 덕분에 맹지에서 탈출하여 집을 지을 수 있게 된 것이다.

"아, 그리고 여기는 생산관리지역이어서 대지의 20퍼센트만 건축할 수 있습니다. 대지가 100평이면 20평까지만 집을 지을 수 있다는 거지요."

　김수현 설계사가 설명했다. 생산관리지역이라는 말은 처음 듣는 말이었다. 나는 우리 밭이 2년 전까지는 맹지였다는 것도, 생산관리지역에 속해 있다는 것도 오늘 처음 알았다. 이런 기초적인 사실도 모른 채 무작정 집을 짓기로 했다니!

　나는 명성종합건축사무소와의 계약서를 작성했다. 계약금 50만 원을 포함한 설계비 550만 원은 김희철이 건축비에서 지불하기로 했다. 환경측량은 토목 설계를 한다고 했다. 나는 건축 설계 사무소에서 집을 설계하면서 주변 대지에 배수로를 어떻게 낼 것인지도 함께 설계하는 것으로 생각하고 있었다. 그러나 토목과 관련된 부분은 토목 설계사가 설계해서 개발 행위 허가를 받아야 집을 지을 수 있다고 한다. 따라서 나는 최지현 환경측량 소장과도 계약을 했다. 토목 설계비 350만 원 역시 김희철이 건축비에서 지불하기로 했다.

　계약이 완료되면 농지에서 대지로 전환할 위치를 결정하고, 환경측량에서 토목 설계를 한 다음, 시에 개발 행위 허가 신청을 한다고 했다. 환경측량의 최지현 소장이 주의 사항을 일러 주었다.

　"개발 행위 허가가 나기 전에 대지를 정리하거나 하면 사전 개발이 되어 문제가 될 수 있습니다. 따라서 개발 행위 허가가 나기 전에는 흙을 넣거나 축대를 쌓는 것과 같은 일을 해서는 안 됩니다. 개발 행위 허가를 받기 위해서는 공시지가의 30퍼센트에 해당하는 농지보전부담금을 납부해야 합니다. 개발 행위 허가 신청을 하면 고지서가 나갈 테니 그때 내시면 됩니다. 하지만 농지를 대지로 전환하기 위해서는 집을 다 짓고 준공 허가를 받은 후에 따로 용도 변경 신청을 해야 합니다."

건축 허가는 개발 행위 허가와는 별도로 명성종합건축사무소에서
김희철 사장의 디자인을 토대로 설계도를 작성하여 시에 신청해야 한다고
한다. 이때 내진 설계도 해야 하기 때문에 설계도 작성에 생각보다 시간이
더 걸릴 수도 있다고 했다. 그러나 이런 일들은 건축주인 내가 신경 쓸
일이 아니다. 김희철이 모든 것을 알아서 챙길 테니 내가 할 일은 없다.

건축 설계와 토목 설계 계약까지 마쳤으니 늦어도 12월 말이면 집 짓는
일이 끝나 있을 것이다. 김수현 설계사나 최지현 소장도 금년 안에 공사를
끝내겠다는 김희철의 말에 이의를 달지 않는 것으로 보아 김희철의
계획에 큰 문제가 없어 보인다. 대지로 전환할 부분과 집의 위치는 후에
다시 의논하기로 했다.

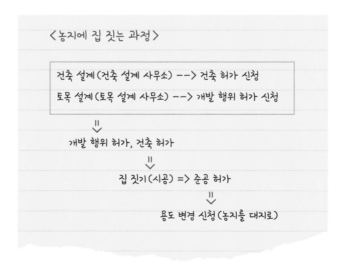

공사 착수금
2000만 원

아침에 김희철에게서 전화가 왔다. 내일부터라도 원두막과 데크 철거 작업을 시작하려고 하니 철거비와 공사 착수금 2000만 원을 송금해 달라고 했다. 전화를 끊고 농협에 가서 2000만 원을 송금했다.

송금을 하고 농장으로 돌아오면서 많은 생각을 했다. 집을 지을 때 미리 돈을 주면 안 된다는 이야기를 수없이 들었다. 그런데 나는 오늘 통상 공사비의 10퍼센트인 계약금보다 두 배나 많은 돈을 주어 버린 것이다. 원두막 철거비까지 포함된 금액이니 엄밀하게 말하면 두 배까지는 아니지만 왠지 마음이 불안했다.

집에 오니 아내도 계약금으로 너무 많은 돈을 준 게 아니냐고 걱정했다. 나는 원두막 철거 비용이 포함되어 있어서 그런 거라고, 별일 없을 거라고 안심시켰다. 집을 짓기로 했으면 계약금을 주는 것은 당연한 일이다. 그리고 철거 작업을 함께 하기로 해 계약금을 조금 더 많이 준 것뿐이다. 그런데 이렇게 당연한 일을 하고도 왜 마음이 불편할까. 아마도 김희철이 누구의 소개도 받지 않고 며칠 전에 처음 만난 사람이기 때문일 것이다. 믿을 수 있는 건축업자를 만나기 위해서는 건축업자를 잘 아는 지인의 소개를 받아야 한다고 했던 친구의 말이 떠올랐지만 이미 건축 계약을 하고 계약금까지 주어 버렸다. 이왕 이렇게 되었으니 김희철을 믿는 수밖에 없다.

원두막과 데크 철거

8월 18일에 원두막 철거비와 계약금 2000만 원을 보내 주었는데 철거 작업은 1주일 뒤에나 시작되었다. 주말에 일이 있어 부산에 갔다가 오늘 와 보니 원두막과 데크 철거가 모두 끝나 있었다. 그런데 원두막과 데크를 철거한 쓰레기가 울타리에 걸쳐 높이 쌓여 있었다. 쓰레기는 언제 치우느냐고 김희철에게 물어보았다.

"집 공사가 끝난 후 공사 쓰레기와 한꺼번에 치우려고 하니 조금만 참고 기다려 주세요. 공사가 두 달 정도면 끝나니까 두 달 정도만 기다리시면 됩니다."

철거 작업을 깨끗이 마무리하지 않은 것이 마음에 걸렸지만 두 달 정도면 참을 수 있겠다고 생각했다.

데크를 철거하고 보니 가파른 경사면이 드러났다. 서 있기도 어려운 급한 경사면에 농사를 짓지 않고 데크를 설치한 것이 불법이라니 어처구니가 없다. 내가 이 경사면에 데크를 설치한다고 해서 누구에게 피해를 주는 것도 아니고, 환경을 오염시키는 것도 아니다. 아무리 생각해도, 농사를 지을 수 없는 경사면에 작은 데크를 설치하는 것을 금지하는 이유를 알 수 없다. 이런 법을 만든 사람들이 이 경사면을 직접 본다면 무슨 말을 할까?

대지 분할 협의

원두막과 데크를 철거하고 나면 즉시 건축 허가를 신청할 수 있을 것으로 생각했다. 농장에 불법적인 요소가 남아 있으면 개발 행위 허가와 건축 허가를 신청할 수 없다고 해서 서둘러 원두막과 데크를 철거했으니 이제는 걸림돌이 하나도 없었다. 그러나 건축 허가를 신청했다는 연락은 오지 않았다. 김희철에게 전화를 해서 어떻게 되어 가느냐고 물으면 아직 설계가 끝나지 않았다는 대답만 돌아왔다. 디자인은 이미 모두 끝나 있고, 디자인을 바탕으로 설계 도면을 작성하는 일도 2주일이면 된다고 했는데 한 달이 다 돼 가도록 아직 설계가 되지 않았다니 이해할 수 없다. 김희철은 내진 설계를 해야 하기 때문에 늦어진다고 했다.

그런데 어제 김희철이 전화를 해서 오늘 명성종합건축사무소에서 만나 대지 분할 문제를 협의하자고 했다. 나는 아내와 함께 건축 사무소로 갔다. 환경측량의 최지현 소장도 와 있었다. 최지현 소장은 지난 27일에 농장에 와서 밭의 현황을 자세하게 측량했다고 한다. 최 소장이 작성한 지도에는 몇 미터 간격으로 땅의 높이 차이가 모두 표시되어 있었다. 우리는 최 소장이 작성한 도면을 토대로 대지로 전환할 위치를 정하기로 했다.

나는 원두막이 있던 곳이 아니라 도로와 접해 있는 위치에 집을 지었으면 해서 지도에 표시해 가지고 갔다. 김수현 설계사는 내가 가지고 간 지도에 표시된 거리대로 면적을 계산해 보더니 그대로 하면 되겠다고 했다. 따라서 대지 분할 협의는 쉽게 끝났다. 이대로 건축 허가만 신청하면 곧 공사를 시작할 수 있을 것이다.

최지현 소장은 대지가 경사져 있어서 평탄 작업을 한 후에 앞쪽에는 축대를 쌓아야 할 것이라고 했다. 또, 대지의 뒤쪽 경사면은 그대로 두어도 되지만, 대지 주변에는 배수로를 설치하고 기존의 집수정까지 우수관을 묻어야 한다는 말도 했다. 실제 공사를 할 김희철이 최 소장의 이야기를 잘 이해하고 있는 것 같아 나는 크게 신경 쓰지 않았다.

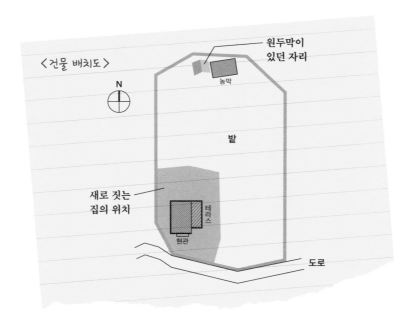

	철골 프레임 조립 비용	
2021년 10월 5일 화요일	2500만 원 송금	

10월이 된 후에도 건축 허가는 신청도 하지 못하고 있다. 김희철 탓인지 건축 설계 사무소 탓인지 모르겠다. 김희철의 디자인이 건축 허가 기준에 맞지 않아 설계가 늦어지는 것 같지만 자세한 내용은 알 수 없다. 그런데 김희철에게서 전화가 왔다. 의논할 것이 있으니 한번 만나자다.

나는 아내와 함께 현대하우징 공장으로 갔다. 농막을 짓는 작업장에서 일하고 있던 김희철이 우리를 맞이했다.

"제가 가서 뵈어야 하는데 오시라고 해서 죄송합니다. 설계가 생각보다 늦어져 아직 건축 허가를 신청도 못 하고 있습니다. 아무래도 예정했던 것보다 공사가 좀 늦어질 것 같습니다. 그래서 선생님네 집에 들어갈 철골 구조물을 공장에서 만들어 조립해 놓을 생각입니다. 그렇게 되면 건축 허가가 나는 즉시 기초공사를 하고 철골 구조물을 옮겨 갈 수 있어 공사 기간을 단축할 수 있습니다. 그리고 우리 디자인이 독특해서 이대로 집을 지어도 될지를 미리 확인해 보는 것도 집 짓는 데 도움이 될 테고요."

철골 구조물은 조립식이어서 현대하우징 마당에 조립해 놓았다가 해체해서 옮겨 가 다시 조립하면 하루나 이틀 안에 골조 공사를 끝낼 수 있다는 것이다. 대신 그러려면 공사비가 더 필요하다고 했다.

"지금까지 원두막과 데크를 철거하는 데 700만 원이 들었고, 건축 설계 사무소와 환경측량에 계약금을 주었기 때문에 지난번에 주신 돈으로는

철골 구조물을 만들 수 없습니다. 공사비를 2500만 원만 더 주시면
좋겠습니다."

　원두막과 데크 철거에 많은 작업자를 동원했던 것을 알고 있었기에
돈이 충분히 남아 있지 않다는 말에 수긍이 갔다. 철골 구조물을 만드는
데 얼마가 필요한지는 알 수 없지만 집에서 가장 중요한 부분이니 그 정도
돈이 들 수도 있을 것이다. 나는 김희철의 요구대로 돈을 보내 주기로
했다. 그렇게 되면 모두 4500만 원의 공사비를 지불하게 된다.

　아직 공사를 시작도 안 했는데 4500만 원씩이나 주기로 한 것을
후회했지만 이미 그러기로 약속한 뒤였다. 돈에 관한 한 냉정해지자고
다짐하면서도 막상 이야기를 하다 보면 그게 잘 안 된다. 일단 약속한
것이니 더 생각하지 말고 보내기로 했다. 김희철과 헤어지고 난 뒤 농협에
들러 돈을 송금했다.

공무원과
두릅

원두막을 철거하고 나니 창고가 없어서 불편했다. 생각 끝에 농막 옆에 창고 겸용으로 쓸 비닐하우스를 짓기로 했다. 2주일 전에 계약하고 자재가 오기를 기다렸는데 오늘 도착했다. 넓이가 6평 정도밖에 안 되는 작은 비닐하우스여서 하루 만에 설치가 모두 끝났다. 설치 비용으로 130만 원이 들었다.

비닐하우스 설치가 끝나 갈 때쯤 낯선 남자 두 명이 농장에 왔다. 시청 농정과 공무원들이라고 했다. 아마도 환경측량에서 개발 행위 허가 신청을 한 모양이었다. 개발 행위 허가를 신청하면 공무원들이 직접 나와 해당 토지에 불법행위가 있는지를 점검한다는 이야기를 들은 적이 있다. 두 사람은 농장을 둘러보더니 "여기는 농사를 제대로 짓고 있네." 하며 자기들끼리 이야기를 나누었다. 그러더니 데크가 있다고 하던데 철거했느냐고 물었다. 나는 데크를 철거한 경사면을 보여 주면서 하소연했다.

"여기가 데크를 설치했던 곳인데 이렇게 농사를 지을 수 없는 경사면에 설치한 데크가 불법이라니 이해가 안 됩니다."

그러자 그중 한 사람이 대뜸 말했다.

"여기도 농사를 지을 수 있어요. 두릅을 심으면 됩니다."

법이 그러니 우리로서도 어쩔 수 없다는 정도의 대답을 기대했다가 두릅을 심으면 된다는 말에 더 할 말을 잃었다. 나는 두릅을 심는 것을 농사라고 생각한 적이 없다. 두릅은 쓸모없는 땅에 심어 봄에 한 번 순을 따서 먹는 것인데 그것을 농사라고 하니 어이가 없었다. 두릅을 심는 것보다 데크를 만들면 땅을 훨씬 더 잘 이용하는 것인데 공무원 눈에는 그렇게 보이지 않는 모양이다. 요즘 공무원들이 친절해지기는 했지만 근본은 별로 달라지지 않은 것 같다는 생각도 했다.

하지만 공무원은 법을 만드는 사람들이 아니라 집행하는 사람들이니 그렇게 대답할 수밖에 없을 것이다. 두릅을 심으면 된다는 공무원의 말은 사실 농지에는 농사를 지어야 한다는 법을 피해 가는 방법을 알려 주기 위한 것이었을 터이다. 산나물도 농지에 재배하는 요즘에는 두릅도 농작물에 속할 테니 농지에 두릅나무를 여기저기 심어 놓고 농사를 짓고 있다고 하면 그대로 인정해 줄 수밖에 없으리라. 모르긴 해도 법에 두릅나무를 얼마나 많이 심어야 한다고까지 명시되어 있지는 않을 것이다. 사람들은 법대로 살아야 한다고들 이야기하지만 법보다 상식이 통하는 세상이 되어야 하지 않을까? 아무리 법을 잘 만들어도 법에는 한계가 있게 마련이다.

김희철에게 건축 허가를 신청하면 나에게도 알려 달라고 했다. 나도 어떻게 진행되고 있는지 알고 싶었기 때문이다. 그러나 11월이 되어도 연락이 없었다. 김희철에게 여러 번 전화를 해 어떻게 된 것이냐고 물었지만 김희철은 죄송하다고만 했다. 디자인대로 설계를 하면 문제가 돼 디자인을 수정하느라고 시간이 걸리는 것 같은데 속 시원하게 이야기를 해 주지 않으니 무엇이 문제인지 알 수가 없다.

11월이 돼도 건축 허가를 신청했다는 연락이 없자 나는 금년에 집을 짓는 것은 포기하기로 마음먹었다. 어차피 겨울에는 경사가 심한 고개를 넘어 다닐 수 없어서 서울에서 지내야 하니 금년 겨울에 공사를 진행하는 것보다는 봄에 공사를 하는 편이 나을 것 같기도 했다. 봄 공사로 마음을 고쳐먹고 나니 마음에 여유가 생겼다. 겨울 동안에 천천히 건축 허가를 받아 놓고 날이 풀리는 대로 공사를 하면 더워지기 전에 공사를 마칠 수 있을 것이다.

그런데 어제 김희철에게서 전화가 왔다. 시간이 되는 대로 공장에 오면 우리 집 철골 프레임을 조립해 놓은 것을 볼 수 있다고 했다. 나는 아침 일찍 아내와 함께 현대하우징 공장으로 갔다. 공장 마당에는 우리 집 철골 프레임이 조립되어 있었다. 내가 생각했던 것보다 크기가 커 보였고, 모양도 좋아 보였다. 무엇보다도 이제 우리 집 공사가 본격적으로 시작된 느낌이 들어서 안심이 되었다. 철골 프레임만으로는 방의 구조나 넓게 뽑았다는 다락의 높이를 가늠할 수 없었지만 전체 높이로 보아 다락도 높을 것 같았다. 김희철이 우리 집의 전체적인 구조를 설명해 주었다.

"가장 높은 곳을 기준으로 집 전체 높이가 5.6미터나 됩니다. 단층 건물의 높이를 얼마 이상으로 하면 안 된다는 규정은 없어서 집을 높게 지어도 문제 될 것이 없습니다. 층의 구별이 확실하지 않은 건물에서는 4미터를 한 층으로 계산하기 때문에 한 층의 높이가 4미터를 넘지 않아야 한다고 알고 있는 사람이 있는데, 그런 제한은 없습니다. 하지만 다락의 높이에는 제한이 있어서, 제한 높이보다 낮은 경우에는 건축 면적에 포함되지 않지만 그보다 높은 경우에는 별개의 층으로 보아 건축 면적에 포함됩니다. 건축 면적에 포함되지 않는 다락에는 난방 시설이나 화장실, 또는 주방 시설을 할 수 없습니다. 이 집은 15평 전체에 넓은 다락을 만들기로 했습니다. 다락의 높이는 천장이 평평한 경우는 1.5미터 이내여야 하고, 천장이 경사진 박공지붕인 경우에는 평균 높이가 1.8미터 이하여야 합니다."

"평균 높이는 어떻게 측정하지요? 이렇게 구조가 복잡하면 평균 높이를 측정하는 것도 쉽지 않을 텐데요."

"다락의 평균 높이는 다락의 부피를 바닥 면적으로 나누어 계산합니다. 이 집처럼 모양이 복잡한 경우에도 요즘은 컴퓨터가 평균 높이를 금방 계산해 줍니다. 이 집은 전체가 비스듬하게 기울어져 있어 높은 부분은 다락 높이가 2.3미터나 됩니다. 북쪽 다락이 낮아지는 대신 현관 쪽은 정상적인 2층과 거의 같은 높이가 가능한 거지요. 따라서 건축 면적은

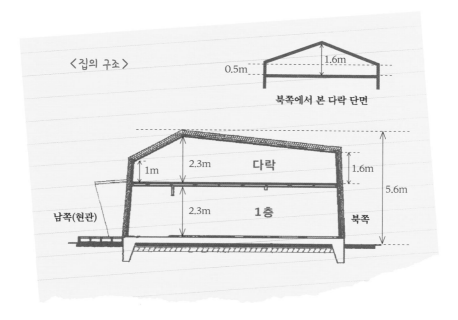

〈집의 구조〉

1.6m
0.5m
북쪽에서 본 다락 단면

1m
2.3m
다락
1.6m
5.6m
2.3m
1층
남쪽(현관)
북쪽

15평밖에 안 되지만 아래층에 방 1개, 그리고 다락에 방 2개를 제대로 확보할 수 있습니다. 다락의 높이가 높은 부분은 서재로 사용하고, 높이가 낮은 부분은 아이들 놀이방이나 침실용으로 사용하면 좋을 겁니다."

아직은 다락의 넓이나 높이를 눈으로 직접 확인할 수 없었지만 철골 프레임이 만들어진 것만으로도 공사가 많이 진척된 것 같았다. 이제야 내가 준 돈이 우리 집을 짓는 데 사용되고 있다는 확신이 들어서 기분 좋게 서울로 돌아왔다.

내장재 협의

며칠 전 김희철이 건축 허가를 신청했다고 연락을 해 왔다. 건축 계약을
하고 2주면 된다더니 4개월이 걸렸다. 나는 어차피 봄에나 공사를 시작할
수 있을 것 같아서 건축 허가에 더 이상 신경을 쓰지 않고 있었다.
김희철은 시간 될 때 현대하우징에 들르면 내장재를 의논하겠다고 했다.
아내는 내장재에 관심이 많았다. 나는 내장재나 가구는 아내에게 알아서
하라고 말해 놓고 있었다.

마침 오늘 시간이 나서 김희철을 만나 내장재를 협의하기로 했다.
김희철은 공장에서 우리를 기다리고 있었다. 아내와 김희철은 내장재를
무엇으로 할 것인가를 놓고 심각하게 이야기했지만, 나는 예산 범위
안에서 집을 지을 수 있을지에만 관심이 있었다. 김희철과 아내는
오랫동안 이야기를 나누고도 아무것도 결정하지 못했다. 앞으로 더 의논해
보자는 것이 결론이라면 결론이었다. 그러나 내장재를 의논했다는
것만으로도 벌써 집이 다 지어진 것 같아 기분이 좋았다.

나는 김희철에게 점심 식사를 대접하겠다고 했다. 우리는 근처에 있는
닭갈빗집으로 갔다. 그런데 코로나 백신을 3차까지 접종한 우리는
식당으로 들어갈 수 있었지만 1차 백신도 맞지 않은 김희철은 들어갈 수가
없었다. 할 수 없이 김희철을 돌려보내고 우리끼리만 식사를 하고
돌아왔다.

농지보전부담금
395만 5050원

지난 12월 27일 농어촌공사로부터 농지보전부담금 395만 5050원을
납부하라는 통지서를 받았다. 대지로 전환하려는 농지 150평의 공시지가의
30퍼센트에 해당하는 금액이다. 나는 즉시 농어촌공사 홈페이지에 들어가
회원 가입을 하고 농지보전부담금을 납부했다. 그런데 납부 영수증을
시청에 제출해야 한다는데 영수증 인쇄가 되지 않았다. 요즘 같은 시대에
일반 회사라면 이런 일이 있을 리 없다. 그러나 세금으로 운영되는 것과
진배없는 공사에는 아직도 제대로 작동하지 않는 프로그램이 깔려 있었다.

　오랫동안 컴퓨터와 씨름하다가 어쩔 수 없이 농어촌공사 지사에 가서
영수증을 발급받기로 했다. 처음부터 은행에 가서 납부했더라면 하지
않아도 될 수고를 하게 된 것이다. 농어촌공사에서 인터넷으로 납부
사실을 시청에 통보해 주면 이런 수고가 아예 필요 없을 것이다.

　도착하고 보니 11시 50분이라 점심 식사를 하러 가는 직원을 붙들고
간신히 영수증을 발급받았다. 나는 그 길로 현대하우징에 들러 김희철에게
영수증을 건네주었다. 김희철은 건축 설계 사무소를 통해 시청에
제출하겠다고 했다. 농지보전부담금을 내고 나니 건축 허가가 나온 것
같아 기분이 좋았다. 집을 짓기 위해 거쳐야 하는 과정 중 시간이 가장
많이 걸린다는 허가 문제가 드디어 해결된 것이다. 이제는 봄이 와서
해동이 되는 대로 땅을 파고 공사를 시작하는 일만 남았다.

날씨가 추워 공사는 잊고 지내고 있는데 환경측량의 최지현 소장에게서 전화가 왔다. 서울보증보험에 가서 인허가보증보험에 가입하고, 가입확인서를 보내 달라고 했다. 보험금은 1만 5000원밖에 안 되지만 건축주가 직접 가입해야 한단다. 보험에 가입하고 난 다음 측량 신청을 하면 4주 뒤쯤 대지 분할 측량을 하게 될 것이라고 한다.

나는 전화를 받고 즉시 서울보증보험에 가서 인허가보증보험에 가입했다. 개발 행위 허가를 받아 놓고 개발을 하다가 중단하는 경우 서울보증보험이 원상 복구한다는 보험이었다. 보험료는 많지 않았지만 갖추어야 하는 서류는 수십 장이나 되었다. 창구에 도착해서 환경측량의 전화번호를 주니 담당자가 최지현 소장과 통화하고 필요한 서류를 팩스로 받았다. 나는 사인하라는 곳에 사인을 하고 돈을 냈다. 보험금 납부 영수증은 팩스로 최지현 소장에게 보낸다고 했다.

최지현 소장의 말대로라면 이제 국토정보공사에 측량을 신청하게 될 것이고, 2월 중에 대지 분할을 위한 측량이 실시될 것이다. 그렇게 되면 날씨가 풀리는 3월에는 터 파기 공사를 시작할 수 있을 것이다. 측량 신청은 환경측량에서 해 주겠지만 김희철도 이런 내용을 알고 있어야 할 것 같아 김희철에게 전화를 걸어 오늘 있었던 일을 알려 주었다. 측량 일정을 챙겨 달라는 부탁도 했다.

측량 수수료
94만 500원 납부

측량을 신청하면 4주쯤 후에 측량을 하게 될 것이라고 해서 기다렸는데 한 달이 훨씬 지나도록 아무 소식이 없었다. 궁금하던 차에 국토정보공사에서 측량 수수료 94만 500원을 납부하라는 통지서가 왔다. 측량 수수료를 내야 측량 일정을 잡아 주는데, 4주 정도 후에나 측량을 하게 될 것이라고 한다. 나는 지난달에 환경측량에서 측량을 신청하고 지금쯤 측량을 할 것으로 기다리고 있었는데 이제야 신청한 모양이었다. 측량 신청은 원래 환경측량에서 하는 것인지, 시공자인 김희철이나 건축주인 내가 했어야 하는 것인지 알 수 없다. 늦게라도 환경측량에서 측량 신청을 한 것을 보면 환경측량의 일이 맞는 것 같다. 누구의 잘못인지는 모르겠지만 측량이 한 달이나 늦어지게 되었다. 보증보험에 가입한 후 측량 신청 여부를 확인하지 않은 것은 나의 잘못이다.

나는 통지서를 받자마자 측량 수수료를 납부했다. 그러자 곧 3월 17일로 측량 일정이 잡혔다는 문자 메시지가 왔다. 그것은 3월 17일까지는 아무것도 할 수 없음을 뜻했다. 이 사실을 알려 주려고 김희철에게 전화를 걸었지만 받지 않았다. 시간 간격을 두고 여러 차례 전화를 했지만 역시 받지 않았다. 내일 다시 전화해 보아야겠다.

김희철 잠적 사건

지난 22일 이후 거의 매일 김희철에게 전화를 걸어 보았지만 김희철은 1주일째 전화를 받지 않았다. 24일에는 충주에 간 김에 현대하우징 공장에 직접 가 보기도 했다. 나는 탐정이라도 된 것처럼 현대하우징의 공장을 샅샅이 살펴보았다. 최근까지 난로를 피웠던 흔적이 있는 것으로 보아 모두 팽개치고 사라진 것은 아닌 것 같았다. 전에 짓고 있던 농막은 없어지고 최근에 짓기 시작한 것처럼 보이는 단순한 형태의 농막 세 채만 방치되어 있었다. 겨울에도 공사를 하기는 한 것 같아 그나마 안심이 되었다. 주위 사람들에게 물어보았지만 모른다고 했다.

내가 현대하우징에 다녀온 뒤에도 김희철은 여전히 전화를 받지 않았다. 오늘은 충주에 가서 어떻게든 김희철을 찾아보기로 했다. 김희철이 사라진다는 것은 내 돈 4500만 원과 그동안 낸 농지보전부담금, 측량 수수료를 모두 날린다는 것을 의미했으므로 나에게는 심각한 문제였다. 아침에 아내와 충주로 출발하기 전에 마지막으로 김희철에게 전화를 걸었다. 다행히 이번에는 전화를 받았다. 나는 그동안 어떻게 된 거냐고 따져 물었다. 김희철은 골치 아픈 일이 많아 잠시 잠수를 탔다고 했다. 사업을 하는 사람이 자신의 입으로 잠수를 탔다고 말하다니 일이 심각한 것 같았다. 그래서 지금 충주로 갈 테니 만나서 이야기하자고 했다. 김희철은 2시까지 농장으로 오겠다고 했다.

나는 아내와 함께 농장으로 가는 길에 현대하우징에 들러서 상황을 좀 더 알아보기로 했다. 아무도 없는 공장은 며칠 전 내가 왔을 때와 달라진 것이 없어 보였다. 김희철은 약속대로 2시에 농장으로 왔다. 아직 쌀쌀한 날씨라 우리는 비닐하우스 안에서 이야기를 나누었다.

"김 사장님, 대체 무슨 일입니까? 전화도 받지 않아 얼마나 걱정을 했는지 모릅니다."

"그동안 스트레스를 받는 일이 많아서 조금 쉬고 싶었습니다. 그래서 전화도 일절 받지 않고 있었습니다. 죄송합니다."

"회사에 무슨 일이 있었나 보지요? 돈 문제인가요?"

"돈 문제도 없는 것은 아니지만 그것보다는 정신적으로 피곤했습니다. 저는 컴퓨터를 이용해 디자인을 하는 것이 전공인 사람인데 공사를 일일이 점검하다 보니 정작 해야 할 일을 못 하게 되어 스트레스가 쌓였습니다."

"그래서 앞으로 어떻게 할 건가요?"

"저는 디자인에 주력하고 공사는 다른 사람이 전담하기로 했습니다. 공사를 맡아서 할 조 부장이 오늘 여기에 와서 같이 선생님을 만나려고 했는데 다른 일이 바빠 오지 못했습니다. 지금이라도 올 수 있나 확인해 보겠습니다."

김희철은 이야기를 하다 말고 조 부장에게 전화를 걸었다. 조 부장이 오늘은 바빠 올 수 없다고 대답하는 것 같았다. 전화를 끊은 김희철은 조 부장이 와서 일을 시작하면 모든 것이 예정대로 진행될 테니 걱정하지 말라고 했다.

산재보험료
38만 8400원 납부

김희철이 잠적했던 사건은 그런대로 마무리되었지만 그 여파는 컸다. 나는 이제 김희철의 모든 것을 의심하지 않을 수 없게 되었다. 김희철의 자금력, 집을 지을 수 있는 능력, 그리고 집을 짓겠다는 의지가 정말 있는지도 알 수 없다. 정상적인 사업가라면 전화를 꺼 놓고 잠적하는 일은 하지 않을 것이다. 혹여 정말 쉬고 싶어 며칠 쉬었다면 그럴듯한 핑곗거리라도 만들었을 것이다. 요즘 같으면 코로나에 확진되었다고 하면 1~2주일의 말미를 얻는 것은 어려운 일이 아니다. 그런데도 상대방의 염려 따위는 아무래도 좋다는 듯 잠적했었다고 천연덕스럽게 말하는 것을 보면 김희철은 아주 무책임한 사람인 것 같다. 정신적인 스트레스 때문에 잠적했었다고는 하지만 아무래도 돈 문제일 것이다. 그런 사람에게 돈을 4500만 원이나 주어 버렸으니 걱정이 앞서지 않을 수 없다.

오늘은 산재보험료 38만 8400원을 납부하라는 통지서가 날아왔다. 공사를 하다가 다치는 사람이 있을 경우에 대비한 보험이었다. 이 보험은 공사를 담당할 김희철이 납부해야 맞다. 그런데 어제 본 김희철의 모습은 산재보험료를 낼 형편이 아니었다. 할 수 없이 산재보험료도 내가 내기로 했다. 서류상으로는 내가 직영으로 하는 공사로 되어 있어 내 앞으로 나온 산재보험이니 내가 내고 하루라도 빨리 공사를 시작하는 편이 나을 것 같았다. 산재보험료를 내고 김희철에게 통보해 주면서 3월 17일 측량이 끝나면 다음 날부터 기초공사를 시작할 수 있도록 준비해 달라고 당부했다.

국토정보공사 한철수 팀장과 지적도 문제

한동안 김희철도 아무런 연락이 없었고, 나도 연락하지 않았다. 어차피 측량을 하기 전까지는 아무것도 할 수 없었기 때문이다. 그런데 어제 김희철에게서 전화가 왔다. 지적도에 문제가 있어 오늘로 예정되어 있던 측량을 할 수 없다고 환경측량으로부터 연락을 받았다는 것이다. 측량하는 사람들이 오늘 현장에 오기는 하는데 기본적인 내용만 파악하고 갈 예정이어서 나는 현장에 올 필요가 없다고 했다. 나는 그래도 갈 테니 김희철도 오라고 했다. 내용을 자세하게 알려면 국토정보공사 사람을 직접 만나 봐야 할 것 같았기 때문이다.

9시에 국토정보공사 한철수 팀장이라는 사람이 두 명의 직원을 데리고 농장에 나타났다. 한 팀장 말에 의하면, 예전에 수기로 작성했던 지적도를 컴퓨터를 이용해 통합하는 과정에서 경계 부분에 문제가 생겨 이를 해결한 다음에야 측량을 할 수 있다고 했다. 우리 밭 쪽에 있는 밭들과 앞쪽 밭 사이의 경계가 3미터 정도 벌어져 있어 앞쪽 밭의 경계를 옮기든지 우리 쪽 밭들의 경계를 옮겨야 하는데, 그러려면 밭 주인들의 동의를 받아야 한단다. 그러면서 나보고 인근 밭 주인들의 동의서를 받아 달라고 했다.

시에서 통보해서 동의서를 받으면 되지 않느냐고 했더니 국토정보공사는 공무원이 아니라서 밭 주인들에게 동의해 달라고 통보할 수 없다는 것이다. 동의서를 제출해야 하는 사람은 나 말고 두 명이 더 있었다. 내 잘못도 아닌데, 황당하고 말도 안 되는 일이지만 집을 지으려니 어쩔 수가 없다. 이것도 넘어야 할 산이라고 생각하고 내가 나서서 넘어 보기로 했다. 전혀 예상하지 못했던 측량 문제로 봄 공사도 물 건너가게 되었다.

김문철과
박현지 남편

나는 우선 우리 바로 옆 밭의 주인인 김문철에게 전화를 해서 전후 사정을 이야기했다. 그리고 밭의 경계를 3미터 정도 옮겨야 한다고 하니 동의서를 써 달라고 부탁했다. 김문철은 자신이 한철수 팀장과 연락해 자세한 내용을 알아본 후에 연락을 주겠다고 했다. 다음 날 김문철에게서 전화가 왔다. 자신이 어제 코로나에 확진되어 1주일 동안 격리해야 하기 때문에 격리에서 해제된 다음에 알아보고 연락해 주겠단다. 김문철의 동의서는 1주일만 기다리면 해결될 테니 이번에는 김문철네 옆에 있는 밭 주인을 찾아가 보기로 했다. 그러나 그 밭의 주인이 누구인지 알 수 없었다.

이곳에서 오래 농사를 지으신 선생님에게 물어보았지만 선생님도 그 밭의 주인이 누구인지 모른다고 했다. 나는 면사무소에 가서 토지대장을 떼어 보았다. 밭의 소유자는 충주시 서장동에 사는 박현지로 되어 있었다. 서장동으로 찾아가기 전에 먼저 농로를 낼 때 동의서를 받았을 마을 이장에게 이 사람에 대해 알아보았다. 이장 말로는 그때 동의서를 받으러 밭 주인의 남편을 찾아갔었는데 그 사람은 괴산에 있는 농장에 살고 있다고 했다. 그곳 주소는 모르고 대략적인 위치는 기억하고 있다면서 찾아가는 방법을 알려 주었다.

나는 이장이 알려 준 대로 괴산군 연내면 석천리에 있는 농장으로 박현지의 남편을 찾아갔다. 농장에는 험상궂게 생긴 개 여러 마리가 무섭게 짖고 있어서 가까이 다가갈 수도 없었다. 멀리서 큰 소리로 부르니 한참 만에야 주인이 나타났다. 내가 찾아온 사정을 설명하자 그 사람은 불평부터 늘어놓기 시작했다. 지난번 농로를 포장할 때 자기네 땅을 너무 많이 침범했다는 것이다. 나도 그 길을 지나가면서 어떻게 이렇게 밭을 가로질러 길을 냈지 하고 생각했었다. 그러나 그 일은 나하고 아무 관련이 없다. 나는 포장을 추진하지도 않았고, 그 길은 우리 농장으로 통하는 길도 아니다.

불평을 하던 그는 나보고 자기네 밭에 난 길을 이용하느냐고 물었다. 나는 아니라고 대답했다. 하지만 그는 동의서를 두고 가면 알아보겠다고 했다. 그는 나를 자기에게 어려운 부탁을 하러 온 귀찮은 사람 취급 했다. 농장 입구에 서서 그 남자와 이야기를 하고 돌아서 나오면서 내가 왜 이런 일까지 해야 하는지 알 수가 없었다. 지적도가 잘못된 것은 내 잘못이 아닌데 그것을 수정하는 일에 왜 내가 나서야 할까? 나 같은 개인이 나서서 동의서를 받으려고 하니 나는 무슨 큰 이익을 보고 자신은 손해를 보는 것 같아 우선 적대감을 가지고 대하는 것이 아닌가.

며칠 동안 동의서 문제로 신경을 썼지만 해결된 것은 아무것도 없었다. 언제 해결될는지도 알 수 없으니 답답한 노릇이다. 한철수 팀장에게 전화를 해서 이게 내 잘못도 아닌데 내가 마냥 기다려야 한다는 것이 말이나 되느냐고 따졌지만 한 팀장은 그러면 이게 자기 잘못이냐고 되물었다. 자기도 빨리 해결해 주려고 시청과 협의하고 있으니 조금 더 기다려 달란다. 전혀 예상하지도 못했던 장애가 나타나 공사가 무기한 연기되게 생겼다. 집을 지으면서 이런 일을 누가 예상이나 할 수 있을까?

지적도 문제를 해결하기 위해 뛰어다니다 보니 같은 문제로 어려움을 겪었던 많은 사람들의 이야기를 들을 수 있었다. 컴퓨터를 이용하여 통합된 지적도를 새로 만드는 과정에서 토지의 경계가 달라진 경우가 아주 많다는 것이다. 우리처럼 주변 땅이 대부분 국유지이고, 땅값이 저렴한 지역에서는 그래도 쉽게 해결되지만, 땅값이 비싼 지역에서는 땅 주인들의 이해가 첨예하게 대립되어 해결에 몇 년이 걸리기도 한단다. 그런데도 일괄적으로 해결할 수 있는 방법이 없어, 토지를 사고팔거나 건물을 짓기 위해 측량을 할 때 사안별로 이해 관계자들의 동의를 받아 해결하고 있었다. 따라서 집을 지으려는 사람은 누구든지 이런 일을 겪을 수 있다.

농막 철거 쓰레기 치우기

측량 문제로 공사를 할 수 없게 된 후 김희철은 연락이 없었다. 아마 다른 공사를 하고 있을 것이다. 차라리 다른 공사를 얼른 끝내고 측량이 끝나는 대로 우리 공사에 집중하면 좋겠다. 그런데 문제는 원두막과 데크를 철거한 쓰레기였다. 김희철이 철거 후 울타리에 걸쳐 쌓아 둔 쓰레기를 내가 며칠 동안 정리해서 목재로 사용할 수 있는 것은 농장 한구석에 모아 놓고 나머지는 울타리 밖 공터에 쌓아 놓았다. 김희철은 공사가 다 끝나면 공사 쓰레기와 함께 치우겠다고 했지만, 봄 공사가 불가능해진 이상 마냥 기다릴 수가 없다. 날씨가 더워지면 썩는 냄새가 진동할 것이다.

여기저기 알아보니 수거 업체마다 부르는 값이 달랐다. 대부분은 100만 원 이상을 달라는데, 괴산에서 고물상을 하고 있다는 최윤수라는 사람이 40만 원에 치워 주겠다고 해서 그곳에 맡겼다. 최윤수는 두 사람을 데리고 와서 쓰레기를 치워 갔다. 그러면서 병원에서 고치지 못하는 병이 있으면 자기를 찾아오라며 명함을 건네주었다. 같이 온 사람들도 그렇게 병을 고친 사람들이라고 했다. 그런데 쓰레기를 다 치우고 난 최윤수가 치워 보니까 생각했던 것보다 양이 많다며 40만 원을 더 달라고 했다. 나는 100만 원을 생각하고 있었던 터라 40만 원을 더 주었다. 결국 쓰레기를 치우는 데 모두 80만 원이 들었다. 돈이 들기는 했지만 쓰레기를 치우고 나니 마음이 개운했다.

마사토 넣기

어제 국토정보공사의 한철수 팀장으로부터 4월 25일에 측량을 해 주겠다는 연락을 받았다. 한 팀장은 그러면서 자기가 연락하면 개인 정보 수집으로 문제가 될 수 있으니 나보고 밭 주인들이 측량하는 날 현장에 나올 수 있도록 연락해 달라고 했다. 코로나 격리가 끝난 지 한참 되었는데도 아무 연락이 없는 김문철과 박현지 남편에게 한철수 팀장의 말을 문자 메시지로 전달했다. 하지만 답이 없었다. 나는 될 대로 되라지 하는 심정이 되었다. 측량 때문에 집을 못 짓게 된다면 집 짓는 것을 포기할 생각도 했다.

하지만 그건 그거고, 어찌 되었든 공사를 시작하려면 먼저 밭에 마사토(굵은 모래)를 넣어야 할 것이다. 우리 밭의 흙은 진흙이어서 비가 오면 쑥쑥 빠지고, 땅이 마르면 돌처럼 굳어지기 때문에 마사토를 섞어서 배수를 개선해야 한다. 그런데 어제 마침 선생님네 밭에 트럭으로 마사토를 넣고 있었다. 트럭 기사에게 물어보니 한 차에 5만 원이라고 했다. 공사장에서 나오는 흙이라 운반비만 주면 된다는 것이다. 그래서 우리도 16차만 넣기로 했다.

오늘 5톤 트럭으로 16차의 흙을 넣었다. 흙을 넣을 때는 15톤 트럭을 이용하는 것이 보통이지만 우리 밭은 경사가 급한 고개를 넘어와야 해서 5톤 트럭밖에 올 수 없다고 했다. 흙 넣는 데 모두 80만 원이 들었다. 이

정도면 주차장으로 사용하던 곳과 데크를 설치했던 경사면을 매립하고
터 닦기 할 때도 사용할 수 있을 것 같다. 고갯길 경사가 너무 심해서 내심
걱정했는데 그걸 넘어서 여기까지 흙을 실어 오는 것을 보면서 돈의
위력이 참 대단하다는 생각을 했다.

터 파기와
윤성호 포클레인 기사

측량 날짜를 이틀 앞둔 오늘, 옆 밭 주인인 김문철이 전화를 해서
동의서를 직접 한철수 팀장에게 보내겠다고 했다. 그러나 박현지 남편은
아무 연락이 없었다. 전화를 해도 받지 않았다. 나는 그대로 두기로 했다.
설마 나와 아무 관련이 없는 그 사람 때문에 우리 밭 측량을 안 해 주랴
하는 생각이 들었다.

마침 김희철에게서 전화가 왔기에 측량 날짜가 잡혔다는 것과 밭에
흙을 받아 놓았다는 이야기를 했다. 그러자 자기가 직접 농장에 와서
확인하겠단다. 농장에 온 김희철은 앞으로 같이 일하기로 한 조 부장이
잘 아는 포클레인 기사가 있는데, 그 사람을 시켜서 흙을 펴고 기초도
파겠다고 한다. 그러라고 했다.

잠시 후 김희철이 포클레인 기사와 함께 다시 농장에 왔다. 김희철은
먼저 집 지을 자리를 판 뒤, 거기서 파낸 진흙을 매립용으로 사용하고
내가 받아 놓은 마사토는 겉에 덮자고 했다. 흙을 넣어 주차장을 매립하는
공사는 집 짓기와 무관하게 우리 밭에 하는 공사여서 오늘과 내일
사용하는 포클레인 비용 140만 원은 내가 내기로 했다. 김희철은 내가
비용을 부담하는 포클레인을 이용하여 터 파기를 할 생각인 것 같다. 나는
그래도 좋다고 생각했다. 어차피 우리 공사를 하는 것인데 김희철의 일과
내 일을 따지는 것이 무슨 소용이 있겠나. 25일에 예정대로 측량이 끝나고

집을 짓는 일이 순조롭게 진행되기만 한다면 그것으로 됐다고 생각했다.

　점심시간에 윤성호 포클레인 기사와 근처 식당에 가서 같이 점심을 먹었다. 윤성호는 포클레인 일도 하지만 자신 이름의 토목 회사도 가지고 있다고 했다. 지난해 농지 일제 점검 때 비닐하우스가 불법으로 적발되었던 이야기도 들려주었다. 비닐하우스 안에 여러 가지 시설을 해 놓았더니 이웃 중에 누가 농사용이 아니라 주거시설이라고 신고를 해서 단속 대상이 되었다는 것이다. 이웃에 돼지 축사가 많이 있는데 그 사람들과 이런저런 일로 사이가 안 좋았단다. 윤성호는 전에도 이웃들의 신고로 여러 번 어려움을 겪었기 때문에 지난해 철거 명령서가 날아오자 포클레인으로 비닐하우스를 철거해 버리고 그 자리에 50평짜리 집을 지어, 지난달에 준공 허가를 받고 이사까지 마쳤다고 했다. 그러면서 집을 짓는 동안 주의할 점들을 이야기해 주었다.
　윤성호는 터 파기 작업을 하면서 집터에 심겨 있던 미니사과나무와 자두나무를 대지와 농지의 경계로 옮겨 심어 주기도 했다. 나는 옮겨 심고 남은 미니사과나무 두 그루를 그에게 주었다. 윤성호는 작업을 끝내고 돌아갈 때 미니사과나무 두 그루를 포클레인으로 들고 갔다.

↳ 터 파기 공사

대지 분할 측량

오늘은 대지 분할 측량을 하는 날이다. 아침 9시쯤 한철수 팀장이 작업자 두 명을 데리고 농장에 왔다. 한 팀장은 김문철이 보낸 동의서는 받았다고 했다. 박현지 남편에게는 오늘 바빠서 현장에 올 수 없다는 전화를 받았단다. 여러 번 연락해도 나에게는 일언반구 답이 없던 사람이다. 그럼 어떻게 하느냐고 물었더니 나중에 사무실에 와서 동의서를 작성할 것이라고 했다. 나는 내가 준비했던 경계 조정 동의서를 넘겨주었다. 그렇게 해서 동의서 문제는 해결되었다.

측량은 30분도 안 돼 끝났다. 내가 예정했던 것과 거의 같은 자리 네 곳에 말뚝을 박아 준 것이 전부였다. 사실은 말뚝도 나보고 준비해 놓으라고 해서 내가 준비한 말뚝을 내가 박았다. 이것 때문에 꼭 42일을 기다려야 했고, 김문철과 박현지 남편에게 사정을 해야 했으며, 수수료를 94만 원이나 내야 했다.

드디어 측량 문제가 해결되었으니 내일부터라도 기초공사를 시작하면 된다. 나는 김희철에게 내일 기초공사를 시작할 수 있느냐고 물었다. 내일은 어렵단다. 미리 준비해 달라고 그렇게 이야기했는데 내일 시작할 수 없다니 말이 되느냐고 따졌지만 곧 일을 시작할 테니 염려하지 말란다. 그럼 공사는 얼마나 걸리겠느냐고 물었더니 늦어도 6월 말까지는 공사가 끝날 것이라고 했다. 두 달이라면 기다릴 만하다.

공사비
2000만 원 송금

측량이 끝났는데도 언제부터 기초공사를 시작할 것인지 딱 부러지게
이야기하지 않던 김희철이 농장으로 찾아왔다. 실은 자신이 요즘 자금
사정이 좋지 않아 기초공사를 시작하지 못하고 있다고 했다. 괴산에 짓고
있는 펜션 공사와 우리 공사를 동시에 진행할 생각인데 생각보다
기초공사 비용이 많이 들어 어렵다는 것이다. 그 말을 듣는 순간 김희철이
사라졌을 때 동생이 내게 했던 말이 떠올랐다.

"지금이라도 그 사람과 공사 계약을 해지하고 아직 사용하지 않은
공사비를 돌려받으세요. 그 사람은 공사를 절대로 끝낼 수 없어요. 그
정도면 신용이 다 떨어져 자재도 모두 현금 박치기를 해야 하고, 인부들도
현금을 주지 않으면 일하러 오지 않을 텐데 공사를 할 수 있겠어요?
지금까지 준 돈 4500만 원을 다 손해 보아도 그게 낫지, 자꾸
끌려가다가는 더 손해를 본다니까요."

동생은 4500만 원을 포기하는 것이 낫다고 했지만 나로서는 쉽게
포기할 수 있는 돈이 아니었다. 따라서 김희철을 달래 가면서 계속 공사를
하기로 했었다. 그런데 김희철이 돈이 없다면서 기초공사를 할 수 있도록
2000만 원을 더 달라고 하고 있으니 기가 막힐 노릇이다.

"김 사장님, 생각해 보세요. 내가 이미 4500만 원을 주었는데 해 놓은
게 무엇입니까? 심지어는 산재보험료도 내가 내고, 터를 파는 포클레인

비용도 내가 냈잖아요. 아직 공사는 시작도 안 했는데 어떻게 돈을 더 드립니까?"

김희철은 이번만 사정을 봐주면 공사를 빠르게 진행하겠다고 했지만 그게 나에게는 돈을 주지 않으면 공사를 시작할 수 없다는 협박으로 들렸다. 동생 이야기대로 4500만 원을 손해 보고 여기서 접는 것이 좋지 않을까도 생각해 보았다. 하지만 여기서 접으면 4500만 원이 아니라 5000만 원이 넘는 돈을 날려야 한다. 농지보전부담금, 산업재해보험료, 측량비, 포클레인 비용 등 김희철에게 준 돈 외에도 들어간 돈이 많기 때문이다. 돈도 돈이지만 지금까지 쫓아다닌 시간과 수고도 아깝다. 나는 할 수 없이 2000만 원을 더 보내 주기로 했다. 이러면 정말 안 된다고 생각하면서도 공사를 계속하기 위해 어쩔 수 없었다.

아내는 미리 돈을 주면 안 된다고 했다는 친구와 동생의 이야기를 하면서 돈을 주어서는 안 된다고 했다. 아내가 건축업자에게는 돈을 미리 주면 안 된다는 말을 거듭해서 하자 나는 죄 없는 아내에게 화를 내고 말았다.

"공사비를 미리 주면 안 된다는 것을 모르는 사람이 어디 있어. 나도 그 정도는 알아. 아는 정도가 아니라 머리에 박혀 있어. 그런데 나도 어쩔 수 없는 걸 어떡해. 나도 다른 사람들에게 건축업자에게는 돈을 미리 주면 안 된다는 이야기를 얼마든지 해 줄 수 있지만 돈을 안 주면 공사를 더 이상 할 수 없다는데 어떻게 하냐고. 여기서 공사를 접어 버릴까? 5000만 원 손해 보고 없던 것으로 돌릴까? 김희철이 돈이 있는데 엄살을 부리는 거라면 눈 딱 감고 공사를 그만두고 법정으로 가자고 겁이라도 줘

보겠지만, 저 사람은 지금 돈을 안 주면 정말 공사를 못 해. 남은 돈을 조금씩 주어 가면서 공사를 하도록 하는 수밖에 없다고!"

　나는 결국 2000만 원을 더 보내 주었다. 이제 내 주머니도 점점 가벼워지고 있다. 월급쟁이 생활을 하면서 한 푼 두 푼 모은 돈이 이렇게 빠져나가고 있다. 그러나 아직 처음 예상했던 건축비 1억 원까지는 3500만 원의 여유가 있다. 이 돈으로 공사를 끝낼 수 있을 것 같지 않아 걱정이지만 조금만 더 참고 기다려 보는 수밖에 없다. 이번에 준 돈은 다른 곳에 사용하지 않고 기초공사를 하는 데 사용한다고 했으니 믿어 보기로 하자.

수도관과 하수관 매립 공사

돈을 보내 준 뒤에도 3일 동안 나타나지 않던 김희철이 오늘 포클레인 기사와 함께 나타났다. 수도관과 하수관을 매립하고 터 파기를 할 예정이라고 했다. 작업자를 구하지 못해 오늘은 김희철이 직접 포클레인 기사를 도와 일을 할 거란다.

새로 짓는 집은 지하수 펌프와 두꺼비집이 달려 있는 전주로부터 약 40미터 정도 떨어져 있다. 여기에 전선용 주름관과 오수 배출용 PVC 파이프 그리고 수도관을 매설한 다음 집을 지을 곳에 버림 기초 자리를 팠다. 기초공사를 하기 전에 공사할 자리를 파고 시멘트로 바닥을 만드는 것을 이 사람들은 '버림 기초'라고 불렀다. 그리고 버림 기초 자리에 붓는 레미콘은 '버림 레미콘'이라고 부른다.

오늘 공사가 김희철이 공사비를 들여 하는 첫 번째 공사다. 6500만 원을 받아 간 김희철이 이제야 그 돈으로 공사를 시작한 것이다. 공장에 철골 프레임을 만들어 놓았지만 그것은 이곳으로 옮겨 오기 전까지는 집을 짓기 위한 시제품이고 홍보물일 뿐이다. 따라서 지난해 8월 18일 처음 돈을 준 후 7개월 반 만인 오늘에야 실제 건축 공사가 시작된 것이다. 물론 그동안 공사가 미뤄진 것이 모두 김희철의 잘못은 아니다. 추운 겨울 날씨 때문이기도 했고, 측량이 엉뚱하게 말썽을 부린 때문이기도 했다. 그러나 그런 것들은 김희철에게 공사를 하지 않을 좋은

2022년 4월 30일 토요일

핑곗거리였다. 그동안 김희철은 공사를 미룰 핑곗거리만 찾고 있는 사람처럼 행동했다. 3월에 한철수 팀장이 측량 전이라도 터 파기 공사는 해도 된다고 했지만 김희철은 아무것도 할 생각을 하지 않다가 내가 흙을 받아 놓은 다음에야 내 돈으로 터 파기 공사를 했다. 그러나 이제 모든 핑곗거리를 뛰어넘어 공사를 시작한 것이다.

참으로 어렵게 기초공사가 시작되었다. 이대로 진행된다면 김희철의 말대로 6월 말에는 공사가 끝날 수 있을 것이다.

버림 레미콘

지난 토요일 하수관과 수도관 매설 공사를 한 후 한동안 아무도 나타나지 않고, 연락도 없었다. 그러더니 오늘은 김희철이 처음 보는 사람들과 함께 왔다. 김한수 팀이라고 했다. 괴산 펜션의 기초공사는 현대하우징 직원들이 하고, 우리 집 기초는 김한수 팀에게 맡기기로 했단다.

　김한수 팀은 처음부터 남다른 구석이 있었다. 공사장에 도착하자 찬 음료수와 더운 음료수 대를 만들고, 쓰레기 주머니를 설치했다. 그리고는 윤성호가 파 놓았던 버림 기초 자리를 자신들이 가져온 미니 포클레인으로 다시 판 다음 레미콘이 오기를 기다렸다.

　레미콘 트럭이 레미콘을 가득 실으면 6루베(세제곱미터)를 실을 수 있는데, 경사가 심한 고개를 넘어오려면 3루베밖에 실을 수 없다고 한다. 따라서 우리 집 공사를 하려면 레미콘 비용이 두 배로 든다고 했다. 오후가 되자 레미콘 트럭이 와서 버림 레미콘을 타설하고 갔다. 김한수 팀도 일찍 철수했다.

타설된
버림 레미콘

김희철과
점심 식사

어제 버림 레미콘을 타설했기 때문에 오늘은 공사를 할 수 없다. 아직 충분히 굳지 않았기 때문이다. 김희철이 여유 있는 표정으로 농장에 왔다. 괴산 펜션 현장에서는 직원들이 기초공사를 하고 있고, 우리 집 공사는 버림 레미콘이 굳기를 기다리는 중이니 김희철이 여유를 가질 만하다.

늘 바쁜 사람처럼 뛰어다니던 김희철이 오늘은 나와 함께 앉아 커피를 마시면서 이런저런 이야기를 했다. 자신은 컴퓨터를 이용한 디자인 작업을 하던 사람이라 공사 일에는 맞지 않는다고 했다. 그러지 않아도 2월에 있었던 잠적 사건으로 김희철에 대한 믿음이 약해진 터에 이런 이야기까지 듣고 나니 제대로 집을 지을 수 있을까 하는 의문이 다시 생겼다. 한편으로는 김희철이 솔직한 사람이라는 생각이 들기도 했다.

나는 김희철에게 기초공사에 대해 궁금했던 것을 물어보았다.

"작은 집을 짓기 위한 기초공사라 땅을 조금 파고 콘크리트로 바닥을 만드는 정도일 것이라고 생각했는데 그게 아니네요."

"기초공사는 작은 집을 지을 때나 큰 집을 지을 때나 똑같습니다. 우선 땅을 파고 버림 콘크리트를 친 후에 기초공사를 해야 하는데 기초공사에는 두 가지가 있어요. 하나는 '줄 기초'이고, 또 하나는 '온통 기초'예요."

"우리는 어떤 것으로 하나요?"

"여기서는 줄 기초를 할 예정입니다. 김한수가 줄 기초를 고집해서요. 줄 기초를 하려면 벽체가 들어설 자리에 1.3미터 높이의 거푸집을 설치하고 철근을 배근配筋한 다음 레미콘을 타설한 후 시멘트가 굳기를 기다려야 해요. 시멘트가 굳으면 안쪽에 흙을 채우고 그 위에 방수를 위한 비닐과 단열을 위한 패드를 깔고 다시 철근을 배근한 다음 슬래브를 쳐야 합니다. 기초공사가 끝나면 기초의 높이가 거의 2미터 가까이 될 거예요."

"과정이 그렇게 복잡하면 비용이 많이 들겠네요?"

"벽체 부분에만 레미콘을 타설하기 때문에 시멘트와 철근은 절약할 수 있지만 시간이 많이 걸리고 인건비가 많이 들지요. 그래서 저는 온통 기초를 하자고 했지만 김한수가 말을 듣지 않네요."

"온통 기초는 어떻게 하는 거예요?"

"온통 기초는 집을 지을 자리 전체에 철근을 배근하고 레미콘을 붓는 거예요. 시멘트와 철근은 많이 들지만 시간과 인건비를 절약할 수 있어요. 괴산의 펜션 공사에서는 제 생각대로 온통 기초를 하기로 했어요."

"기초의 깊이는 법으로 정해져 있나요?"

"기초는 한겨울에 땅이 어는 깊이를 나타내는 동결 심도보다 깊이 하도록 규정되어 있어요. 중부지방의 동결 심도는 1.3미터입니다."

김희철은 자신만만한 표정으로 기초공사에 대해 설명했다. 이런 표정은 지난 2월의 잠적 사건 후 김희철에게서 좀처럼 볼 수 없던 것이었다. 앞으로 공사를 잘해 보겠다는 이야기와 그동안 여러 가지 일로 마음 상하게 해서 미안하다는 이야기도 했다. 다시 믿음직한 사장의 모습으로 돌아온 김희철을 보니 앞으로 공사가 잘될 것 같다는 생각이 든다. 2월 잠적 사건 때 실망했던 것을 생각하면 다행한 일이다.

기초 레미콘 타설

5월 5일 타설한 버림 레미콘이 굳은 뒤, 김한수 팀이 8일과 9일 이틀 동안 약 1.3미터 높이의 거푸집을 설치하고 철근을 배근했다. 김한수 팀은 공사를 매우 꼼꼼하게 하는 것 같다. 모든 것을 규정대로 하는 느낌이었다. 게다가 한 가지 공정이 끝날 때마다 다음 작업은 무엇이며 언제 할 것인지를 알려 주었다. 이렇게 당연한 일을 김희철은 왜 하지 못하는 것일까?

오늘은 거푸집에 레미콘을 타설하는 날이다. 펌프카가 와서 자리를 잡은 다음 레미콘 트럭이 와서 레미콘을 타설했다. 레미콘 트럭은 모두 3대가 왔다. 트럭 한 대가 3루베밖에 못 싣고 왔다니까 모두 9루베를 타설한 셈이다. 레미콘을 싣고 온 기사는 나를 보자마자 "아, 너무 위험합니다." 하고 말했다. 고개의 경사가 급해 뒤가 무거운 레미콘이 넘어오는데 힘들었다는 이야기일 것이다. 힘들다고 하면서도 레미콘 트럭도 오고, 흙을 실은 트럭도 온다. 심지어 몇 년 전 위쪽 밭에는 농막을 실어 오기도 했다.

줄 기초.
철근이 배근된 거푸집 안에
레미콘을 타설하고 있다.

배관 공사 및
복토 작업

줄 기초 콘크리트가 굳자 안쪽에 배관 공사를 하고 슬래브를 치기 위해 줄 기초 안쪽을 흙으로 메우는 공사를 했다. 흙으로 메우는 일은 전에 터 파기 공사를 했던 포클레인 기사 윤성호가 했다. 윤성호는 한참을 기다리고 있다가 흙을 넣으라고 하면 한 바가지 퍼서 넣고 또 기다렸다. 아마 포클레인 작업 중에 가장 쉬운 작업일 것이다. 나는 윤성호에게 부탁해서 쉬고 있는 포클레인으로 밭 여기저기를 정리했다. 줄 기초 안을 흙으로 채우는 작업이 끝나자 얇은 비닐 위에 두툼한 스티로폼 단열재를 깔고 그 위에 철근 배근 공사를 했다.

　나는 쉬는 시간에 김한수와 잠깐 이야기를 나누었다.

　"일하시는 것을 보니 아주 꼼꼼하게 하시던데, 언제까지 우리 공사를 하실 건가요?"

　"일단은 끝까지 가기로 했는데 몇 가지 문제가 있어요."

　"어떤 문제인데요?"

　"이 디자인대로 집을 지으려면 징크 강판으로 외장 공사를 한 다음 단열재를 따로 시공해야 하는데 김희철은 징크 판넬로 한꺼번에 시공하겠다고 하네요. 김희철이 워낙 고집이 세서 걱정이에요."

　김한수와 김희철이 서로 반말을 하는 것으로 보아 오래전부터 알고 지내는 사이 같은데, 공사 방법에 대해서는 사사건건 의견 대립이 있는 것 같았다. 김한수는 김희철이 고집이 세다고 했지만 이야기하는 것으로 보아서는 김한수의 고집도 대단할 것 같았다. 내가 보기엔 김한수가 김희철보다 공사를 체계적으로 하는 것 같지만, 공사에 문외한인 나로서는 누구의 방법이 옳은지 알 수 없다. 서로 자신의 주장만 내세우지 말고 협조해서 우리 집을 잘 지어 주면 좋으련만.

철근 배근 공사

김한수와 같이
일 못 하겠습니다

주말에 서울에 갔다가 오늘 농장에 와 보니 기초 슬래브 레미콘 타설이 끝나 있었다. 어제 예정대로 레미콘을 부은 모양이다. 이제 레미콘이 굳는 대로 이번 주말쯤부터는 철 구조물을 세우는 일이 진행될 것이다. 다음 주에는 집이 제 모습을 드러내는 것을 볼 수 있으면 좋겠다.

오늘은 기초 콘크리트가 굳기를 기다리느라 아무 공사도 하지 않는데 김희철이 농장에 왔다. 김희철은 김한수 팀이 해 놓은 기초공사를 살펴보고는 불쑥 말했다.

"김한수와 같이 일하는 것을 보류하기로 했습니다. 하도 말이 많아서요. 김한수는 남의 말을 무시하고 자신의 생각만 옳다고 고집을 부려요."

그 이야기를 들으니 김한수가 전에 내게 우리 집 외장재 선택이 잘못됐다고 했던 것이 생각났다. 김한수의 이야기를 들을 때부터 김희철과 김한수가 같이 일하기 어려울지 모른다는 생각을 하긴 했었다. 두 사람의 의견이 맞지 않으면 한 사람이 그만두어야 하는데, 공사 책임자는 김희철이니 김한수가 그만두어야 할 것이다. 나는 아쉬움을 누르고 김희철에게 말했다.

"잘 생각했어요. 나는 김 사장님에게 이 공사를 맡겼고, 이 집은 김 사장님 작품입니다. 김 사장님이 일하기 편한 사람들하고 일하세요. 서로 자기 방식이 옳고 상대방의 방식은 잘못됐다고 말하지만 이런 작은 집을 짓는데 잘못되면 얼마나 잘못되겠어요. 사람들의 의견 대립은 대부분 누구 의견이 옳은가의 문제보다는 자존심 싸움이고, 주도권 다툼이에요. 사공이 많으면 산으로 갑니다. 이 집의 건축 책임자는 김 사장님이니까 김 사장님 생각대로 하세요."

나는 확실하게 김희철을 밀어주기로 했다. 두 사람의 의견 대립으로 공사가 지연되면 어쩌나 염려가 되었기 때문이다. 이미 늦어졌는데 여기서 다시 공사가 지연되는 일은 없었으면 좋겠다.

4월 25일에 측량을 끝낸 후 22일 만에 기초공사가 끝났다. 김희철이 1주일이면 된다고 했던 공사다. 이러다가는 김희철이 말했던 6월 말까지 공사를 끝내는 것이 가능하지 않을 것 같다.

완료된
기초공사

추가 흙 넣기

내가 밭을 산 것은 2012년 6월로, 꼭 10년 전이다. 그런데 사고 보니 밭이 온통 진흙땅이어서 농사를 짓기에 적당하지 않았다. 비만 오면 질척거리고 쑥쑥 빠져 다니기조차 어려웠고, 마르면 돌처럼 단단해 호미가 들어가지 않았다. 그래서 할 수 없이 여러 번에 걸쳐 마사토를 넣어 토질을 개선했다. 2013년에 8차(3만 원×8차=24만 원), 2015년쯤에 30차(8만 원×30차=240만 원), 그리고 지난달에 16차(5만 원×16차=80만 원)를 넣었다.

그런데 기초공사를 하고 보니 그것으로도 모자랐다. 그래서 오늘 27차(6만 원×27차=162만 원)를 더 넣었다. 밭을 샀을 때부터 따지면 모두 81차를 넣은 셈이다. 그리고 흙값으로 지불한 돈도 500만 원이 넘는다. 흙을 정리하느라 포클레인 작업에 들어간 돈을 합하면 지금까지 흙 넣는 데 쓴 돈만 800만 원 가까이 된다.

흙은 대개 공사장에서 나오는 흙이라 내가 원하는 흙을 받을 수 있는 것도 아니고, 내가 원하는 양을 받을 수도 없다. 흙값이 차이가 나는 것은 공사장에서 이곳까지 흙을 운반하는 비용이 다르기 때문이다. 시장에 가서 원하는 물건을 골라 사는 것과는 달리 흙은 고를 수 없기 때문에 운이 좋아야 좋은 흙을 받을 수 있다. 내가 지금까지 받은 흙은 모두 질이 좋은 마사토였다. 오늘 들어온 흙도 마사토였다. 흙을 넣은 덤프트럭 기사가 가면서 "운이 좋으십니다." 하고 말했다. 그동안 흙이 모자라 집 주위를 어떻게 마무리하나 걱정했는데 흙 문제는 해결된 것 같다.

　기초공사도 끝나고 흙 문제도 해결되었으니 이제는 건물을 올릴 차례다. 그러려면 현대하우징 공장 마당에 서 있는 철골 프레임을 해체한 다음 옮겨 와 조립을 해야 한다. 김희철은 철골 프레임을 옮겨다 조립하는 작업은 이틀이면 충분하다고 했다. 저렇게 자신 있게 말을 하니, 며칠 후에는 이곳에 철골 구조물이 서 있을 것이다.

하수관 매설 및
터 메우기 공사

어제 흙 넣기가 끝날 때쯤 김희철이 와서 "공사가 조금 늦어지더라도 주변 대지를 먼저 정리한 다음 철골 구조물을 설치하는 공사를 시작해야 되겠습니다." 하고 말했다. 나는 어떤 공사를 먼저 하는지에 대해서는 관심이 없었지만 '공사가 조금 늦어지더라도'라는 단서에는 마음이 쓰였다. 그 단서 때문에, 김희철이 대지 정리를 먼저 하려고 하는 것이 아니라 공사를 뒤로 미루기 위한 핑곗거리를 찾는 것으로 느껴졌다. 그러지 않아도 늦어진 공사인데 기초공사가 끝났으면 건물 공사를 시작해야지 또 공사를 지연시키겠다는 것을 이해할 수 없었다. 그래서 당장 대지 정리 작업을 시작해 달라고 강력하게 요구했다. 김희철은 의외로 순순히 알겠다고 했다.

그러더니 오늘 김희철이 조 부장이라는 사람과 조 부장이 데리고 다니는 김성중, 청주 목수 그리고 포클레인 기사인 윤성호까지 대동하고 와서 대지를 정리했다. 공사 일을 맡아 하기로 했다는 조 부장 이야기는 김희철에게 여러 번 들었지만 실제로 만난 것은 오늘이 처음이었다. 원두막을 철거할 때 일했던 청주 목수는 김희철이 도와 달라고 해서 달려왔다고 했다.

작업자들은 하수관 배관 공사를 하고, 터를 어느 정도 메운 뒤 건물 기초 주변에 우수관을 묻고 대지를 완전히 메웠다. 이것으로 건물을 올릴

허 메우기 작업

모든 준비가 끝났다. 나는 김희철에게 흙 넣는 비용은 내가 지불했으니 오늘 포클레인 비용은 공사비에서 지불하라고 했다. 그러자 이번 공사를 위해 해체했던 울타리를 직원들을 시켜 보수해 줄 테니 포클레인 비용을 나보고 지불하라고 했다. 나는 그렇게 하자고 동의했다.

다행히 오늘 온 조 부장과 김성중 그리고 청주 목수가 모두 긍정적이고 적극적인 사람들이라 예정했던 일들을 다 끝마칠 수 있었다. 조 부장은 공사판에서는 안 되는 일이 없다고 하면서 나와 아내가 요구하는 자질구레한 일들을 모두 해 주었다. 일이 생각보다 잘 진척되자 내 마음도 가벼워졌고, 내 기분이 좋아진 것을 본 김희철도 흡족해했다. 오늘 포클레인 비용 70만 원을 지불했지만 기분 좋게 서울로 향할 수 있었다.

어제 김희철 말대로 오늘 작업을 하지 않고 다음 주로 미뤘다면 서울로 오는 발걸음이 무거웠을 것이다.

김희철도 공사가 빨리 진척되는 것을 좋아하면서 왜 자꾸 공사를 지연시키려고 하는지는 아직도 의문이다. 주말에 직원들에게 일하러 나오라고 하기가 어려워서 그런 것인지, 아니면 귀찮은 일은 뒤로 미루고 보는 성격 때문인지, 그것도 아니면 내가 알 수 없는 회사 사정이 있는 것인지 알 수 없다. 오늘 작업은 내가 밀어붙이는 바람에 할 수 없이 하게 되었지만 생각보다 잘 진척되니 김희철이 더 좋아하는 것 같았다.

식언食言

지난 월요일 내가 서울에서 농장에 도착하고 얼마 안 있어 김희철이 농장으로 찾아왔다. 특별히 용건이 있었던 것이 아니라 잠시 쉬다 가려 한다고 했다. 지난 주말에 터 메우기 작업을 끝내고 공사가 잘 진척되고 있는 것 같으니까 내게 칭찬을 받으러 온 것 같았다. 김희철에게 다음 공사 일정을 물어보았더니 "내일은 다른 일로 바쁘고, 수요일에 공장에 만들어 놓은 철골 프레임을 해체해서 옮겨 오는 작업을 할 겁니다." 하고 대답했다.

김희철이 자신 있게 이야기했기에, 오늘은 아침 일찍 일어나 작업자들이 오기를 기다렸다. 그러나 아무도 나타나지 않았다. 점심을 먹으러 가면서 오후에는 오지 않을까 기대를 했는데 오후에도 아무도 오지 않았다. 김희철에게서 연락이 온 것은 6시가 다 되었을 때였다.

"프레임을 해체해서 옮기는 작업을 토요일에 하기로 했습니다."

김희철이 말했다.

"그러면 이번 1주일은 아무 일도 하지 않고 지나가는 거네요."

내가 말하자 김희철이 대답했다.

"죄송합니다. 토요일에 작업을 하려고 장비를 예약해 놓았으니 그리 아십시오."

나는 순간 화가 났지만 "그렇다면 할 수 없지요." 하고 전화를 끊었다.

김희철이라는 사람을 정말로 이해할 수가 없다. 김희철은 이틀 앞의 작업도 챙기지 못하는 무능력자이거나 다른 사람들과의 약속을 어기는 것쯤은 대수롭지 않게 생각하는 상습적인 거짓말쟁이 중 하나일 것이다. 나는 요즘 김희철의 행동에 점점 실망하고 있다. 김희철은 한 달이나 걸려 해 놓은 기초공사를 대단하게 생각하고 있는 것 같다. 그러곤 기초공사 다음에 할 후속작업에 대해서는 구체적인 작업 일정조차 이야기하지 않고 있다. 이번 주만 해도, 월요일에는 수요일인 오늘 철골 프레임을 옮겨 와 조립하겠다고 했다가, 수요일이 되자 토요일로 바꾸었다. 이렇게 자주 식언을 하는 것은 무엇 때문일까? 작업자나 장비를 구하는 것이 어렵기 때문일까?

　　이번 토요일에 정말로 일을 할는지는 토요일이 되어 봐야 알 수 있을 것이다. 김희철은 6월까지 공사를 끝내겠다고 했지만 그것은 김희철이 한 수많은 식언 중 하나가 될 것이 확실해졌다. 이렇게 가다가는 6월은커녕 7월에도 공사를 끝내기 어려울 것 같다.

고개 위에 나뒹구는
철골 프레임

지난 금요일 내가 서울로 출발하기 위한 준비를 하고 있을 때 김희철이 와서 지금 공장에서 철골 프레임 해체 작업을 하고 있으니 곧 농장에 도착할 것이라고 했다. 수요일에 전화했을 때는 토요일에 옮겨 오겠다고 해서 그렇게 알고 있었는데 갑자기 일정이 하루 앞당겨졌다. 나는 서울에 일이 있어서 철골 프레임이 오는 것을 보지 못하고 서울로 출발했다.

하루라도 일정을 앞당긴 것으로 보아 김희철이 공사를 빨리 하기로 마음먹은 것 같았고, 철골 프레임을 옮겨 와 조립하는 데는 하루나 이틀 정도밖에 걸리지 않는다는 이야기를 여러 번 들었기 때문에 내가 서울에 와 있는 주말 동안에 철골 프레임의 조립 작업이 모두 끝나 있을 것으로 기대했다. 그러나 농장으로 향하는 고개를 올라서는 순간 기대는 큰 실망으로 바뀌고 말았다. 농장에 서 있어야 할 철골 프레임이 고개 위에 나뒹굴고 있었다. 철골 프레임을 싣고 고개를 올라오다가 문제가 생긴 모양이었다. 농장은 내가 떠날 때와 달라진 것이 아무것도 없었다.

지금쯤이면 조립이 끝나서 농장에 서 있어야 할 철골 프레임이 고개 위 공터에 나뒹굴고 있는 이유는 무엇일까? 지난 주말에 김희철로부터 아무런 연락을 받지 못했기 때문에 그 이유를 짐작조차 할 수 없다. 철골조를 싣고 온 트럭에 문제가 있었을까? 아니면 작업자들 사이에 문제가 있었을까?

지난 주말에
있었던 일

아침에 조 부장이 김성중과 함께 와서 고개에 쌓여 있던 철골 프레임을 크레인이 달린 작은 트럭을 이용해 농장으로 옮겼다. 나는 조 부장에게 지난 주말에 무슨 일이 있었는지 물어보았다.

"지난 금요일 김 사장과 크레인 트럭 기사, 그리고 직원들 사이에 심한 다툼이 있었어요. 작은 트럭으로 세 번 정도 날랐으면 아무 문제가 없었을 것을 김 사장이 고집을 부려 큰 트럭으로 한 번에 나르려다가 커브 길에서 트럭이 긁혔거든요. 그 뒤로 된다 안 된다 하면서 계속 싸우더니 철골 프레임을 옮기다 말고 이렇게 쌓아 놓고 간 거예요."

일을 끝내고 가면서 조 부장은 김희철이 새로 시작한 스마트팜용 온실 공사와 괴산의 펜션 공사, 우리 집 공사를 어떤 방법으로 해 나갈지를 결정해야 다음 작업 일정이 잡힐 것이라고 했다. 조 부장은 아무래도 세 현장의 공사를 동시에 진행하는 것이 불가능해 보인다면서, 괴산의 펜션 공사는 다른 사람에게 넘기는 것이 좋겠다고 김희철에게 권유했다고 말했다.

저녁 무렵에는 김희철이 농장으로 찾아와 주말에 있었던 이야기를 들려주었다. 김희철의 이야기는 조 부장의 이야기와 달랐다.

"저는 지난 금요일 몸이 아파 농장에 오지 못하고 조 부장과 직원들이 프레임을 옮기는 작업을 했는데, 조 부장과 나이 많은 직원들 사이에 다툼이 있었습니다. 전화로 그 이야기를 듣고 농장에 와서 제가 조 부장과 직원들에게 화를 많이 냈습니다. 그럴 거면 다 그만두라고 했어요. 그랬더니 트럭 기사가 차를 돌리기 어렵다면서 고개 위에 프레임을 내려놓고 가 버렸습니다."

조 부장과 김희철의 설명 중 누구의 말이 맞는지는 알 수 없다. 그러나 그런 것은 중요하지 않다. 문제는 이 일로 공사가 중단되었다는 것이다. 또 어떤 예상치 못했던 일이 생겨 발목을 잡을지 모른다. 갈수록 태산이라는 말은 이런 경우를 두고 하는 말일 것이다.

김희철의
12평 철골조

오늘 아침 김희철이 조 부장과 싸웠다던 나이 많은 반장 두 명과 함께 왔다. 철골 프레임을 조립하기 위한 준비를 하는 것으로 보아 공사를 다시 시작할 모양이다. 나는 일이 있어서 서울 갈 채비를 하고 있었다. 그런데 김희철이 서울 가기 전에 30분의 시간이 있으면 서장동에 새로 마련한 부지에 설치한 스마트팜용 온실의 철골 프레임을 보고 가라고 했다.

아내와 함께 서장동 부지에 가 보니 12평형 골조가 설치되어 있었고, 조 부장과 두 명의 작업자가 다락 만드는 작업을 하고 있었다. 직원들끼리 싸워서 공사를 일시적으로 중단한 줄 알고 있었는데 사실은 우리 집 공사를 중단하고 이곳에서 온실용 골조 만드는 작업을 하고 있었던 모양이다. 나는 김희철과 조 부장에게 농담처럼 말했다.

"우리 집 일은 뒷전이고 이 공사에만 모두 매달리고 있는 것 같네요. 어떻게 하다가 우리 공사가 찬밥 신세가 되었지요?"

김희철은 당치 않다고 했다.

"아닙니다. 그럴 리가 있나요. 선생님네 집을 제대로 잘 짓기 위해 여기서 예행연습을 하고 있습니다. 다락이 어떻게 나오나 미리 보기도 하고요. 높은 쪽 다락은 정상적으로 생활할 수 있을 정도로 높다는 것을 확인했습니다."

김희철의 말에 다락 만드는 작업을 돕고 있던 작업자가 용접해 놓은 다락 골조 위에 올라가 다락이 얼마나 높은지를 확인시켜 주었다.

우리 집 철골 프레임은 이미 현대하우징 공장에서 조립해 보았던 것이라 예행연습이 필요하다는 김희철의 설명을 납득할 수는 없었지만, 공사를 중단하진 않은 것 같아 마음이 놓였다. 김희철이 체계적으로 사업을 하고 조직적으로 공사를 진행하지는 못해도 남을 속이거나 해를 끼칠 사람은 아닌 것 같다. 나 몰래 12평형 철골조를 설치하고는 그것을 내게 보여주며 안심시키는 김희철이 안쓰럽기까지 하다. 서울로 떠나면서 내일 오후에 내려왔을 때는 우리 집 철골 프레임도 완성되어 있어야 한다고 못을 박았다.

인내심의 한계는
어디까지일까?

어제 4시 30분쯤 서울에서 농장에 도착해 보니 철골 프레임 조립 작업이 도중에 중단되어 있었고, 인부들은 보이지 않았다. 아직 5시가 되지도 않았는데 작업을 끝내고 가 버린 것 같았다. 보통은 8시에 일을 시작해서 5시에 끝내는데 왜 5시 전에 일을 끝냈는지 알 수 없었다. 벽체 설치를 끝내고, 지붕을 설치하려다 크레인이 없어 내일로 미룬 것일지도 모르겠다.

나는 오늘 아침 8시에 작업자들이 와서 조립 작업을 계속하길 기다렸다. 그러나 아무도 나타나지 않았고, 아무런 연락도 없었다. 김희철에게 전화를 했지만 전원이 꺼져 있었다. 혹시 서장동에서 작업을 하고 있는 것이 아닌가 해서 점심 먹으러 가는 길에 서장동 현장에도 가 보았지만 거기도 아무도 없었다. 괴산 펜션 현장에서 공사를 빨리 해 주지 않는다고 건축주가 화를 내니까 오늘은 모두들 그곳으로 간 것일까? 아무런 설명도 없이 하던 일을 팽개쳐 두고 사라지다니 참으로 답답한 노릇이다.

차라리 멀리 있어 눈으로 보지 않으면 모르겠는데 하루 이틀 일하고 며칠씩 팽개쳐 두는 일을 눈앞에서 보고 있으니 애가 타지 않을 수 없다. 생각 같아서는 김희철을 만나 한바탕 야단을 치고 싶지만 괜히 화를 냈다가 공사가 더 늦어질지도 모른다는 염려 때문에 참고 있다. 하지만

조립하다 만
철골 프레임

언제까지 참을 수 있을는지,
그리고 무작정 참기만 하는 것이 잘하는 일인지 모르겠다.

내가 지나치게 조바심하는 건가 하는 생각이 들기도 한다. 내일 와서
크레인이 수배가 안 돼 하루 쉬었다고 하면 금방 마음이 풀어질 것이다.
하루나 이틀 일을 한 뒤에 다시 사라지면 또 조바심을 내다가 다시
나타나면 마음이 풀리는 일을 몇 번 반복하다 보면 집이 지어지는 것
아닐까? 어느 현장도 포기하기 싫지만 동시에 공사를 진행할 능력이 안
되는 김희철로서는 욕먹을 각오를 하고 여기 왔다 저기 갔다 하면서
찔끔찔끔 공사를 해 나갈 생각인지도 모른다.

김희철이 공사를 끝까지 할 것이라는 믿음만 있다면 공사가 조금
늦어진다고 조급해하지는 않을 것이다. 그러나 김희철은 언제 공사를
중단하고 사라질지 모른다는 불안감을 갖게 행동해 왔다. 따라서 며칠만
공사가 중단되어도 애가 타게 된다. 아무래도 공사가 끝날 때까지 계속
마음을 졸이게 될 것 같다.

2022년
6월 4일
토요일

찾을 수 없는
괴산 현장

오늘 아침에도 기다렸지만 인부들이 오지 않았고, 김희철의 전화기는
전원이 꺼진 상태였다. 마냥 기다리기가 답답해 괴산 현장을 찾아가
보기로 했다. 괴산 현장 일이 바빠서 우리 공사를 미루는 것이라면
불안하지는 않을 것 같았기 때문이다. 그러나 나는 괴산 현장의 정확한
위치를 모르고 있었다. 김희철과 이야기하던 중에 연내면 조제리라는 말을
들은 것이 괴산 현장에 대해 알고 있는 전부였다. 우선 인터넷 지도에서
조제리에 펜션을 지을 만한 곳을 찾아보았다.

마을 인근에 펜션을 짓지는 않을 것이고, 골프장 부근이나 캠핑장
근처에 지을 것이다. 마침 조제리에는 '힐탑캠프'라는 캠핑장이 있었다.
펜션을 짓는다면 그 부근이 가장 그럴듯한 후보지였다. 그래서 점심
식사도 할 겸 해서 아내와 함께 조제리를 둘러보기로 했다. 조제리에
도착해 좁은 길을 따라 산속에 있는 힐탑캠프를 찾아갔다. 그러나 그
주변에는 펜션을 짓고 있는 현장이 없었다. 되돌아 나와서 큰길을 따라
조제리 일대를 둘러보았지만 공사를 하고 있는 곳은 찾을 수 없었다.

하긴 조제리에 있는 어느 골짜기 안에서 펜션을 짓고 있다면 이렇게
큰길로 다니면서 둘러보아서는 찾을 가능성이 없을 것이다. 마지막으로
조제리에서 가까운 곳에 있는 골프장 부근도 살펴보았지만 헛일이었다.
결국 공사 현장 찾는 것을 포기하고 돌아왔다.

하루 종일 연내면을 헤맸지만 아무 소득이 없었다. 김희철은 여전히 연락을 끊고 있다. 벌써 두 번째 잠적이다. 사업을 한다는 사람이 툭하면 잠적하는 것을 어떻게 이해할 수 있을까? 도대체 어쩌자는 것인지 알 수 없다. 이제는 내가 많은 손해를 보더라도 김희철과의 관계를 정리해야 되겠다는 생각이 들었다. 내일은 어떻게든 김희철을 찾아내서 결판을 지어야겠다.

조성수

나는 조 부장의 이름이 조성수라는 것을 오늘 처음 알았다. 김희철이 계속해서 전화를 받지 않아 조 부장에게 연락하려고 보니, 조 부장의 이름도 전화번호도 아는 게 없었다. 그래서 언젠가 김희철이 조 부장과 친분이 있다고 했던 포클레인 기사 윤성호에게 물어보았더니, 전화번호와 함께 조성수라는 이름도 알려 주었다. 나는 조성수에게 전화해 왜 공사가 중단되었으며 김희철은 어디 있느냐고 물었다. 그러자 할 이야기가 많다면서 점심때 농장으로 오겠다고 했다.

조성수는 늘 데리고 다니는 김성중과 함께 프레임 조립 작업에 사용할 발판을 싣고 11시쯤 농장으로 와서 자초지종을 설명했다. 지난 목요일에 크레인을 불러 철골 프레임을 조립하던 중에 작업자들 사이에 다툼이 생겨 11시쯤 공사를 중단하고 말았단다. 혹시 괴산 현장 일이 급해 그곳 일을 하느라고 우리 공사를 중단한 게 아닐까 생각했던 나의 추측은 완전히 빗나갔다. 괴산의 펜션 공사는 기초공사를 마친 후 후속 작업이 전혀 이루어지지 않아 젊은 건축주가 무척 화가 나 있다고 했다. 아직 아무런 구조물이 없으니 현장을 찾기 어렵고, 설사 현장을 찾았다 해도 그곳에는 아무도 없었을 것이란다.

조성수는 김희철이 자금 문제로 어려움을 겪고 있어 정상적으로 공사를 진행할 수 있는 형편이 아니며, 자신을 포함한 작업자들도 인건비를 받지

못하고 있다고 했다. 그러면서 김희철이 너무 사람이 좋아 주변
사람들에게 이용당해 빚을 지게 된 것이란다.

"만약 김희철이 다른 이유로 빚을 지고 어려워하는 거면 저도 진즉에
관계를 끊었을 거예요. 마음이 착해 당한 거라 차마 그러지도 못하고….
지금까지 김희철이 저질러 놓은 농막 공사를 제가 마무리해 준 것만 해도
여럿입니다. 하지만 손해를 보면서까지 계속 같이 일할 수는 없습니다."

조성수는 김희철을 거치지 않고 내가 직접 대금을 지불해 주지 않는 한
더 이상 우리 집 일을 하지 않겠다고 했다. 자신도 데리고 있는 사람들이
있는데, 돈을 받지 않고 일을 계속할 수는 없다는 것이다.

"지난 2월 김희철이 선생님네 공사를 맡아 달라고 했을 때도 공사
대금을 제가 직접 받는 조건이어야 일을 하겠다고 말했습니다. 안 그러면
김희철이 선생님 돈을 다른 곳에 쓸 게 뻔하거든요. 김희철이 제 조건을
받아들이지 않고 계속 미적거려서 일을 안 하고 있었어요. 그런데 얼마 전
다급하게 도와 달라고 해 어쩔 수 없이 일당을 받고 공사를 하러 온
거예요."

하지만 우리 집 공사와 괴산 공사에 참여해 일을 해 보니 인건비를
받지 못하는 어려움뿐만 아니라 김희철이 데리고 있는 두 작업자와
마음이 맞지 않는 것도 문제였다고 했다. 현대하우징의 직원인 60대 반장
두 명은 젊은 사람이 나타나 부장이라는 직책을 가지고 자신들에게
작업을 지시하는 것이 마음에 들지 않았을 것이다. 반장과 부장이라는
애매한 직책도 서열과 책임의 한계를 모호하게 만들었을 것이다. 어쨌든
조성수와 두 반장은 함께 일하기 어려운 사이가 되고 만 것 같았다.

따라서 김희철은 조성수와 두 반장들 중 한쪽을 선택해야 하는 어려운 상황에 처해 있었다.

전에 김희철이 누구와 함께 일을 해야 하는지를 결정해야 하는데 그것이 쉽지 않다는 이야기를 한 적이 있다. 조성수의 설명에 의하면, 어느 쪽을 선택하든 내보내야 하는 사람들의 밀린 인건비를 정산해 주어야 하는데 김희철은 그럴 형편이 안 돼 그러지도 못하고 있단다.

나는 조성수에게 그동안 나와 김희철 사이에 있었던 일을 털어놓았다.

"설계비와 토목비를 포함해 총 공사비 1억 원 중 6500만 원을 이미 김희철에게 지불했는데, 이제 겨우 기초공사가 끝났을 뿐입니다. 전 더 이상 김희철을 믿을 수 없고, 공사를 끝내기 전에는 공사비를 더 줄 수가 없어요. 하지만 이건 김희철과 나 사이의 계약이고 약속이지, 조 부장님과는 관계가 없습니다. 조 부장님은 내가 얼마를 더 주면 여기서부터 김희철에게 공사를 넘겨받아 마무리를 해 주시겠어요?"

조성수는 다음 화요일까지 공사비를 알려 주겠다고 했다.

조성수가 돌아간 후 나는 허탈감에 빠졌다. 그동안 김희철이 공사를 계속할 능력이 없는 건 아닐까 하는 의문이 있었지만 막상 그것을 확인하고 나니 허전했다. 김희철을 의심하면서도 한편으로는 김희철이 약속대로 공사를 마무리해 줄 것이라는 희망을 버리지 않고 있었다. 지난 1일 서울로 갈 때만 해도 앞으로는 공사가 잘 풀릴 것이라는 기대가 컸다. 그러나 김희철의 두 번째 잠적과 조성수의 설명으로 김희철에 대한 기대는 모두 무너져 버렸다. 그나마 공사 내용을 잘 알고 있는 조성수가 넘겨 맡아 공사를 마무리할 수 있는 가능성이 남아 있어서 다행이다.

하지만 조성수가 맡아서 공사를 계속한다고 해도 해결해야 할 문제는 많다. 내가 이미 김희철에게 지불한 공사 대금으로 어디까지 공사를 할 수 있는지 알 수 없다. 김희철이 해 주기로 약속했던 추가 공사도 내가 부담해야 할 것이고, 공사비에 포함시키기로 했던 건축 설계비나 환경측량에 지불할 토목 설계비도 내가 지불해야 할지 모른다. 그러나 지금으로서는 공사비가 예상보다 초과되더라도 공사를 하루빨리 끝내는 방법을 찾아야 한다.

하루 종일 마음 상해하는 나를 본 아내가 이번 공사로 우리 농장의 가치가 올라가는 것을 생각하면 그 정도의 손해는 감수할 수 있다고, 마음 편하게 생각하자고 했다. 종일 속을 끓이는 내가 안돼 보였던 모양이다. 사람을 너무 잘 믿어서 큰 손해를 보게 되었다고 원망을 하지 않는 것만도 다행인데 위로까지 해 주니 고맙다. 이제부터는 마음을 추스르고 조성수와 공사를 잘 마무리할 수 있는 방법을 찾아야겠다.

사람은 겪어 보아야 알 수 있겠지만 지금까지 몇 번 본 것과 오늘 이야기를 나눈 내용으로 미루어 보면 조성수는 일단 공사를 맡으면 확실하게 일을 끝낼 사람 같아 보인다. 조성수는 김희철과는 달리 맺고 끊는 것이 확실하고, 자신의 약속에 대해 책임질 수 있는 사람인 것 같다. 문제는 조성수가 요구할 공사비이다. 김희철에게 더 지불해야 할 돈은 3500만 원이지만 그것은 이제 의미 없는 금액이 되었다. 나는 조성수가 5500만 원 이하를 요구하기를 바라고 있다. 그러나 조성수가 그보다 더 많은 금액을 요구하면 어떻게 해야 할지 모르겠다.

3자 대면

오늘 일이 있어 충주 시내에 나가 있는데 김희철에게서 전화가 왔다. 조성수에게 들었다면서 직접 만나서 이야기하고 싶다고 하기에 농장으로 오라고 했다. 김희철은 12시쯤 농장으로 왔다. 그러나 이 문제는 김희철과 둘이서 이야기하는 것보다 조성수와 셋이서 이야기하는 것이 좋겠다는 생각이 들어 조성수도 농장으로 오도록 했다. 이렇게 해서 나와 김희철 그리고 조성수의 3자 대면이 시작되었다.

나는 이 문제를 해결하는 방법으로 1안과 2안을 제시했다.

1안은 이 시점에서 김희철과 공사 계약을 종료하고, 내가 공사비로 이미 지불한 금액 중 집행하지 않은 돈의 반환을 위한 법적 절차를 시작하는 것이다. 그리고 조성수가 제시하는 공사 비용을 내가 받아들일 수 있으면 조성수가 공사를 맡아서 계속하고, 금액이 맞지 않으면 다른 사람을 찾아 공사를 맡기는 방법이다. 다시 말해 1안은 더 이상 공사를 진행할 능력이 없는 김희철과의 계약을 파기하고, 새로운 건축업자에게 나머지 공사를 맡기는 방법이었다.

2안은 현대하우징 이름으로 공사를 계속하되 조성수의 책임하에 공사를 하고, 건축비도 조성수에게 지급하며, 김희철은 이미 지급한 공사비에 해당하는 만큼 공사에 기여할 방도를 찾는 방법이다. 2안은 나와 조성수의 관계는 1안과 같지만 나와 김희철의 관계는 달라진다. 김희철은 이미 지급한 공사 대금을 급하게 갚지 않아도 되고, 공사가 끝난 다음에는 우리 집을 현대하우징이 지은 집으로 홍보에 이용할 수 있게 된다. 다시 말해 김희철은 이미 받은 공사비를 천천히 돌려주면서 홍보에 이용할 수 있는 완성된 집을 갖게 되는 것이다.

내가 2안처럼 김희철에게 유리한 조건을 제시한 것은 현금 지급 능력이 없는 김희철로부터 법적 절차를 통해 이미 지급한 공사비를 회수하는 것이 현실적으로 가능하지 않을 것이라고 생각했기 때문이다. 또한 김희철의 아이디어를 공사에 이용하고 싶고, 김희철과 했던 여러 가지 구두 약속을 완전히 없던 것으로 돌리기보다는 살아 있도록 하고 싶었다. 혹시라도 공사가 끝나기 전에 김희철의 형편이 좋아진다면 이미 지급한 공사비 대신 부대시설을 설치해 주는 것도 기대해 볼 수 있을 것이다.

나는 김희철과 조성수에게 1안보다는 2안으로 가고 싶다고 했다. 김희철과 조성수도 동의했다. 따라서 2안으로 앞으로의 공사를 진행하기로 합의했다. 그동안 김희철에게 지불한 6500만 원의 공사비 중 현재까지 공사에 사용한 약 3500만 원 정도를 제외한 3000만 원을 손해 보고 공사를 새로 시작하게 된 것이다. 문제는 공사비였다. 나는 조성수에게 김희철과 협의해서 공사를 끝내는 데 필요한 공사비를 내일까지 제시해 달라고 했다. 5500만 원 이하를 부르면 좋겠지만 6000만 원까지는 받아들일 생각이다. 그러나 그 이상의 금액을 요구할 경우에는 다시 생각해 보아야 할 것이다. 조성수도 내가 김희철에게 3000만 원이나 떼인 것을 알고 있으니 그걸 감안해서라도 내가 감당할 수 없는 금액을 제시하지는 않을 것이다.

조성수가 나머지 공사를 맡기로 함

아침 7시가 되자 크레인이 도착하고, 곧이어 조성수가 김성중과 또 한 명의 작업자를 데리고 와서 철골 프레임 조립 작업을 시작했다. 나와 조성수는 작업이 진행되는 걸 지켜보면서 공사비에 대해 이야기했다. 어제 나와 이야기를 끝낸 뒤, 조성수와 김희철은 고개 위에 있는 나무 그늘 밑에 앉아 장시간 이야기를 나눴다고 한다.

김희철은 추가 공사비로 5000만 원만 받으라고 했지만 자신은 그것으로는 도저히 공사를 할 수 없다고 했다. 징크 판넬값만 해도 800만 원인데 설치비를 포함하면 외장 공사에만 1300만 원이 필요하고, 석축을 쌓는 데도 400만 원은 들어가기 때문에 나머지 3000만 원으로 공사를 마무리하는 것은 불가능하다는 것이다.

따라서 최소한 6000만 원은 돼야 공사를 할 수 있다고 했다. 6000만 원은 내가 생각하고 있던 금액의 상한선이었다. 나는 6000만 원을 줄 테니 준공까지의 공사를 마무리해 달라고 했다. 대신 공사비를 언제 어떻게 지불할지를 미리 결정하자고 했다. 김희철처럼 시도 때도 없이 돈을 달라고 할까 봐 걱정되었기 때문이다. 그러나 조성수는 그 이야기는 공사가 돼 가는 것을 보면서 나중에 이야기하자고 했다.

철골 프레임 조립에는 약 세 시간이 걸렸다. 11시 30분에 일을 끝낸 조성수는 작업자들과 함께 다른 공사장으로 갔다. 본격적으로 우리 공사를

프레임
조립 작업

시작하기 전에 마무리해야 할 일이 남아 있어 우리 공사는 주말부터나
시작할 수 있을 것이라고 한다.

　오후에 조성수에게서 외장재로 사용할 징크 판넬을 주문하려고 하니
2000만 원을 자신의 계좌로 입금해 달라는 전화가 왔다. 나는 농협에
가서 2000만 원을 조성수 계좌로 송금했다. 조성수는 금요일까지 판넬이
현장에 도착할 것이라고 했다. 아직 공사가 본격적으로 시작된 것은
아니지만 일이 제대로 되어 가는 것 같아 마음이 놓인다. 이제 더 이상
아무 문제 없이 공사가 마무리되었으면 좋겠다.

오늘 오후에는 뜻밖의 손님도 찾아왔다. 농장에 있는데 자동차 문이 닫히는 소리가 나서 나가 보니 젊은 남자와 조금 더 나이가 들어 보이는 여자가 오전에 조립을 마친 우리 집 철골 프레임을 둘러보고 있었다. 나는 순간적으로 괴산에서 펜션을 짓고 있는 사람이라는 생각이 들었다. 그래서 혹시 괴산 조제리에서 왔느냐고 물었더니 그렇다고 했다. 내가 지난주에 그들을 만나기 위해 조제리에 갔던 이야기를 하니 자신들도 얼마 전 여기에 와서 고개 위에 뒹굴고 있는 철골 프레임을 보고 갔다고 했다. 공사가 제대로 진척되지 않는 이유를 알기 위해 나를 만나고 싶었다는 것이다.

젊은 남자의 이름은 최순철이었고, 나이 든 여자는 최순철의 회사 동료라고 했다. 최순철은 다행히 김희철에게 두 개 동의 공사비로 4000만 원만 주었고, 그 돈으로 기초공사와 철골 프레임까지 마치게 되었으니 금전적으로 손해는 없지만 그동안 마음고생을 많이 했다고 했다. 최순철은 김희철을 경기도 광주에 있는 징크 판넬 공장에 데리고 가서 철골 프레임값 1500만 원을 그 자리에서 지불하게 했다면서, 철골 프레임이 현장에 도착하면 내일과 모레 이틀 동안에 조립을 마칠 것이라고 했다. 일단 철골 프레임 작업이 끝나면 이후의 공사는 김희철을 배제하고 자신이 직접 할 예정이란다. 결국 김희철은 괴산 현장에서도 쫓겨나게 되었다.

하지만 최순철은 공사가 지연된 것을 제외하면 금전적 손해를 본 것은 없어서인지 김희철과 얼굴을 붉히지 않고 헤어지는 것 같았다. 최순철은 김희철이 머리도 좋고 착한 사람인데 공사를 하는 사람들이 김희철의 아이디어를 구현하지 못해 일이 어려워졌다고 말했다. 최순철은 김희철이 여러 번 내게 했던 이야기를 액면 그대로 받아들이고 있었다.

　나는 김희철을 보면 착하기는 하지만 능력이 없는 사람이 사기꾼이 되어 가는 과정을 보고 있는 것 같다. 여기서 받은 돈을 저기다 메우는 일을 반복하다 보면 빚과 손해를 보는 사람들이 점점 늘어나 결국 많은 사람에게 피해를 주는 사기꾼이 되는 것이다. 처음부터 사기를 칠 생각으로 사람을 속이는 나쁜 사기꾼보다는 사업을 제대로 하지 못해 결과적으로 사기꾼이 되는 사람들이 훨씬 더 많다. 그러나 나쁜 사기꾼이나 결과적으로 사기꾼이 된 사람이나 다른 사람에게 피해를 주기는 마찬가지다. 우리는 나쁜 사기꾼에게 속는 사람을 어리석은 사람이라고 생각한다. 그러나 나쁜 사기꾼에게 속은 사람이나 능력이 없는 사업가에게 당한 사람이나 손해를 보기는 마찬가지이다. 김희철은 결과적으로 나에게 사기를 친 사기꾼이 되었고, 나는 3000만 원을 사기당한 바보가 되었다.

　사기를 치고 사기를 당한 것이 엄연한 현실임에도 불구하고 김희철은 아직 자신이 사기를 쳤다는 사실을 인정하지 않고 있고, 나는 아직도 손해의 일부나마 회복할 수 있을지 모른다는 희망을 품고 있는 순진한 바보가 되어 있다. 따라서 김희철과 나는 어색하지만 아직도 만나고 있다. 그러나 괴산 펜션 공사의 경우에는 손해를 본 사람이 없으니 사기꾼도 바보도 없다. 내가 최순철만큼 똑똑하지 못해 김희철을 사기꾼으로 만들고, 나는 바보가 되어 버린 것은 아닌지 모르겠다.

갈 곳 없는 김희철과 청주 목수의 전화

오늘 내가 농막에 있을 때 김희철이 공사장을 둘러보러 왔다가 아내만 만나고 갔다고 했다. 조성수가 다른 공사를 마무리하고 있어 오늘은 공사가 없다는 것을 김희철도 알고 있었을 텐데 공사장에 왔다 간 이유는 무엇일까? 어쩌면 김희철은 이제 집을 나와도 갈 곳이 없는지도 모른다. 김희철이 공장이라고 부르던 곳에서도 쫓겨났고, 서장동에 마련한 12평형 온실 모델하우스에는 앉아 있을 자리 하나 없다. 괴산의 펜션 공사 현장에서나 우리 집 공사에서도 이제 김희철이 할 일은 없다. 갈 곳 없는 김희철이 습관처럼 우리 공사장에 다녀간 것 아닌가 싶다.

몇 군데 공사를 동시에 진행하면서 바쁘게 돌아다니다가 며칠 만에 갈 곳 없는 신세가 되었으니 김희철이 느끼는 상실감이 매우 클 것이다. 그러나 사정을 모르는 이들이 유튜브를 보고 현대하우징 농막에 관심을 보이면 금방 바쁜 사람으로 변할 것이다. 아마 그런 이들을 만나면 김희철은 우리 집이나 괴산의 펜션 공사장을 현대하우징이 맡아 진행하고 있는 현장이라고 선전할 것이다. 그러면 우리 집 공사 현장을 보러 오는 사람도 있을 텐데, 그 사람이 나에게 김희철이나 현대하우징에 대해 묻는다면 어떤 이야기를 해 줘야 할까? 내게는 무척 곤혹스러울 그런 일이 일어나지 않기를 바랄 뿐이다.

이런 생각을 하고 있는데, 뜻밖에 청주 목수에게서 전화가 왔다. 나는 이 사람을 청주 목수라고 부를 수밖에 없다. 최근 이사해서 청주에 산다는 것 말고는(이것도 오늘 통화를 하며 알게 된 사실이다) 이 사람에 대해 아는 것이 아무것도 없기 때문이다.

청주 목수를 처음 만난 것은 원두막 철거 작업을 할 때였다. 그는 현대하우징에서 온 여러 명의 작업자들 중에서 젊은 편이었는데, 일을 주도적으로 열심히 했다. 잘 닫히지 않던 농막의 현관문을 고쳐 주기도 해서 그에 대한 인상이 좋았다. 그런데 그 후로 보이지 않아 김희철에게 물어보니 현대하우징 일을 그만두었다고 했다. 그래서 잊고 있었는데 지난번 하수관과 전선관 매립 작업을 할 때 나타나 조성수, 김성중과 함께 일을 했다. 김희철이 도움을 요청해 달려왔다면서, 나에게 공사가 왜 이렇게 늦어졌느냐고 물었다.

"저는 지금쯤 공사가 많이 진행되었을 것으로 생각했는데 아직 시작도 안 했네요? 왜 이렇게 늦어졌어요?"

"말도 마세요. 그동안 많은 일이 있었어요. 어려운 일들을 잘 넘겼으니까 이제부터는 잘되겠지요."

"잘됐으면 좋겠습니다. 추워지기 전에는 공사를 끝내야지요."

그때가 4월 말이었는데, 추워지기 전에는 공사를 끝내야 한다는 말에 나는 웃고 말았다. 농담을 한다고 생각했기 때문이다.

청주 목수는 그날 이후 다시 보이지 않았다. 언젠가 조성수가 데리고 다니는 김성중에게 그의 소식을 물었더니 "아, 맥스웰 말이에요?" 했다. 일하면서 하루 종일 커피 심부름을 시켜서 맥스웰이라고 부른다면서,

"그런데 그 사람 우리와 같이 일 안 해요." 하고 말했다. 김희철의 요청으로 일을 하러 왔지만 조성수와 맞지 않아 일을 그만두기로 한 것 같았다. 공사장에서는 사수와 조수의 관계가 확실하다. 한 팀에 두 사람의 사수가 있을 수 없다. 청주 목수는 나이로 보나 경력으로 보나 조성수의 조수로 일할 사람은 아니었다. 그렇다고 조성수가 청주 목수를 자기와 같은 사수급으로 대우해 줄 리도 없다.

그런데 오늘 뜻밖에 청주 목수가 전화를 한 것이다. 그는 얼마 전 청주로 이사를 했다며 안부를 전하더니 공사에 대해 물었다.

"공사는 잘돼 가고 있어요?"

"아닙니다. 골치 아픈 일이 많았어요. 그래서 김 사장과의 계약을 정리하고 앞으로는 조 부장이 공사를 맡아서 하기로 했어요."

"조 부장이요? 선생님, 조 부장은 조심해야 할 사람입니다. 그 사람 말을 믿으면 안 됩니다. 일을 맡기려면 세세한 내용까지 포함된 계약서를 꼭 쓰셔야 합니다. 혹시 아직 완전히 결정되지 않았으면 공사를 조 부장에게 주지 말고 제게 주세요. 청주에서 한 시간 거리밖에 안 되니까 제가 다니면서 해 드릴 수 있습니다. 제가 한 푼도 안 남기고 공사를 마무리해 드릴 수 있습니다."

나는 청주 목수가 조성수를 조심하라고 했을 때는 조성수에게 내가 모르는 구석이 있나 보다 하고 걱정하는 마음이 들었다. 하지만 공사를 자신에게 맡기면 한 푼도 남기지 않고 해 주겠다고 말하는 순간, 그를 믿을 수 없게 되었다. 성중의 이야기를 들어 보면 청주 목수와 조성수는 좋지 않게 헤어졌다. 따라서 좋지 않은 감정을 가지고 조성수를 비난하는 것이 틀림없다.

나는 청주 목수가 낙관적이고 적극적인 사람이어서 즐겁게 열심히 일하는 것 같아 우리 공사를 같이 못 하게 된 것을 아쉽게 생각하고 있었다. 그러나 이익을 한 푼도 안 남기고 공사를 해 주겠다는 말을 어떻게 믿을 수 있을까? 청주 목수도 별수 없이 사수와 조수의 서열을 따지고, 주도권 다툼을 벌이다가 밀려나자 일감을 빼앗기 위해 중상모략을 하는 사람일 뿐이다. 나는 청주 목수에 대해서, 그리고 오늘 전화에 대해서 잊어버리기로 했다.

달라진 것이 무엇인가?

아침 7시에 조성수가 김성중, 김호중 형제와 농장에 왔다. 조성수가
데리고 다니는 사람이 김성중 한 사람인 줄 알았는데 김성중의 동생인
김호중도 조성수의 팀원인 모양이었다. 늘 싱글싱글 웃는 김성중과는 달리
김호중은 무뚝뚝한 표정을 하고 있었지만 일은 더 성실하게 할 것 같았다.
예전에 대기업 조선소에서 용접 일도 했었다는 김호중은 용접에서부터
목수 일까지 다 할 수 있다고 했다. 조성수는 나를 보자 말했다.

"원래 며칠 동안 다른 일을 마무리하고 주말에나 여기 일을 시작하려고
했는데 마음을 바꿔 여기 일부터 하기로 했습니다. 어차피 한 곳에서는
욕을 먹을 수밖에 없으니까요."

9시쯤 되자 용접을 하는 김명철이라는 사람도 왔다. 조성수와 친구
사이인 김명철은 서로 필요할 때 일을 도와주고 있단다. 김명철은 철골
프레임 용접 작업을 시작할 것처럼 하더니 다락 공사에 필요한 강철 빔의
양을 계산해서 주문을 하고는 바로 가 버렸다. 일하러 왔다가 일을 하지
않고 가는 것이 이상하기는 했지만 아마 중간에 일을 시작하면 일당을
계산하기가 곤란해서 그런 것이 아닐까 하고 생각했다.

김명철이 돌아간 후 조성수는 내일과 모레 이틀 동안은 다른 곳에서
하던 일을 마무리하고 본격적인 공사는 다음 월요일부터 시작해야겠다고
했다. 오늘부터 우리 일을 하기로 했다더니, 조금 전에 한 말을 다시

뒤집어 버린 것이다. 나는 머리가 복잡해지기 시작했다. 지난 1주일 동안 김희철을 찾아다니고, 조성수를 수소문해 만나고, 3000만 원이나 손해를 보면서 김희철과의 계약을 파기하고 조성수를 새로운 시공자로 선정해 2000만 원이나 지불했는데, 결국 달라진 것이 무엇인가. 다락을 만들 때 사용할 강철 빔을 주문했고, 어제 주문한 징크 판넬이 내일 배달된다고 하니 달라진 것일까.

그러나 다른 공사를 하기 위해 우리 공사를 뒤로 미루는 것도 그대로이고, 공사를 할 것처럼 하다가 마는 것도 그대로다. 조성수는 오후에 김희철과 함께 새로운 농막 공사를 협의하기 위해 단양에 간다고 했다. 조성수가 김희철의 농막 일을 하고 있는 것까지도 달라지지 않았다. 달라진 것은 아무것도 없는데 나만 공사비를 2500만 원 더 지불하게 된 것은 아닌지 모르겠다. 아내는 지나가는 말로 김희철과 조성수가 공사비를 더 받아 내기 위해 짜고 일을 벌였는지도 모른다고 했다. 나는 순간이지만 정말 그럴지도 모른다는 생각도 들었다.

사람이 누구를 의심하기 시작하면 별 생각을 다 하게 된다. 상상력은 다른 동물과 구분되는 인간의 특성 중 하나일 것이다. 풍부한 상상력 덕분에 인간은 우주의 시작과 끝을 논하고 원자보다 작은 세상을 파헤칠 수 있게 되었지만 때로는 그 상상력으로 터무니없는 오해를 만들어 내기도 한다. 먼저 마무리해야 할 공사가 있었지만 우리 일을 우선 시작하기로 했던 것도, 그쪽 건축주가 재촉하자 빨리 그쪽 일을 끝내고 우리 일에 전념하기로 마음을 바꾼 것도 사실일 것이다. 일단은 그렇게 믿는 것이 내 정신 건강에 더 좋을 것 같다.

김희철의 계산기,
나의 계산기

서울에 일이 있어서 아침부터 서울 갈 준비를 하고 있을 때 김희철이
찾아왔다. 오늘도 공사가 없다는 것을 알고 있었을 테지만 공사장을
둘러보고 싶었던 모양이다. 아니면 이렇게 왔다 갔다 하며 관심을 보이는
것으로 내게 진 3000만 원의 빚을 때우려는 건지도 모른다. 그래서
김희철과의 관계를 명확하게 정리하고 넘어갈 필요가 있다는 생각이
들었다.

나는 김희철에게 커피를 권하고, 내 생각을 이야기했다.

"김 사장님이 내게 공사비 6500만 원을 받아 간 후, 데크와 원두막
철거비 700만 원, 기초공사비 1200만 원, 철골 프레임 설치비 1000만 원,
그리고 건축과 토목 설계비 일부를 합해 모두 3500만 원 정도를
집행했어요. 따라서 사용하지 않은 공사비 3000만 원을 반환해야 합니다.
만약 김 사장님이 다락 칸막이, 테라스 섀시, 대문, 주차장 공사 등을 해
주면 3000만 원을 돌려받은 것으로 하겠습니다. 그렇게 하지 않으면
김 사장님은 내게 3000만 원을 사기 친 사람이 되고, 나는 사기를 당한
사람이 되는 겁니다. 우리 집 공사가 끝나 우리 집을 홍보에 이용할
생각이라면 그 정도는 해 주셔야 합니다."

내 이야기를 조용히 듣기만 하던 김희철은 그렇게 하겠다고도,
그렇게는 못 하겠다고도 하지 않았다. 대신 주문만 몇 개 받으면 모든

것이 잘 해결될 것이라고 했다. 나는 그런 김희철을 보면서 결국 김희철이 아무것도 해 주지 못할 것이라는 생각을 했다.

그럼에도 불구하고 김희철에게 명확하게 이야기한 것은 잘한 일인 것 같다. 사람들은 저마다 다른 계산기를 가지고 있으므로 이렇게 정리해 두지 않으면 우리 집 공사를 시작한 일과 공사장을 오고 가면서 약간의 조언을 해 준 것으로 자신이 받은 공사비의 대가를 다 했다고 생각할 수도 있을 것이다. 나는 김희철에게 내가 평소에 그에 대해 생각하고 있던 이야기도 해 주었다.

"앞으로는 김 사장님의 특기를 살려 디자인과 주문을 따는 데까지만 하고, 시공은 전적으로 다른 사람에게 맡기는 것이 좋을 것 같아요. 디자인만 하면 노력의 대가를 제대로 받을 수 없지만 주문까지 받은 다음 시공자를 선정하면 공사비의 일정 부분을 당당하게 받을 수 있을 겁니다. 그리고 시공 능력이 충분히 확인된 시공자를 선정해 전적으로 공사를 맡기면 골치 아플 일도 없을 것이고요. 내 생각에는 조성수가 그런 면에서 공사를 맡길 적임자로 보이지만 조성수에게만 의존할 필요는 없을 겁니다."

이런 충고를 김희철이 얼마나 진지하게 받아들일지는 알 수 없지만 내 생각에는 이것이 김희철에게 최선일 것 같다.

공사판에서
살아남는 법

흔히들 공사판에서 일하는 사람은 거칠고 난폭할 것이라고 생각한다. 그러나 실제로 일하는 사람들을 대해 보면 거칠고 난폭한 사람은 거의 없다. 물론 개중에는 그런 사람도 있겠지만 다른 일을 하는 사람들보다 특별히 더 많은 것 같지는 않다. 다만 말투가 조금 투박하거나 친해지기 전까지는 말을 잘 건네지 않으려는 경향은 있는 것 같다.

그러나 소위 '업자'라고 하는, 건축업을 하는 사람들은 공사의 진척 사항과 관련해서는 거의 습관적으로 거짓말을 하기 때문에 그 사람들의 말을 액면 그대로 믿으면 안 된다. 처음에 나는 김희철의 말을 철썩같이 믿었다가 그대로 되지 않아 많이 화가 났었다. 나는 김희철이 특히 거짓말을 잘하는 사람이고, 다른 사람들은 그렇지 않을 줄 알았다. 그러나 공사판에서는 누구나 거짓말을 한다는 것을 알게 되었다.

시공자를 김희철에서 조성수로 바꾸면서 조성수에게 일단 공사를 시작하면 중단하지 말고 공사를 계속해 달라고 신신당부했다. 조성수는 자기는 약속을 꼭 지키는 사람이라면서 그러겠다고 했다. 그러나 오늘도 조성수는 나타나지 않았다. 전에 하던 공사를 이삼일 마무리하고 온다던 것이 벌써 10일 가까이 되었다. 그러고는 조금 전에 전화를 해서 오늘까지 그쪽 일을 마무리하고 내일부터 일하러 오겠단다. 조성수는 일방적으로 통보하고는 죄송하다면서 전화를 끊었다. 나로서는 그러라고 대답할 도리밖에 없었다.

언젠가 조성수가 '어차피 한 곳에서는 욕을 먹어야 한다'고 했던 말이 생각났다. 나는 그 말을 다른 사람에게 욕을 먹더라도 우리 일을 먼저 해 주겠다는 뜻으로 들었는데, 실은 나에게도 욕 정도는 먹을 각오가 되어 있다는 의미였다. 조성수의 이야기는 욕을 먹더라도 여러 공사를 병행하겠다는 뜻이었다. 한 공사를 끝내고 다음 공사를 시작하면 욕을 먹지 않아도 될 텐데 왜 무리한 공사를 해서 욕을 먹어 가며 일을 하는 것일까?

그러나 생각해 보면 공사 일의 특성상 그러지 않을 수가 없을 것이다. 공사 일이 항상 있는 것이 아니고, 있다고 해도 언제나 할 수 있는 것도 아니다. 공사 일은 날씨가 좋은 봄이나 가을에 몰리게 마련이고, 비라도 오면 일을 쉬어야 한다. 따라서 일을 할 수 있을 때 가능하면 많은 일을 해야 한다. 그러니 해 달라는 일을 마다할 수 없다. 게다가 일을 맡긴 사람들은 일을 빨리 해 주기를 바라니 일을 놓치지 않기 위해서는 가능하지 않은 것을 알면서도 요구대로 해 주겠다고 약속한다. 그러고는 욕을 먹더라도 여러 현장을 오가면서 찔끔찔끔 일을 하는 것이다. 그것이 공사판에서 살아남는 방법이다.

흔히들 집을 짓다 보면 10년은 수명이 단축된다고 한다. 나쁜 업자를 만나면 공사를 차일피일 미루게 되니 속이 타서 수명이 단축된다는 뜻이다. 문제는 약속대로 공사를 해 주는 좋은 업자를 만나기가 힘들다는 것이다. 거짓말하기 싫어하는 사람들은 자의든 타의든 벌써 공사판을 떠났기 때문이다. 그러니 집을 짓는 사람들은 거짓말하는 업자를 만날 가능성이 크고, 따라서 수명이 단축되는 것을 감수해야 한다.

수명이 단축되지 않는 방법이 없는 것은 아니다. 우선 공사 일정을 여유 있게 잡고, 공사 일을 하는 사람들의 약속을 반만 믿는 것이다. 설령 그들이 약속을 지키지 않더라도 살아남기 위해 하는 어쩔 수 없는 거짓말이라고 이해하고 느긋하게 기다려 주어야 오래 살 수 있다. 그들도 거짓말을 당연하게 생각할 만큼 뻔뻔스럽지는 않아서 거짓말한 것을 미안해한다. 따라서 겉으로만 화가 난 척하고 속으로는 웃으면서 기다리면 조금 늦더라도 공사가 끝날 것이다. 나는 그렇게 하지 못하고 있지만.

그렇게 혼자 마음을 다독이고 있는데 김희철이 찾아왔다. 음료수를 권하고 잠깐 앉아 이야기를 나누다 보니 점심시간이길래 같이 식사나 하러 가자고 했다. 김희철은 지금은 점심 식사를 할 마음의 여유가 없다면서 지금 자신이 정신병자가 안 된 게 신기하다고 했다. 김희철을 그런 상태까지 몰고 가는 데 나도 일조한 것 같아 미안한 생각이 들었다. 그는 내 돈 3000만 원을 떼어먹은 사람이고 나는 피해자이지만 김희철이 나를 찾아와 하소연을 하니 내 마음이 약해진다. 참 사람의 마음이란 알 수 없다.

생각이 없다는 김희철의 등을 떠밀어 같이 식당으로 가서 더덕 청국장을 먹었다. 식사를 하면서 김희철은 많은 이야기를 했다.

"제가 좀 더 모질지 못한 것이 후회됩니다. 저는 작업자들을 가족같이 대해 주려고 했는데 돌아오는 것은 그게 아니었습니다. 저는 이제서야 공사판이 어떤 곳이라는 것을 알게 되었습니다. 공사판은 그야말로 하루 벌어 하루 먹는 곳입니다. 여기서 의리나 윤리 같은 것을 따진다는 것은 별 의미가 없어요. 일을 잘하면 일거리를 주고, 일당을 주면 일을 합니다. 그러나 일을 잘 못하면 일을 주지 않고, 일당을 제대로 주지 않으면 일할 사람을 구할 수 없는 곳이 공사판입니다. 모든 것을 잃고 난 후에야 이런 것을 알게 되었습니다."

김희철의 이야기를 들으면서 나는 그가 공사판에는 어울리지 않는 사람이라는 생각을 했다. 점심을 먹은 후 김희철과 헤어져 농장으로 돌아오면서 막걸리를 샀다. 요즘 속이 좋지 않아 가능하면 마시지 않으려고 했는데 왠지 막걸리 생각이 났다.

칼자루를 쥔 사람은 조성수다

어제 하루 종일 내리던 비가 그쳤다. 아침 7시가 되자 조성수가 성중과 호중 형제를 데리고 나타나 바닥에 고인 물을 치우기 시작했다. 하던 일을 며칠 마무리한 다음에는 우리 공사에 전념하겠다고 했던 약속을 다시 확인하기 위해 그쪽 공사는 모두 끝났느냐고 물었다. 그러자 조성수가 대답했다.

"그럴 리가요."

나는 너무도 당당한 조성수의 태도에 잠시 어안이 벙벙했다. 조성수가 덧붙였다.

"현장이 어디 여기 한 곳뿐이겠습니까?"

일을 시작하기 전에 했던 말과는 전혀 다른 말이었다. 지난 화요일에 전화해서 그날까지만 공사를 마무리하고 오겠다던 조성수와도 다른 사람이 되어 있었다. 결국 전에 하던 공사를 마무리하고 우리 공사에 전념하겠다던 약속은 없던 이야기가 되었다. 앞으로도 우리 공사와 다른 공사를 번갈아 하면서 지지부진하게 공사를 진행하겠다는 공식 선언이었다. 그러나 내가 할 수 있는 일은 고작 곧 장마가 시작될 테니 서두르지 않으면 공사가 어려워질 것이라고 호소하는 것뿐이었다. 공사비를 지불한 이상 칼자루는 조성수가 쥐고 있다. 오늘 조성수는 자신이 갑이라는 사실을 확인시키려는 것 같았다. 알아서 해 줄 테니 자꾸

보채지 말고 기다리라는 압력이었다.

　조성수는 김희철과는 또 다른 사람이다. 김희철은 사업 능력이 없어서 일을 하면 할수록 빚이 늘어나고 있지만 거짓말을 한 것에 대해서는 미안해하는 사람이다. 그러나 조성수는 미안하다는 기색도 없이 당당하게 거짓말을 할 수 있는 사람인 것 같다. 조성수는 비 때문에 공사를 제대로 할 수 없어 나보다 자기네들이 더 답답하다고 하면서, 지금까지 공사가 미뤄진 것을 모두 어제 내린 비 탓으로 돌렸다. 조성수의 변한 모습을 보면서 앞으로의 일들이 걱정되었다.

　사람들이 살아가는 것도 결국은 생존을 위한 발버둥이다. 공사판에서 벌어지는 사람들 간의 갈등에는 생존경쟁의 적나라한 모습이 드러난다. 공사 일을 하는 사람들은 약속 같은 것에 구애를 받지 않는다. 그들은 쉽게 약속하고, 쉽게 잊어버린다. 지키기 위한 약속이 아니라 그 순간을 모면하기 위한 약속이다. 일면식도 없던 작업자를 일하게 만드는 것은 약속이나 의리가 아니라 돈이다. 공사판 작업자들은 오로지 돈을 벌기 위해 일을 한다.

　그런데 문제는 조성수에게 줄 돈이 4000만 원밖에 남지 않았다는 것이다. 이것으로 공사가 끝날 때까지 조성수가 열심히 일하도록 할 수 있을지 모르겠다. 내 성격으로 보아 어느 날 이런저런 이유로 돈이 필요하다고 하면 덥석 돈을 주어 버릴 것이다. 그렇게 되면 조성수는 다른 공사를 하다가 내가 사정사정해야 겨우 나타나 자선이라도 베푸는 것처럼 찔끔 공사를 해 주고 사라지는 일을 반복할 것이다.

어찌 되었든 오늘은 아침 일찍부터 공사장의 물을 닦아 내고 있으니 오랜만에 공사를 하게 되는구나 싶었다. 그런데 웬걸, 8시가 조금 지나자 조성수가 와서 물기 때문에 용접기사인 김명철이 일을 할 수 없다고 해서 철수한다고 전하곤 가 버렸다. 용접하려면 전기를 써야 하기 때문에 물기가 있는 곳에서 작업하는 것이 위험하다는 건 잘 알고 있다. 그러나 일기예보에 의하면 오전에는 흐리지만 오후에는 해가 난다고 했으니 오전에는 강철 빔을 알맞게 절단하면서 기다리다가 오후에 용접을 하면 될 일이다. 그런데 지금 물기가 마르지 않았다고 바로 철수해 버리다니….

문제는 오늘 일을 못 하는 것이 아니다. 장마철이 가까워 오니 당분간은 계속 비가 오락가락할 것이다. 그러면 그때마다 일을 하느니 못 하느니 할 것이고 공사는 한없이 뒤로 미뤄질 것이다. 어쩌다 보니 5월과 6월의 날씨 좋던 날들은 다 보내고 이제 날씨 눈치까지 보면서 기다려야 하는 처지가 되었다.

답답하던 참에, 때마침 고등학교 동창에게서 전화가 왔다. 친구는 요즘 농사가 잘되어 가느냐고 물었다. 나는 농사가 아니라 공사 때문에 애를 태우고 있다고 하소연을 했다. 그러자 집을 지으려면 목숨을 걸어야 한다고 했다. 집을 짓다가 속이 터져 세상을 떠날 수도 있다는 것이다. 그러지 않으려면 수도하는 마음으로 느긋하게 기다리라고 했다. 역시 정답은 누구나 알고 있다. 그러나 정답을 알고 있는 것과 실제로 느긋하게 기다릴 수 있는 것은 다른 이야기이다. 하지만 친구 말마따나 내 건강을 위해서라도 공사는 금년 내로만 끝내자고 마음먹기로 했다.

교차되는 실망과 희망

어제 저녁에 일기예보를 확인하니 오늘 오후 충주에 많은 비가 예보되어 있었다. 공사를 하기 위해 파헤쳐 놓은 밭이 아직 정리되지 않아 비가 많이 내릴 경우 어디가 무너질지 모른다. 특히 농장 앞 도로로 흐르는 물이 농장으로 흘러들어 오면 큰 사고로 이어질 수 있다. 비가 올 때를 대비해서 흙을 퍼다 농장 입구에 둑을 만들어 놓기는 했지만 공사하는 차들이 드나들면서 밟아 놓아 제구실을 못한다. 비가 오기 전에 흙을 더 날라다 쌓아야 안심이 될 것 같다. 서울에 있던 나는 아침 일찍 일어나 농장으로 향했다.

가는 길에 식당에 들러 황태 해장국으로 아침 식사를 하는데, 텔레비전 뉴스 소리가 들렸다. 다음 주 후반부터 전국에 장마가 시작될 거라고 한다. 순간 가슴이 답답해졌다. 장마가 시작되기 전에 적어도 외장 공사를 끝내고 주변 정리도 마쳐야 하는데, 지금까지 진행되는 것으로 보아 그것이 가능할 것 같지 않기 때문이다. 잘못하면 외장용 징크 판넬을 쌓아 놓은 채로 장마가 끝나기를 기다려야 할지도 모른다. 뼈대 조립만 끝낸 철골 프레임과 작업장에 쌓여 있는 징크 판넬이 빗속에 흥건히 젖어 들어가는 것을 보는 것은 따가운 햇살 아래 나뒹구는 철골 프레임을 보면서 답답해했던 것보다 훨씬 더 고통스러운 일일 것이다.

오늘은 오후에 비까지 예보되어 있으니 공사를 할 리 없고, 내일은

일요일이니 쉴 테고, 월요일에 다락을 만들기 위한 용접 작업을 시작하면
이틀은 해야 끝날 것이다. 그 후에 즉시 징크 판넬 작업과 축대 쌓는 일을
시작한다 해도 장마가 시작되기 전에 끝날 것 같지 않다. 조성수가 다른
공사를 하기 위해 하루 이틀 공사를 중단한다면 더 말할 것도 없다.
따라서 이제는 비를 맞고 있는 판넬을 보면서 장마를 견디어 낼 마음의
준비를 해야 할 것 같았다. 아침 식사를 끝내고 농장으로 향하는 마음이
무거웠다.

그런데 농장에 도착해 보니 뜻밖에도 조성수와 성중, 호중 형제가 철골
프레임 용접 작업을 하고 있었다. 비가 오기 전에 어제 마무리하지 못한
용접 작업을 마칠 예정이라고 했다. 조성수도 장마 소식에 다급해진
모양이다. 장마 전에 할 수 있는 데까지 공사를 하겠단다. 다시 일기예보를
확인해 보니 다행히 오후 비 예보가 사라져 있었다. 다음 주 목요일까지는
맑은 날씨가 계속되고 금요일부터 흐리다고 한다. 예보대로라면 장마는
빨라도 금요일부터나 시작될 모양이다.

나는 조성수에게 장마가 시작될 때까지 우리에게 남은 시간은
5일이라고 강조했다. 조성수는 잘 알고 준비하고 있으니 염려 말라고
했다. 하지만 염려 말라는 말에는 그다지 믿음이 가지 않는다. 이제 그런
말은 아무 의미 없이 하는 아침 인사 정도로밖에는 들리지 않는다. 서로의
믿음이 무너졌기 때문이라기보다는 공사판이라는 곳이 그런 말을 믿으면
안 되는 곳이라는 것을 알게 되었기 때문이다.

그런데 점심때쯤 되어 조성수가 내게 뛰어왔다.

"선생님, 좋은 소식입니다. 다음 주 화요일에 서울에서 징크 판넬

전문가 네 명이 와서 이틀 동안에 외장 공사를 끝내 주기로 방금 약속했습니다. 그동안 외장 공사를 어떻게 할까 많이 고민했는데 공사비가 더 들더라도 전문가를 부르는 것이 좋을 것 같아 전문가들을 부르기로 했어요. 이 사람들이 오면 이틀이면 외장 공사를 모두 끝낼 겁니다. 그리고 축대도 판넬이 치워지면 언제든지 쌓을 수 있도록 준비되어 있습니다. 장마가 시작되기 전에 틀림없이 외장 공사와 주변 정리를 끝내 놓을 테니 걱정하지 마세요."

조성수의 목소리에는 자신감이 넘쳤다. 이번에는 그냥 하는 인사치레가 아닌 것 같았다. 어쩌면 처음 해 보는 판넬 공사가 자신 없어 그동안 공사를 차일피일 미루고 있었는지도 모른다. 우리 집은 모양이 독특해 판넬 공사에도 어려움이 많을 것이다. 하루 이틀이면 된다고 했던 철골 프레임 조립과 용접 공사를 2주일 이상 끈 것도 처음 해 보는 공사여서 미루다 그렇게 되었을 가능성이 있다.

처음에는 다른 공사보다 우리 공사를 먼저 하기로 했는데 우리 공사가 자신 없다 보니 쉬운 공사를 하면서 우리 집 공사 방법을 여기저기 묻고 다녔는지도 모른다. 그러다 나의 재촉과 장마 예보에 더 이상 기다리는 것은 무리라고 판단하고 전문가라는 사람들에게 외장 공사를 맡기기로 한 것 같다. 내가 "그 사람들 자칭 전문가가 아니라 진짜 전문가가 확실해요?" 하고 물었더니, 전에 서울 공사를 같이 한 적이 있어서 잘 안다며 틀림없단다.

오후에 농장에 온 김희철은 자기가 없으면 조성수 팀이 공사를 잘 마무리하기 어려울 것이라며, 그래서 이미 자기 손을 떠난 공사임에도 불구하고 한 번씩 공사장에 들르는 것이라고 했다. 그러자 조성수가 김희철에게 그럼 서울 팀이 와서 공사를 할 때 현장에 와서 작업이 제대로 진행되는지 확인해 달라고 했다. 이로써 김희철의 역할도 어느 정도 찾아졌다. 나는 농장으로 오는 동안 품었던 실망감 대신 다음 주 장마가 시작되기 전에 공사가 큰 고비를 넘을 것이라는 희망을 갖게 되었다. 그동안 여러 번 기대와 실망이 교차했지만 이번에는 기대가 더 큰 실망으로 바뀌지 않았으면 좋겠다.

누가 더
나쁜 사람일까?

오래전에 친구로부터 괴산에 있는 막골 막국수가 자기가 먹어 본 막국수 중 최고라는 이야기를 들었다. 오늘은 아내와 함께 그곳에 가서 점심 식사를 하기로 했다. 농장에서 45분쯤 걸렸다. 내비게이션이 안내하는 대로 괴산 IC를 거쳐 갔기 때문에 더 걸렸는지 모른다. 막골 막국수는 면이 고소해 맛있었다.

괴산에 간 김에 연내면 조제리에 있는 펜션 공사 현장에 들러 보기로 했다. 지난번에 우리 집에 왔던 최순철이 반갑게 맞아 주었다. 펜션으로 사용할 건물 두 동은 우리 집과 마찬가지로 철골조 조립이 끝난 상태였다. 최순철은 김희철과 관계를 끝내고 자신이 공사를 진행하고 있지만 아직 김희철에게 받을 것이 있다고 했다. 그는 김희철의 디자인을 사서 전국적으로 사업을 해 보면 어떨까 하는 생각도 가지고 있었다. 최순철은 김희철의 디자인을 상당히 좋게 평가하고 있는 것 같았다. 헤어질 때 최순철이 목련 화분 하나를 선물로 주었다. 나는 차에 가지고 있던 책을 답례로 주었다. 지난번 우리 농장에 왔을 땐 자신은 김희철에게 손해를 본 것이 없다고 했는데 오늘은 아직 받을 것이 있다고 하는 것으로 보아 두 사람의 관계가 내가 알고 있는 것보다 복잡한 것 같다.

조성수는 오늘 오전 작업자 둘과 철골 프레임에 방청防鏽 페인트를 칠하는 작업을 했다. 그 일을 마무리한 조성수는 김희철과 함께 제천 현장에 가야 한다며 떠났다. 제천 현장에서 무슨 공사를 하는지 조성수는 이야기하지 않았지만, 김성중이 제천 현장은 김희철이 새로 시작한 농막과 온실을 건축하는 곳이라고 알려 주었다. 우리 공사를 넘겨 맡은 다음에도 조성수는 김희철과 계속해서 다른 공사를 하는 모양이다.

우리 공사장에서는 조성수가 실질적인 책임자이지만 다른 현장에서는 김희철이 책임자일 것이다. 따라서 조성수에게는 우리 공사가 우선이겠지만 김희철에게는 자신의 손을 떠난 우리 공사보다 새로 시작한 다른 공사들이 더 중요할 것이다. 우리 집 철골 프레임 공사를 하는 도중에 작업자들을 빼돌려 서장동에 12평짜리 온실 작업을 시킨 것도, 이번 주에 우리 공사를 중단하고 제천 공사를 시킨 것도 결국은 김희철일 것이다. 조성수가 현장이 하나뿐이겠느냐고 한 말도 새로 공사를 맡게 되어 들뜬 마음에 내뱉은 말이었을 것이다.

이 핑계 저 핑계를 대면서 우리 공사를 미루고 다른 공사를 하는 조성수가 더 나쁜 사람인지, 우리 공사장에서 작업자들을 빼돌려 자신의 일을 시키는 김희철이 더 나쁜 사람인지 알 수 없다. 어쩌면 두 사람은 그냥 보통의 건축업자인데 나의 조급함이 두 사람을 나쁜 사람으로 만들고 있는 것인지도 모른다. 그러나 문제는 나를 믿지 못하게 만든 두 사람의 태도가 아닌가. 오늘도 내 안에서는 두 마음이 다투느라 시끄럽다.

성공적인 시작

이번 주에는 다락 만드는 공사, 징크 판넬을 씌우는 공사, 축대 공사가 예정되어 있다. 조성수는 이번 주말 장마가 시작되기 전까지 이 모든 공사를 끝내겠다고 했다. 그동안 약속을 어긴 게 한두 번이 아니라 이제는 무슨 이야기를 해도 실제로 일이 끝나기 전까지는 반신반의지만, 일단 오늘 공사는 예정대로 진행되었다. 7시가 되자 조성수가 성중과 호중 형제를 데리고 농장에 왔고, 용접 기사인 김명철도 8시에 도착해 다락 만드는 작업을 시작했다. 공사는 예상보다 빠르게 진척되었다. 작업자들도 빨리 작업을 끝내기 위해 점심도 도시락을 배달해 먹으면서 일을 했다.

덕분에 다락 공사가 거의 마무리 단계에 들어갈 정도까지 진척되었다. 오늘 못 한 부분은 내일 마무리하기로 했다. 이로써 이번 주에 예정된 작업의 첫 단계는 성공적으로 마쳤다. 내일은 다락 마무리 작업과 함께 서울에서 온 전문가들이 외장 공사를 할 차례이다. 서울 팀은 내일 7시에 오기로 되어 있다고 한다.

다락 바닥 만들기

징크 판넬 공사

오늘은 서울에서 오는 작업자들이 철골 구조물 외벽에 징크 판넬 부착 공사를 하는 날이다. 우리 공사 중에서 가장 어려운 공사라고 한다. 그동안 김희철과 조성수가 판넬 공사를 어떻게 할지 여러 가지로 고심하다가 결국은 판넬 전문가에게 맡기기로 한 것이다. 어제까지도 조성수는 판넬 전문가 네 명이 와서 이틀 동안에 외장 공사를 모두 마칠 것이라고 했는데 오늘 아침에 나타난 작업자는 두 명이었다. 두건과 선글라스로 완전 무장한 두 명의 전문가는 김희철과 의논해 가면서 판넬 공사를 시작했다. 그러나 생각보다 진도가 더뎌 내가 농장을 떠나던 12시까지 겨우 판넬 두 장을 설치한 것이 전부였다.

밖에서 볼일을 보다가 아내에게 전화를 걸어 판넬 공사가 얼마나 진척되었는지 물어보니 겨우 건물 앞부분에만 판넬을 붙이고 갔다고 했다. 나는 많이 실망했다. 이런 진도라면 내일까지 판넬 공사를 끝내는 것이 가능할 것 같지 않다.

이번 주에 예정된 공사 중 2일째 공사가 끝났다. 계단과 다락을 용접하는 공사는 완료되었지만 판넬 공사는 예상했던 만큼 진도가 나가지 않았다. 내일 판넬 공사와 축대 쌓는 공사를 끝내고, 물길을 잡는 것까지 마칠 수 있을지 모르겠다. 할 일은 많은데 장마가 시작되기 전까지 시간이 너무 없어 걱정이다.

외벽에
징크 판넬 붙이기

예상할 수 없는 변수

서울에서 온 두 명의 작업자는 6시 30분에 와서 어제 중단한 판넬 공사를
시작했다. 8시가 되니 지붕 공사에 사용할 크레인도 도착했다. 이틀 동안
김명철이 성중과 호중 형제를 데리고 다락과 계단의 용접을 서둘렀던
것은 지붕 공사를 할 때 계단과 다락이 필요할 것이라고 생각했기
때문이었다. 그러나 서울에서 온 외장 공사 팀은 다락이 아니라 크레인을
이용해서 지붕 공사를 했다.

　11시까지는 벽면에 징크 판넬을 부착하고, 11시부터 지붕에 징크 판넬을
부착하는 작업을 시작했다. 그러나 두 명이 하다 보니 생각만큼 진도가
나가지 않았다. 오후 6시까지 일을 계속했지만 결국 지붕 공사를 마치지
못했다. 지붕 한 면에 징크 판넬을 덮지 못했고, 용마루와 가장자리의
마무리 작업도 하지 못했다. 앞면과 뒷면 그리고 현관 부분의 평판 판넬
작업도 손대지 못했다. 조성수는 지붕의 징크 판넬 공사와 마무리 작업은
내일 6시에 와서 하고, 평판 판넬 공사는 자신이 성중과 호중 형제를
데리고 이후에 하기로 했다고 알려 주었다. 결국 예정했던 이틀 동안 외장
공사를 끝내지 못했다. 그뿐 아니라, 축대 쌓을 자리에 크레인이 와서
버티고 있는 바람에 축대 공사는 시작하지도 못했다. 축대 공사는 비가
오더라도 내일 와서 하겠다고 한다.

　어제와 오늘 공사를 계획대로 끝내지 못한 것은 서울에서 네 명이

지붕에
징크 판넬 부착

아니라 두 명의 작업자만 왔기 때문이다. 한 명은 월요일에 술을 너무 많이 마신 후 연락이 되지 않았다고 한다. 전혀 예상할 수 없었던 변수로 일이 이렇게 된 것이다. 그나마 내일 오전 비가 시작되기 전에 판넬 공사를 마무리한다고 하니 일정이 약간 지연되기는 했지만 크게 차질을 빚지는 않은 셈이다. 이전까지와 비교하면 이 정도면 공사가 예정대로 진척되었다고 해도 좋을 것이다.

공사가 잘 진척된다 싶으면 따라오는 것이 돈 이야기이다. 공사비를 달라고 하기 위해 서둘러 공사를 했는지, 서둘러 공사를 하다 보니 돈이 필요하게 되었는지 판단하기는 어렵다. 지난 7일 조성수에게 2000만 원을 준 후 골조 용접 공사를 2일, 다락 만드는 공사를 2일, 판넬 작업을 2일 했고, 다락 공사용 강철 빔과 징크 판넬을 구입했다. 내일 예정되어 있는 축대 쌓는 비용을 합하면 대략 2000만 원에 해당하는 공사를 했다고 볼 수 있다. 따라서 곧 시작될 내장 공사비를 요구하는 것도 이해 못 할 바는 아니다. 물론 엄밀하게 따지면 축대 공사는 아직 하지도 않았으니 조금 이르긴 하다. 그러나 지난 3일 동안 공사를 잘 진척시킨 다음 요구하는 공사비이니 거절하기도 어렵다.

그래서 내일 2000만 원을 더 지불하기로 했다. 이번에는 조성수를 앞에 두고 아내를 불러 공사비를 더 달라고 하는데 지불해도 되느냐고 물어보았다. 아내가 공사비를 미리 지불해선 안 된다는 이야기를 수없이 했기 때문이다. 조성수 앞이라서 그런지 아내도 공사비 지불에 동의했다. 그동안 우여곡절이 많았지만 현재로서는 공사가 순조롭게 진행되고 있는 것 같다. 우리가 예측할 수 없는 새로운 변수만 나타나지 않으면 7월 중순까지는 공사가 끝날 것 같다.

경산 건축주

오늘은 장마가 시작된다고 예보되어 있는 날이다. 하지만 어제까지
예정했던 공사를 끝내지 못해 오늘 오전에 판넬 공사와 축대 공사를
병행한다고 했다. 새벽 6시에 크레인과 외장 공사 팀이 와서 어제 못다 한,
지붕에 판넬 부착하는 작업을 시작했다. 8시가 되자 포클레인도 오고,
축대 쌓는 데 쓸 돌을 실은 트럭도 왔다. 그러나 크레인이 자리를
차지하고 있어 트럭이 두 시간 이상 밖에서 기다려야 했다. 그렇게
서둘렀지만 결국 지붕 끝부분의 마무리 작업은 나중에 하기로 하고 징크
판넬 공사를 끝냈다.

　오늘 오후에 김희철이 60대 초반쯤 되어 보이는 남자를 데리고 와서
지붕 공사가 막 끝난 우리 집을 보여 주었다. 이제 겨우 외장 공사를 끝낸
우리 집을 홍보에 사용하기 시작한 것 같다. 우리 집 다락을 보여 주면서
무언가 열심히 설명하던 김희철은 내가 가까이 가자 그 사람을 내게
소개했다. 김희철이 여러 차례 이야기했던 경산의 건축주였다. 그는
자신이 집을 짓게 된 이야기를 하면서 내게 이것저것 물어보았다.

　"지난해 새로 농지를 사서 집을 지으려고 건축 허가를 신청했더니 새로
구입한 농지에는 건축 허가를 내 줄 수 없다고 하더라고요. 그래서 올봄에
농작물을 심어 싹이 나온 다음 다시 신청했어요. 싹이 나온 사진을
첨부했더니 허가를 내 주더군요. 선생님은 건축 허가를 쉽게 받으셨나

보지요?"

"우리는 10년 전부터 농사를 짓고 있었기 때문에 그런 어려움은 없었어요. 하지만 설계가 늦어져 이제야 공사를 하고 있습니다."

"우리는 선생님네 집 설계도를 그대로 제출하고 허가를 받았어요. 그래서 우리 집이 어떻게 지어질지 미리 보려고 왔습니다."

"이 디자인이 마음에 드셨나 보지요?"

"사실 저는 이 디자인이 그다지 마음에 들지 않았어요. 저는 20점을 주었는데 집사람은 200점을 주었어요. 제가 졌지요. 그런데 막상 와 보니 다락이 생각보다 높고 넓은 것 같아서 제 마음에도 듭니다."

경산의 건축주는 새집을 지을 생각에 들떠 있었다. 나는 그에게 기초공사를 할 때 찍어 놓은 사진을 보여 주었다. 김한수 팀이 한 기초공사 사진이었다.

"기초공사가 생각보다 오래 걸렸어요. 작은 집이지만 기초공사 과정은 큰 집을 지을 때와 비슷하더군요."

"사진을 보니 이 사람들이 공사는 제대로 하는 것 같습니다."

나는 어느새 김희철의 홍보를 도와주고 있었다. 공사를 시작하면 이 사람의 기대가 실망으로, 실망이 분노로 바뀔지도 모른다는 생각을 했지만, 그 사람에게 그런 이야기를 할 수는 없었다.

임시 울타리

목요일에 외장 공사를 끝내고 축대 쌓는 공사를 시작하는 것을 보고
서울에 갔다가 금요일인 어제 다시 돌아왔다. 농장에 와 보니 일하는
사람들은 보이지 않았고, 농장 입구에는 임시 울타리가 처져 있었다. 임시
울타리는 공사를 하기 위해 울타리를 뜯어낸 후 내가 노루망으로 대충
만든 거였는데 공사를 하는 동안에는 한쪽으로 말아 놓고 있었다. 그동안
일을 끝내고 가면서 임시 울타리를 쳐 놓고 간 적이 없었는데, 울타리가
처져 있어 의아하게 생각했다. 그런데 그것이 며칠 동안 공사를 하러 오지
않겠다는 무언의 의사표시였다는 것을 곧 알게 되었다.

오늘 아침 일찍 일어나 자동차를 옮겨 놓고 일하는 사람들을
기다렸지만 아무도 나타나지 않았다. 조성수는 전에도 돈을 받고 난
다음에 한동안 공사를 중단했었다. 이번에도 그럴 모양이다. 임시
울타리의 의미를 알았다면 작업자들을 기다리지 않았을 것이다. 조성수는
지난주에 한바탕 공사를 하고 돈을 받아 냈으니 한동안 쉬어도 된다고
생각하고 있을 것이다. 조성수도 김희철과 마찬가지로 어떻게 하든 돈을
받아 내려고만 하는 사람인 것을, 조성수는 조금 나을 것이라고 생각한
내가 바보다. 김희철에게 그렇게 당하고도 조성수에게 또 일을 하기 전에
돈부터 주었으니 얼마나 더 당해야 정신을 차릴까?

며칠 쉴 예정이었거나 다른 곳 공사를 할 예정이었다면, 그렇게

이야기하고 언제 와서 무슨 공사를 하겠다고 미리 말해 주는 것이 그리 어려운 일일까? 오후에는 잠시 동안이었지만 강한 바람과 함께 세찬 소나기가 쏟아졌다. 공사장 쓰레기가 사방으로 날아다녀 주변이 더욱 을씨년스러웠다.

공사는
생색내기용

오늘은 일요일이어서 일하는 사람들이 오기를 기대하지 않기로 했다. 그러나 7시가 되자 혹시나 하는 마음에 입구 쪽으로 계속 시선이 갔다, 하지만 역시 아무도 나타나지 않았고, 아무런 연락도 없었다. 이 사람들은 공사를 빨리 끝내려는 사람들이 아니라 내게 생색을 내기 위해 공사를 하는 사람들이니까, 지난주에 한 공사로 충분히 생색은 냈다고 생각하고 오지 않는 모양이다. 내일부터는 1주일 동안 비가 예보되어 있다. 공사비를 달라고 하면서 조성수는 지붕만 씌워 놓으면 비가 와도 내부 공사를 할 수 있다고 큰소리를 쳤었다.

"이제는 걱정할 것이 없습니다. 비가 안 오면 외부 공사를 하고, 비가 오면 내부 공사를 하면 됩니다. 따라서 한 달 내에 모든 공사를 끝내겠습니다."

그때 나는 조성수의 말을 믿었다. 그러나 그것은 돈을 받아 내기 위한 사탕발림이었을 뿐이다. 생색내기 위해 공사를 하는 조성수에게 이제 비라는 정당한 핑계가 생겼는데 공사하러 올 리가 없지.

일꾼을 잡아라

오늘은 오전에는 흐리다가 오후에는 많은 비가 온다고 예보되어 있었다.
따라서 일하는 사람들이 오지 않을 것으로 예상하고 있었는데, 7시가 되자
조성수가 김성중과 김호중 형제를 데리고 나타났다. 이들은 주말에 단양
천동리에 있는 작업장에서 일을 했다고 했다. 오늘도 우리 집에서 일을
하려는 것이 아니라 아침에 들러 눈도장이나 찍고 다시 단양으로 가려는
것 같았다. 포클레인도 내일이나 와서 축대 작업을 마무리할 예정이란다.
내일부터 금요일까지는 많은 비가 예보되어 있으니, 내일 온다는 말은
이번 주에는 일을 하지 않겠다는 것이나 마찬가지이다.

그래서 포클레인을 불러 오늘 축대 공사를 해 달라고 강력하게
요구했다. 조성수는 포클레인 기사에게 전화를 해 지금 일하러 올 수
있느냐고 물어보았다. 지금 출발하면 조금 늦긴 하겠지만 올 수 있다고
대답하는 것 같았다. 그러자 조성수와 성중 호중 형제도 짐을 풀고 일할
준비를 했다. 지난번에 하다가 중단한 벽체에 평판 판넬을 부착하는
작업을 하겠다고 했다. 조성수가 이곳으로 올 때까지만 해도 우리 공사는
다음에 할 생각이었는데 내가 워낙 강력하게 요구하자 갑자기 일정을
바꿔 오늘 우리 공사를 하기로 한 것이다.

나는 당장은 우리 공사를 해 준다니까 다행이다 싶으면서도 한편으로는
걱정이 앞섰다. 이렇게 계획 없이 그때그때 상황에 따라 일을 한다면

앞으로 얼마나 마음 졸이는 일이 많을까 하는 생각이 든 것이다. 모든 공사에는 일정이 있어 그 일정에 따라 일을 해야 하는데 이 사람들은 오늘은 여기에서 생색을 내고, 내일은 저기에서 생색을 내는 생색내기 공사를 계속하고 있다. 그렇게 일하면 항상 건축주들의 눈치를 살펴야 하니 자신들도 피곤할 텐데 그러는 이유를 알 수 없다. 아마 조성수는 조직적이고 체계적으로 공사를 진행할 능력이 없는 사람인 것 같다.

5T 단열재

어제에 이어 오늘도 성중과 호중 형제가 우리 집 일을 했다. 오늘은 징크 판넬 안쪽에 두께 5센티미터(5T)인 단열재를 부착하는 작업이다. 건축법상 벽에는 두께가 20센티미터(20T)인 단열재를 사용해야 한다. 그런데 우리 집에 시공한 징크 판넬의 두께는 15센티미터(15T)였다. 처음부터 20T 징크 판넬로 시공하면 5T 단열재를 추가로 부착하는 작업이 필요 없겠지만, 두꺼운 징크 판넬을 쓰면 외장 공사가 어려워져 15T 징크 판넬로 외장 공사를 한 다음 5T 단열재를 추가로 부착한다고 했다. 나는 김희철의 설명을 듣고 벽체 단열재에 대해 인터넷에서 찾아보았기 때문에 이런 사실을 잘 알고 있었다.

그런데 조성수가 내게 말했다.

"징크 판넬만으로도 단열이 충분한데 선생님이 따뜻하게 지내시라고 안에 단열재를 덧붙이고 있어요. 이제는 한겨울에도 속옷만 입고 지내실 수 있을 겁니다."

순간 나는 5T 단열재를 덧붙이지 않으면 법적으로 문제가 되는 거 아니냐고 말할까 하다가 그만두었다.

→ 5T 단열재 부착

이 정도의 거짓말은 애교로 생각하고 속아 주는 척하는 것도 좋을 것 같다는 생각이 든 때문이다. 그 대신 나는 이렇게 말했다.

"그래요? 고맙군요. 그런데 이렇게 판넬 안쪽에 단열재를 덧붙이면 징크 판넬 안쪽 금속 부분에 생기는 결로 현상을 방지할 수 있어 좋겠어요."

인터넷에서 읽은, 금속으로 된 징크 판넬 안쪽에 결로 현상이 생기면 벽 내부에 곰팡이가 생길 수 있다는 이야기가 생각나 아는 척을 해 본 것이다. 한편으론 나도 단열재 공사에 대해 어느 정도는 알고 있다는 암시이기도 했다. 그런 의도를 아는지 모르는지 조성수는 맞장구쳤다.

"맞습니다. 그래서 처음부터 두꺼운 징크 판넬을 사용하지 않고 이중으로 돈이 들더라도 이렇게 5T 단열재를 덧붙이고 있는 겁니다."

또 거짓말이다. 처음부터 20T 징크 판넬을 사용하지 않은 것은 외장 공사의 어려움 때문인데, 결로 이야기가 나오자 결로 현상을 방지하기 위해 그러는 거란다. 조성수는 입만 벌리면 저절로 거짓말이 나오는 자동 거짓말 제조기인가. 이런 거짓말은 누구에게 피해를 주는 거짓말이 아니므로 문제 될 건 없을 것이다. 그보다, 조성수도 성중 호중 형제와 함께 일을 하면 작업을 더 빨리 할 수 있을 것 같은데 조성수는 직접 일하지는 않고 지켜보기만 하다가 밖에 일이 있다고 가 버렸다. 조성수가 사라진 후에도 성중과 호중 형제는 일을 계속했지만, 5T 단열재 부착 작업을 끝내지는 못했다.

다락 바닥에
합판 깔기

지난 화요일에 성중과 호중 형제가 벽에 5T 단열재 부착 작업을 하다가 중단한 후 이틀 동안 아무도 나타나지 않았다. 그런데 오늘은 조성수가 성중과 호중 형제, 그리고 처음 보는 작업자 한 사람과 같이 공사장에 왔다. 새로운 사람까지 데리고 온 것으로 보아 오늘부터는 본격적으로 우리 공사를 하려나 생각했다. 그러나 조성수는 성중과 호중 형제를 다른 현장으로 보내고, 자신과 처음 보는 작업자만 남아서 일을 하기 시작했다.

처음 온 작업자는 나와 한마디 말도 하지 않아 어떤 사람인지 알 수 없다. 그는 성중과 호중 형제가 붙이다 만 5T 단열재를 부착했다. 조성수는 다락 바닥에 합판 까는 작업을 했다. 조성수가 직접 작업을 하는 건 매우 오랜만이다. 전에 하수관을 묻고 울타리를 보수할 때는 청주 목수와 함께 일을 했지만, 우리 집 공사를 넘겨 맡은 뒤로는 성중과 호중 형제에게 일을 시켜 놓고 어디론가 사라졌다가 일이 끝날 때쯤 돌아오곤 했다. 나는 조성수가 처음 온 작업자와 함께 일하는 것을 보면서 서울로 왔다. 주말에 서울에서 일이 있었기 때문이다.

공사판이란
다 그런 거야

주말을 서울에서 보내고 오늘 아내와 함께 농장에 왔다. 우리는 지난 3일 동안 공사가 상당히 진행되었을 것이라고 기대했다. 그러나 농장에 도착한 순간 기대는 실망으로 바뀌었다. 농장 입구에는 임시 울타리가 쳐져 있었고, 다락에 합판을 까는 작업과 벽에 5T 단열재 부착 작업이 끝난 것 외에는 지난 금요일 우리가 서울로 출발할 때와 달라진 것이 없었다.

토요일과 일요일에 날씨가 좋았고, 오늘도 날씨가 좋으니 공사가 많이 진행되었을 것이라고 기대했던 나는 아직도 공사판의 생리를 모르는 바보였다. 공사판에서 약속 같은 것은 아무 의미가 없다. 공사판에서 미리 돈을 받은 공사의 우선순위는 맨 뒤다. 미리 돈을 받은 일거리는 더 이상 다른 사람에게 빼앗길 염려가 없으니 빨리 해 줄 필요가 없다. 건축업자 입장에서 보면 일을 하기도 전에 돈을 미리 주는 사람은 마음씨 착한 사람이 아니라 얼마든지 가지고 놀아도 되는 호구일 뿐이다.

그들에게는 '공사판'이라는 말이 강력한 무기가 되어 준다. 공사판에서는 일을 따내고 공사비를 받아 내기 위해서라면 약속을 어기고 거짓말을 하는 것쯤은 아무것도 아니다. 설사 거짓말이 들통나고 말다툼이 벌어진다 한들 "공사판이 원래 다 그런 거 아니야?" 하면 그만이다.

나는 집을 짓기 전에는 공사장에서 일하는 사람들에 대한 편견이 없었다. 그러나 김희철과 조성수를 만난 후로 공사장에서 일하는

건축업자들에 대해 다른 생각을 하게 되었다. 김희철과 조성수 같은
사람은 일당을 받고 직접 일을 하는 작업자(기술자)가 아니라 공사를
따내고 감독하는 일을 하는, 공사판에서 사장이라고 불리는 사람들이다.
김희철은 일을 시킬 수 있는 작업자들조차 데리고 있지 못해 제대로 된
공사판 사장 축에도 끼지 못하면서 자신은 작업자나 건축업자가 아니라
디자이너라고 우기는 사람이고, 조성수는 공사판이 다 그런 거라고 대놓고
이야기할 수 있는 전형적인 공사판 사장이다. 나는 늑대를 쫓아내고
호랑이를 불러들인 꼴이 된 것이다.

**2022년
7월 5일
화요일**

아직 수양이 부족하다

오늘도 일하는 사람들은 아무런 연락도 없이 나타나지 않았다. 지난주에
3일 일했으니 이번 주에는 다른 곳에서 일을 하기로 작정한 모양이다.
다그친다고 될 일도 아니고 화를 낸다고 될 일도 아니다. 내가 포기하는
수밖에 다른 방법이 없다. 꼼꼼히 따지지 않고 김희철이나 조성수 같은
사람들에게 일을 맡긴 나를 탓할 수밖에 없다.

지난 6월 6일 조성수가 공사를 넘겨 맡은 후 한 달 동안 9일 공사를
했다. 한 번은 왔다가 물기가 있어 용접을 할 수 없다고 그냥 갔고, 한
번은 비가 많이 와서 일을 못 하고 그냥 돌아갔다. 그리고 하루는 오기는
했지만 공사 일정을 잘못 잡아 자재 수급이 제대로 되지 않아 일을 하지
못했다. 그리고 며칠은 실제로 비가 많이 내려 일을 하러 오지 않았다.
따라서 조성수가 일을 할 의도라도 보인 날까지 합하면 약 15일이다.
그러니까 한 달 동안에 반만 우리 공사장에서 일을 하려고 한 셈이다.

반 정도라도 일을 하려고 했으니 충분히 성의를 보인 것이라고 보아야
하는 것일까? 조성수도 먹고살아야 하니까 그 정도는 봐줘야 하는
것일까? 그러나 그런 것을 이해해 주기에는 나의 수양이 턱없이 부족하다.

바뀐 작업자

오늘은 조성수가 새로운 작업자 두 명과 함께 왔다. 성중과 호중 형제가 일하다가 다쳐 병원에 입원했기 때문에 다른 작업자에게 일을 맡기기로 했다는 것이다. 새로 온 작업자는 둘 다 나이가 들어 보였는데, 조성수 말로는 경력이 많은 목수들이라고 했다.

나는 조성수에게 지난 한 달 동안 일한 것은 고작 9일뿐이라고 강하게 불만을 이야기했다. 조성수는 죄송하다고 하면서도 김희철에게 모든 잘못이 있는 것처럼 말했다. 그러면서 다시는 김희철과 같이 일하지 않을 것이며, 자세한 이야기는 공사가 끝난 후에 해 주겠다고 했다. 지난 며칠 동안에 김희철과 조성수 그리고 조성수와 성중 호중 형제 사이에 내가 모르는 무슨 일이 있었던 건지, 아니면 무조건 모든 책임을 김희철에게 미루는 것인지 알 수 없다.

김희철과는 요즘 하고 있다는 제천 공사 문제로 다투었을 가능성이 크다. 조성수는 우리 집 공사처럼 자신이 공사를 넘겨 맡아서 하려고 했을 것이고, 김희철은 조성수에게 일을 시키되 자신이 주도하려고 했을 것이다. 조성수에게 끌려다니다 보면 자신에게 돌아오는 몫이 적을 테니 조성수에게 모든 것을 내줄 수 없었을 것이다.

그러나 조성수와 성중 호중 형제 사이에 무슨 일이 있었는지는 짐작이 가지 않는다. 두 사람이 동시에 다쳐 입원했을 가능성은 크지 않다.

그보다는 성중 호중 형제와 조성수 사이에 문제가 생겼을 가능성이 크다. 어쨌든 조성수는 새로 온 목수들과 함께 2주 안에 우리 집을 완공하겠다고 했다. 그 말을 들으니 이제 전문 목수들이 우리 집 공사를 하게 된 것 같아 마음이 놓였다. 나는 그들이 일을 시작하는 것을 보고 서울로 왔다.

2주 안에 공사가
끝날 수도 있을 것 같다

서울에서 3시쯤 출발해 농장으로 오면서 어제 오늘 이틀 동안 공사가
얼마나 진척되었을지 궁금했다. 며칠 동안 서울에 가 있다가 기대를 품고
농장에 와서 실망한 적이 여러 번이라 큰 기대는 말자고 생각하면서도,
'이번에는 경험이 많은 전문가들이 일을 시작했으니까' 하면서 자꾸만
기대하는 마음이 생겼다.

농장에 도착하여 가장 먼저 작업자들의 차가 있는지 살펴보았다. 낯선
차 두 대가 마당에 서 있었다. 작업을 하고 있다는 표시였다. 주택 내부를
보니 목수 둘이 다락에 목상을 설치하는 작업을 하고 있었다. 벽면과
천장에 합판을 부착하기 위해 대는 각목을 '상'이라고도 하고
'목상'이라고도 한다. 1층 벽면 목상 설치는 이미 끝나 있었고, 창문을 낼
자리도 뚫려 있었으며, 창문틀도 배달되어 있었다. 내가 예상했던
것보다도 일이 많이 진행되어 있었다. 이번에는 나의 기대를 저버리지
않았다.

조금 있자 전기 기사가 와서 공사장을 살펴보고 갔다. 내일부터
전기공사를 하기로 되어 있다고 했다. 전기공사를 외부 전문가에게 맡긴
모양이다. 5시 가까이 되자 조성수도 성중과 호중 형제를 데리고 공사장에
왔다. 성중과 호중 형제는 단양에서 지붕 일을 하다가 많이 다쳤다고 했다.
특히 동생인 호중이 허리를 많이 다쳐 걷는 것도 불편해했다. 하지만

다락에
목상 설치

병원에 다녀오기만 하고 입원까지는 하지 않았다고 한다. 나는 두 형제가 동시에 다쳤을 가능성이 매우 낮다고 생각했는데 실제로 그런 일이 있었던 것 같다.

성중은 조성수가 아파트 리모델링 공사를 새로 맡았다고 이야기해 주었다. 단양 천동리 공사나 제천 농막과 온실 공사도 아직 끝내지 못했는데 아파트 리모델링 공사를 또 맡다 보니 성중 호중 형제를 데리고 우리 집 공사를 직접 하는 것이 불가능하다고 판단한 모양이다. 그래서 우리 집 공사는 전부터 알고 지내던 목수에게 맡긴 것이리라.

공사를 직접 하지 않고 부문별로 외주를 주면 공사는 빠르게 진척되겠지만 조성수에게 남는 돈은 줄어들 것이다. 그러나 나로서는 각 부문의 전문가가 일을 해서 믿을 수 있으니 잘된 일이다. 전기, 화장실, 주방, 난방 공사도 외주를 준다면 조성수의 말대로 2주 안에 공사를 끝내는 것도 가능할 것이다.

빨라지는 공사와 추가 비용

**2022년
7월 8일
금요일**

어제 피곤해서 일찍 잠자리에 든 탓인지 새벽 3시에 눈이 떠졌다. 다시 자려고 했지만 잠이 오지 않았다. 나는 스마트폰을 보면서 날이 밝기를 기다렸다가 5시가 조금 넘어 밖이 훤해지자 밭과 공사장을 한 바퀴 둘러보았다. 어젯밤에 온 비로 공사장 주변 여기저기에 물이 고여 있었다. 혹시라도 공사에 지장을 줄지 몰라 삽으로 주위의 흙을 파서 물이 고인 곳을 메운 다음 지난번에 하다 만 밭둑 정리를 했다.

7시쯤 밭둑 정리 작업을 막 끝내려고 하는데 목수 두 명이 왔다.

"일찍부터 일하시네요."

내가 말했더니, 둘 중 나이가 적어 보이는 사람이 대답했다.

"저 형님은 잠도 안 자고 일할 생각만 해요."

나이 많은 목수는 나이가 들어 잠이 없어졌다고 했다. 그 말을 듣고 자세히 보니 적어도 60대 후반에서 70대 초반은 되어 보였다.

"그 연세에 일을 하시다니 대단하십니다. 하루 종일 일하면 힘들지 않으세요?"

나는 나이 많은 목수에게 말을 건넸다. 그러자 그는 손사래를 치면서 말했다.

"저 그렇게 나이 많지 않아요. 58년 개띠예요. 아직 한창때입니다."

겉모습보다는 나이가 적었지만 한창때라고 하기에는 많은 나이이다.

그 나이에 새벽부터 하루 종일 일을 하다니 대단하다는 생각이 들었다.

　7시가 조금 넘자 조성수가 김성중과 함께 나타났다. 두 사람도 오늘은 우리 집 일을 할 것이라고 했다. 8시에는 전기 기사도 왔고, 10시쯤에는 김희철도 왔다. 김희철은 어제도 공사장에 와서 목수들의 일을 간섭하다가 나이 많은 목수에게 핀잔을 듣고 돌아갔다고 했다. 그래서 조성수가 김희철에게 공사에 도움이 되지는 못할망정 공사를 방해하지 말아 달라고 싫은 소리를 했다는 것이다. 아침에 조성수에게 그런 이야기를 들었기 때문에 다시 공사장에 온 김희철이 별로 반갑지 않았다.

　이제 김희철의 말은 조성수에게도 작업자들에게도 먹히지 않고 있다. 디자인이 독특해 까다롭다는 외장 공사가 끝나고 내장 공사가 시작된 이상 김희철의 도움은 더 이상 필요 없게 되었다. 나도 지금은 딱히 김희철과 나눌 얘기가 없다. 지금 상황에서 내가 김희철과 공사에 관해 이야기를 하면 괜히 문제만 만들 수 있다. 공사에 대해 할 이야기가 있으면 공사를 책임지고 있는 조성수에게 직접 하는 것이 효과적일 것이다.

　그러나 조성수는 우리 집을 모델하우스로 만들려는 사람이 아니라 한 푼이라도 남기기 위해 공사를 하는 사람이다. 따라서 설계 도면에 포함되어 있지 않은 시설이나 구조물을 설치하려면 모두 추가 비용을 부담해야 한다. 오늘만 해도 꽤 많은 돈이 추가되었다.

　오늘 창문 설치할 자리를 살펴보다가 1층 방에 창문이 하나도 없는 걸 발견하고 깜짝 놀랐다. 방에 창문이 없으면 한낮에도 굴속처럼 캄캄할 것이다. 나는 조성수에게 1층 방에도 창문을 내 달라고 했다. 조성수는 어려운 일은 아니지만 설계도에 없는 것이어서 창문 하나 내는 데 20만 원에서 30만 원의 추가 비용이 든다고 했다. 나는 비용은 내가 부담할 테니 창문을 내 달라고 하고는, 김희철에게 설계도에 방 창문이 없었느냐고 물었더니 창문이 있었단다. 조성수는 설계도에는 북쪽 벽에 창문이 하나 있었는데 내가 그 창문을 다락에 설치해 달라고 해서 1층 방 창문이 빠지게 되었다고 해명했다. 어쨌든 1층 방에 창문을 내기 위해 30만 원을 추가 부담하게 되었다.

농촌 전기 계량기 설치비도 내야 했다. 우리 농막에서는 누진 요금이 적용되지 않는 농촌 전기가 아니라 주택용 전기를 사용하고 있다. 몇 년 전에 내가 한전에 가서 농촌 전기를 주택용 전기로 바꿔 놓았기 때문이다. 농막은 주거시설이나 마찬가지여서 농막에서 사용하는 전기는 주택용 전기로 하는 것이 옳다는 내 생각 때문이었다. 아내는 이제 밭에 집을 짓게 되었으니 새로 짓는 집에서는 주택용 전기를 사용하고, 대신 농작물에 물을 주는 펌프를 가동하는 데 필요한 전기는 농촌 전기로 바꾸자고 했다. 전기 기사에게 농촌 전기 계량기를 신청해 달라고 부탁했다. 그런데 계량기 설치비는 물론이고, 전봇대에서 집까지 약 40미터를 연결하는 전선값도 따로 내야 했다. 그러느라 100만 원가량이 들었다.

그것으로 끝이 아니다. 1층 거실에 20평형 스탠드형 에어컨, 1층 방에 5평형 벽걸이 에어컨, 다락에 10평형 벽걸이 에어컨을 설치하기로 했는데, 에어컨 설치 비용이 대충 계산해도 300만 원은 될 것 같다.

앞으로 얼마나 더 많은 추가 비용을 부담해야 할까. 조성수는 6000만 원에 김희철과 했던 계약을 그대로 승계하기로 했지만, 나와 김희철과의 계약은 파기된 것으로 보아야 할 것이다. 따라서 조성수가 나와 김희철이 했던 약속을 모두 지켜 줄 것이라고는 기대하지 않는다. 나는 건축 허가를 받은 설계도대로 시공한 후 준공검사를 통과하는 것까지만으로도 만족하기로 마음먹고 있다. 하지만 이렇게 비용이 추가될 때마다 속이 쓰리다.

조 '부장'과 조 '사장'

오늘 아침에도 목수 두 명은 7시가 되기 전에 공사장에 도착했다. 나는 맛이 들기 시작한 천도복숭아를 따서 하나씩 권했다. 그러나 과일을 별로 좋아하는 것 같지 않았다. 오늘은 어제까지 벽과 천장에 부착한 목상 위에 합판을 부착하는 작업을 할 예정이라고 했다. 합판을 부착한 다음 그 위에 석고보드를 붙이고 벽지를 바르면 벽면과 천장 작업이 끝난다.

8시가 조금 넘자 추가로 주문한 창문이 배달되었고, 9시쯤에는 합판과 석고보드도 도착했다. 조성수가 농막 안에 있던 나를 찾아와 어제 주문한 에어컨 3대의 값이 377만 원이라고 알려 주었다. 내가 예상했던 것보다 77만 원이 더 비싼 가격이다.

조성수에게 커피를 권하자 나무 그늘에 앉아서 또다시 김희철 이야기를 하기 시작했다. 김희철이 여기저기에서 계약금을 받아 놓고 공사를 해 주지 않아 여러 명의 건축주가 자기에게 전화를 해서 하소연하기도 하고 화를 내기도 한다는 것이다. 며칠 전에도 공주의 농막 건축주가 지난해에 계약한 농막이 아직도 설치되지 않자 자신에게 전화를 해서 화를 내더란다. 자신도 김희철에게 돈을 받고 일해 주는 입장인데 김희철이 지키지 못한 약속을 자신에게 따지고 화를 내서 매우 힘들단다. 그러면서 앞으로는 김희철의 일을 더 이상 하지 않을 것이라고 했다. 경산의 건축주에게도 김희철을 통해 일을 시키면 하지 않을 테니 앞으로 일을 시키고 싶으면 자신에게 직접 돈을 달라고 했다는 것이다. 조성수는 경산 공사도 우리 공사처럼 김희철로부터 넘겨 맡을 속셈인 것 같다.

나는 조성수의 부장이라는 직함이 문제라고 이야기했다.

"조 부장님은 성중과 호중 형제를 데리고 독립적으로 일을 하는 사람이니 사장이라고 해야 하는데 사람들에게는 부장이라고 소개하고 있어요. 그러니 사람들은 조 부장님을 현대하우징의 직원이라고 오해합니다. 나도 그랬으니까요. 그래서 김 사장과 연락이 안 되면 조 부장님에게 전화를 해서 하소연하기도 하고 야단을 치기도 하는 겁니다."

나는 조성수의 부장이라는 직함을 현대하우징의 김희철이 붙여 준 것으로 생각하고 있었다. 그러나 조성수는 김희철과 같이 일하기 전부터 부장이라는 직함을 주로 사용했다고 한다. 조성수의 부장이라는 직함은 현대하우징을 부장급까지 근무하고 있는 그럴듯한 회사로 착각하게 만들 수 있다. 물론 내가 보기에 김희철과 조성수의 협력 관계가 그리 오래갈 것 같지는 않다. 조성수는 기회만 있으면 김희철의 일을 넘겨 맡을 생각을 하고 있고, 김희철은 조성수에게 일을 뺏기고 싶지 않을 것이다.

조성수가 김희철에게 적당한 비율의 이익을 보장해 주면 되겠지만 그것이 쉽지 않을 것이다. 김희철이 계약을 따낸 시점부터 공사를 맡겼다면 조성수도 김희철의 지분을 어느 정도 인정해 줄 것이다. 하지만 지금 진행 중인 공사들은 하나같이 김희철이 이미 계약금을 받아 써 버리고, 공사 독촉을 받다 못해 조성수에게 넘긴 것들이라 김희철의 지분이 남아 있을 수 없다.

게다가 김희철이 제대로 공사를 할 것이라고 믿는 사람은 이제 아무도 없다. 심지어 크레인 기사까지도 김희철이 부르면 일을 하러 오지 않겠다고 했다. 크레인 사용료 30만 원을 여러 번의 재촉 끝에 세 달이나 지나 받았다는 것이다. 사람들이 김희철 이야기를 할 때면 항상 '사람은 좋은데'라는 수식어를 붙인다. 그러나 일을 잘해서 좋은 사람이 아니라, 다른 사람에게 싫은 소리를 못 해서 좋은 사람이라면 사업가로서는 자격이 없다. 그런 사람은 자신의 의도와 관계없이 결국은 돈 문제로 인해 사기꾼이 될 수밖에 없다.

합판 부착하기 ←

일요일은 쉽니다

오늘은 일요일이어서 공사를 쉬기로 했다. 어제 일을 끝내고 가면서 조성수가 나에게 물었다.

"저 형님들이 내일은 쉬고 싶다고 하는데 그래도 괜찮겠습니까?"

일요일에 쉬는 문제를 새삼스럽게 나에게 묻는 것이 이상했지만 나는 "날씨도 더운데 쉬어 가면서 일해야지요." 하고 대답했다. 그러지 않아도 나이 많은 목수들이 더위 속에서 지난 4일 동안 쉬지 않고 일을 하는 것을 보면서 힘들지 않을까 걱정하고 있던 차였다. 전에는 나도 무슨 일을 시작하면 일이 끝날 때까지 쉬지 않고 일을 했다. 그러나 이제는 체력의 한계를 느낀다. 삽질이나 괭이질같이 힘든 일은 조금만 해도 힘이 들어 쉬었다 해야 한다. 따라서 일요일에 쉬고 싶다는 것을 무어라 할 생각은 없다.

그런데도 조성수가 내게 일요일에 쉬어도 되겠느냐고 묻는 것은 전에 일요일에 쉬겠다고 하고는 다른 공사장에 일을 하러 간 적이 여러 번 있었기 때문이다. 주말이어서 일을 쉰다고 하고 며칠 뒤에 열흘째 하루도 쉬지 못해 힘들어서 하루 정도 쉬어야 하겠다고 이야기한 적도 있었다. 그래서 쉬라고 하면 하루가 아니라 며칠 동안 나타나지 않기도 했다. 그때는 일요일에 쉬겠다는 게 다른 공사장 일을 하러 가기 위한 핑계였다.

그러나 이번에는 그런 것 같지 않다. 나이가 많은 두 목수는 조성수가 이리저리 일을 보낼 만큼 녹록해 보이지 않는다. 어제 두 사람 중 나이가 적은 목수가 일을 끝내고 가면서 "내일은 쉬자고 합니다." 하고 말했다. 내일 쉬자고 한 사람은 나이 많은 목수였을 것이다.

공사를
어떻게 생각하세요?

오늘도 목수들은 아침 7시가 되기 전에 나타났다. 두 명의 목수는 성중 호중 형제와는 달리 우리 집 일만 하는 것이 확실했다. 오늘은 합판까지 부착된 1층 벽면에 석고보드 부착하는 작업을 한다고 했다. 합판은 두께가 매우 얇아 문구용 칼로도 쉽게 자를 수 있을 정도였는데, 석고보드는 합판보다 조금 두꺼웠다.

나는 두꺼운 합판이나 석고보드 중 하나만 대지 않고 얇은 합판과 석고보드를 두 겹으로 대는 이유가 궁금했다. 목수에게 물었더니, 석고보드를 대는 가장 중요한 이유는 매끈한 마감과 화재 예방이라고 했다. 예전에 벽돌을 쌓고 시멘트를 발라 벽을 만들 때는 마지막에 입자가 고운 석회를 발라 표면을 매끈하게 마감했는데, 요즘은 석고보드가 석회의 역할을 하는 것 같았다. 얇은 합판은 석고보드를 부착하기 위한 기초 같은 것이라고 한다. 합판이 없으면 석고보드를 못으로 목상에 부착해야 하지만 합판이 있으면 합판에 접착제로 부착하고 가는 못으로 보완해 주면 된다고 했다.

목수들이 도착하고 얼마 안 되어 조성수가 성중과 호중 형제를 데리고 나타났다. 성중과 호중 형제는 창틀에 창문을 끼우기도 하고, 창틀과 벽 사이에 우레탄 폼을 쏘아 창틀을 고정시키기도 했으며, 벽을 뚫어 1층 방 창문과 현관문을 설치할 자리를 만드는 일도 했다. 성중과 호중 형제가

합판 위에
석고보드 부착하기

여러 가지 일을 두서없이 하는 것으로 보아 오늘 할 작업이 명확하게
정해지지 않았던 것 같다.

　김희철이 온 건 내가 아내와 함께 농자재센터에 다녀오기 위해 농장을
나설 때였다. 김희철은 우리가 돌아왔을 때까지도 농장에 있었다.
작업자들의 일을 구경하고 있던 김희철은 내가 그늘에 앉아 있는 것을
보더니 다가와서 대뜸 물었다.
　"공사를 어떻게 생각하세요?"
　나는 김희철이 묻는 공사가 무엇을 의미하는지 알 수 없었다. 요 며칠
공사가 잘되어 가고 있으니까 우리 집 공사에 만족하냐고 묻는 것일까.
그러나 며칠 공사가 잘되고 있다고 공사에 만족한다고 할 수는 없었다.

"이 공사만큼 나를 힘들게 만든 게 또 있겠어요? 요 며칠 공사를 잘하고 있지만 답답하기는 마찬가지입니다. 모든 공사는 일정에 따라 체계적으로 해야 하는데 그때그때 주먹구구식으로 일을 하니 내가 얼마나 답답하겠어요?"

그러자 김희철이 다시 물었다.

"선생님께 단도직입적으로 묻겠는데 조성수에게 일을 맡기는 것을 어떻게 생각하십니까?"

김희철이 처음에 물었던 것은 조성수가 하는 공사를 어떻게 생각하느냐는 뜻이었던 것 같다. 그렇다면 나의 대답은 초점이 빗나간 것이었다. 아마 자신은 주문만 따내고 공사는 조성수에게 맡기는 사업 모델을 구상해 보다가 내 생각을 물어본 것 같았다.

내 눈에 조성수는 추진력이 있고, 책임감도 있어 보인다. 그러나 성중과 호중 형제만 데리고 있는 현재로서는 큰 공사를 감당하기에는 역부족이다. 처음 우리 공사를 맡은 다음 약속을 지키지 않아 내 마음을 상하게 했던 것도 맡아 놓은 일에 비해 일을 할 사람이 부족한 때문이었다. 자신이 데리고 있는 사람으로는 일을 감당할 수 없다는 것을 알게 된 조성수는 서울 팀을 불러 외장 공사를 했고, 지금은 목수 두 사람을 섭외해 내장 공사를 하도록 하고 있다. 그런 점이 아무런 대책 없이 공사를 지연시키기만 했던 김희철과는 다르다. 따라서 나는 김희철에게 "주문까지만 김 사장이 받고 공사는 조 부장에게 넘겨주는 것이 좋을 것 같습니다. 대신 적절한 지분을 확실하게 챙기고요." 하고 이야기해 주었다. 나는 얼마 전에도 김희철에게 같은 말을 했었다. 나와 김희철이 이야기

나누는 것을 보고 조성수도 가까이 왔다. 나는 내 생각을 조성수에게도 이야기했다. 조성수는 나의 제안을 좋게 생각하는 것 같았다. 그러나 김희철은 아직도 자신이 직접 공사를 하고 싶어 했다.

나는 김희철은 공사를 할 수 있는 능력이 없다는 결론을 내린 지 오래였다. 공사를 할 능력이 없는 김희철이 공사를 맡아 하면 많은 사람에게 피해를 줄 뿐이다. 에어컨 때문에 왔던 김명철이 끼어들고 김희철이 자리를 피하면서 우리 이야기는 흐지부지 끝나 버렸다.

오후 4시쯤 작업하는 소리가 들리지 않아 가 보니 아무도 없었다. 선풍기와 불은 켜져 있는데 사람도 차도 보이지 않았다. 순간 또 무슨 일이 생겼나 하고 걱정이 앞섰다. 이럴 때마다 꼭 무슨 일이 있었던 기억 때문이다. 5시가 되자 성중과 호중 형제가 나타나 공사장을 정리했다. 무슨 일이냐고 물었더니, 합판과 석고보드가 모자라 공사를 중단했다고 한다. 건재상에 배달해 달라고 전화를 했지만 배달할 사람이 없다고 해서 직접 건재상에 가서 합판과 석고보드를 싣고 왔다는 것이다. 성중과 호중 형제는 내일 제천 현장에 가기 전에 모자라는 합판을 더 구해다 놓고 갈 예정이라고 했다. 둘은 공사장을 정리한 다음 나와 커피를 마시면서 이야기를 하다가 돌아갔다. 성중과 호중 형제는 어쩐지 공사판에는 어울리지 않는 사람들 같다.

누가 왔다 갔지?

어제 저녁에는 제법 비가 많이 내렸다. 나는 아침에 일찍 일어나 공사에 지장이 없도록 임시 울타리를 걷어 놓았다. 그런데 임시 울타리를 묶어 놓은 매듭이 어제 내가 묶어 놓은 것과 달랐다. 누가 왔다 간 것 같았다. 공사장을 둘러보니 뒷창문에 합판이 한 장 걸쳐져 있었다. 이것도 분명 어제는 없었던 것이다. 내가 농막으로 들어간 뒤에 누가 공사장에 다녀간 것이 틀림없었다.

아침에 목수들이 오고 조성수와 성중 호중 형제도 왔을 때, 나는 모두에게 어제 저녁 누가 공사장에 다녀갔느냐고 물어보았다. 호중이 다녀갔다고 했다. 퇴근한 후 저녁을 먹고 집에 들어가려고 하는데 비가 갑자기 쏟아지길래 걱정이 되어 와 봤다는 것이다. 누가 시키지도 않았는데 그 시간에 30분이나 달려와야 하는 우리 농장까지 왔다 갔다니 고마운 마음이 들었다.

성중과 호중 형제가 제천 농막 일을 하러 간 뒤, 조성수는 다시 내게 김희철과의 일을 이야기하기 시작했다. 직접 일을 하지 않는 조성수는 작업자들이 일을 시작하고 나면 나와 함께 이런저런 이야기를 하는 일이 많아졌다. 이야기의 주제는 대개 김희철이었다. 오늘은 김희철이 피해를 입힌 사람이 한둘이 아니라는 이야기부터 시작했다. 나는 되물었다.

"나야 세상 물정을 모르는 책상물림이어서 김희철에게 많은 피해를 보았지만 다른 사람들은 계약금 정도만 날리지 않았겠어요?"

그러자 조성수가 말했다.

"그렇지 않아요. 선생님은 김희철에게 피해를 본 사람들 중에서 적게 본 사람에 속해요. 그중에는 공사를 시작하기도 전에 공사비 전액을 지불한 사람도 있어요."

"나 말고도 공사를 하기 전에 미리 돈을 주는 사람이 있어요? 다들 돈은 공사를 한 후에 주어야 한다고 하던데."

"요즘은 공사비를 미리 주지 않으면 공사를 안 해요. 공사를 해 놓고 돈을 못 받는 경우가 많기 때문이에요."

나는 조성수의 이야기를 들으면서 공사비를 미리 주는 것이 맞는 것인지, 공사를 한 다음에 주는 것이 맞는지 헷갈렸다. 서로 상대방을 믿지 못해서 건축주는 공사를 한 다음에 주려고 하고, 시공자는 미리 돈을 받으려고 하는 것 같다. 조성수는 어제 저녁 식사를 하면서 김희철과 싸운 이야기도 했다.

"김 사장은 아직도 자신의 디자인을 가지고 사업에 성공할 수 있을 것이라고 착각하고 있어요. 괴산에서 펜션을 짓고 있는 최순철이랑 제천에서 농막과 온실을 짓고 있는 건축주가 김희철에게 같이 사업을 하자고 제안한 모양이에요. 하지만 그들은 자신들이 손해 본 것을 받아 내기 위해 그런 제안을 한 것일 뿐 김 사장의 디자인이 정말로 사업성이 있다고 생각하는 것은 아니에요. 저는 김 사장에게 정신 차리라고 이야기해 주었지만 김 사장은 들은 척도 안 해요. 그래서 어제는

김 사장에게 크게 화를 내고, 헤어질 때는 차도 태워 주지 않고
걸어가라고 했어요."

　나는 조성수의 이야기를 들으면서 아무래도 김희철에게 준 돈을 받아
내기는 틀린 것 같다는 생각을 했다. 하지만, 김희철과 이야기를 하다 보면
아직도 돈의 일부라도 받아 낼 수 있을지 모른다는 희망을 갖게 된다.
조성수의 이야기가 더 사실인 것처럼 보이지만 김희철의 말대로 되었으면
하는 희망도 버리지 못하고 있다.

비가 새는 집

아침에 일어나자마자 먼저 공사장으로 달려갔다. 지난밤에 비가 많이
내려서 혹시나 공사장 안으로 빗물이 새 들어오지 않았는지 확인하기
위해서였다. 창문을 여는 순간 나는 깜짝 놀랐다. 틈새로 물이 스며든
정도가 아니라 바닥에 흥건히 고일 정도로 많은 물이 집 안으로 들어와
있었다. 합판과 석고보드를 부착하기 전이라면 적당히 닦아 내고 말리면
그만이다. 그러나 벽에 붙여 놓은 합판과 석고보드가 물에 젖었으니
문제가 심각하다. 합판 아래쪽은 공기가 통하지 않기 때문에 합판 아래
목상은 일단 젖으면 잘 마르지 않고 곰팡이가 필 것이다.

7시가 되기 전에 공사장에 온 젊은 목수가 심각한 표정으로 물을
퍼냈다. 나는 걸레를 구해다가 닦아 내기 시작했다. 걸레로 물을 닦아
짜내고 있는데 나이 많은 목수와 조성수도 왔다. 조성수는 물을 닦아 내고
있는 내게 인사도 하지 않은 채 어디론가 전화를 하고 있었다. 심각한
얼굴로 한참 동안이나 전화를 하던 조성수는 온다 간다 소리 없이 사라져
버렸다.

다락에 석고보드 부착하는 작업을 끝낸 목수들이 다시 오겠다는 인사를
남기고 떠난 것은 3시경이었다. 목수들이 간 다음에 보니 다락 바닥에
깔아 놓은 합판 일부에 이미 곰팡이가 피어 있었다. 마음이 착잡했다.
빗물이 스며드는 문제를 해결해야 할 조성수는 오후 늦게까지도 나타나지

않았다. 조성수에게는 스며드는 빗물보다도 훨씬 중요한 문제가 있나 보다.

빗물이 스며드는 근본 원인은 경사지도록 설치된 벽이다. 건물의 네 벽 중에서 테라스가 설치될 동쪽 벽과 서쪽 벽은 수직으로 설치되어 있는데 현관이 있는 남쪽 벽과 북쪽 벽은 비스듬하게 기울어져 있다. 벽에 문이나 창문이 없다면 벽이 기울어져 있어도 빗물이 문제가 되지 않을 것이다. 그러나 문이나 창문이 있으면 빗물이 아래로 흘러내리지 않고 작은 틈새만 있어도 안으로 스며들 수 있다. 따라서 지붕은 기울어지도록 설치하더라도 벽은 수직으로 설치해야 했다.

이 집을 디자인한 김희철은 전체적인 모양을 살리기 위해 벽을 경사지게 만들었다고 하겠지만 집의 옆면인 남쪽 벽과 북쪽 벽을 수직하게 세운다고 해도 모양이 크게 달라지지 않는다. 설령 모양이 조금 달라진다고 해도 외부에서 보는 모양보다는 실용성이 우선돼야 한다. 집을 처음 지어 보는 나로서는 디자인만 보고 빗물이 스며드는 문제가 있을 것이라고는 생각하지 못했다. 이런 문제들은 디자인을 한 사람이 모두 고려했을 것으로 믿었다. 그러나 처마 없이 빗물이 벽을 타고 흘러내리도록 설계된 집에 벽까지 기울어져 있으니 누수의 문제가 심각할 수밖에 없었다.

설비가 와 봐야 알 수 있어요

아침 일찍 일어나 오늘은 무슨 공사를 할지 궁금해하며 공사장을 둘러보았다. 1층과 다락 벽과 천장에 석고보드까지 부착해 놓고 보니 이제는 집처럼 보인다.

7시가 되자 조성수가 성중 호중 형제를 데리고 나타났다. 그러나 일을 하러 온 것이 아니라 다른 곳으로 일하러 가기 위해 필요한 장비를 가지러 온 것 같았다. 어제는 김희철과 경산에 다녀왔다고 했다. 다시는 김희철과 같이 일을 하지 않겠다고 몇 번이나 이야기했던 조성수지만 결국 경산 공사를 함께 하기로 한 모양이다. 조성수나 김희철이 서로를 필요로 하는 한 아웅다웅하면서도 계속 같이 일을 할 것이다.

나는 조성수에게 다른 곳으로 가기 전에 비가 오더라도 물이 들어오지 않도록 방수작업을 해 놓으라고 했다. 짐을 챙기던 성중과 호중 형제가 창틀에 폼을 쏘고 부엌 창문 앞에는 아예 비가 들어오지 못하도록 철판을 덧대 놓았다. 이제는 비가 오더라도 부엌 창문으로 물이 새 들어오는 문제가 없을 것 같다. 나는 떠나려는 조성수를 붙들고 물었다.

"다음 공사는 무엇이고 언제 하나요?"

조성수가 간단히 대답했다.

"방통을 쳐야 하는데 언제 할는지는 설비를 불러 봐야 알 수 있어요."

바닥에 난방용 엑셀 파이프를 깔고 그 위에 시멘트를 바르는 공사를 이 사람들은 '방통을 친다'고 한다. 자신들이 직접 할 것도 아니고 설비에 맡길 거라면 왜 진작 설비를 불러 일을 맡기지 않았을까? 그렇다면 적어도 언제 방통을 치는지는 알 수 있을 것이 아닌가? 벽 공사가 끝난 다음에야 설비를 불러 다음 일정을 잡아야 하는 이유가 무엇일까? 마음이 급한 나와 달리 조성수는 전혀 급해 보이지 않는다.

남쪽(현관)
비스듬한 벽

북쪽
비스듬한 벽

부엌 창문을
철판으로 막아
놓았다

동쪽(테라스)

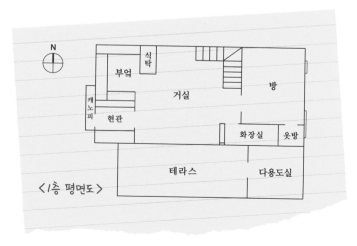

〈1층 평면도〉

2022년
7월 18일
월요일

1000만 원만
보내 주세요

오늘까지는 서울에서 그동안 밀린 일을 하고 내일 농장에 갈 생각을 하고 있었다. 그런데 아침 일찍 조성수에게서 전화가 왔다. 방통을 치려고 사람들까지 왔는데 김희철이 나타나 습식으로 할 것인지 건식으로 할 것인지를 나와 의논한 후에 방통을 치라고 해서 공사를 못 했다는 것이다. 나는 건식과 습식의 차이를 정확하게 알지 못하고 있었다. 조성수에게 물어보니 습식은 난방용 파이프를 깐 다음 그 위에 시멘트를 바르는 것으로 기름보일러나 가스보일러에 주로 사용한다고 했다. 건식은 시멘트를 먼저 바른 다음 배관 작업을 하고 그 위에 바닥재를 붙이는 것으로 전기보일러를 사용하는 난방 방법이라고 했다.

우리 농장은 경사가 급한 고개를 넘어와야 하기 때문에 눈이 오면 오가기가 어렵다. 따라서 나는 한겨울에는 서울에서 지낼 생각이라 난방은 아무거나 돈이 덜 드는 방법으로 빨리 해 달라고 했다. 좋은 집보다는 하루라도 빨리 공사의 늪에서 벗어나고 싶기 때문이다.

난방 관련 이야기가 끝나자 조성수는 공사비 1000만 원을 보내 달라고 했다. 방통 공사를 하려면 돈이 필요하다는 것이다. 나는 돈을 보내지 않으면 방통 공사가 중단될지도 모른다는 말에 오늘 중으로 보내 주겠다고 했다. 공사를 마치기 전에는 절대로 더 이상 돈을 주지 않겠다고 다짐했었는데 결국은 또 이렇게 돈을 주게 되었다. 전화를 끊자마자 나는 서둘러 농장으로 향했다. 공사가 어떻게 되어 가는지 확인하고 싶기도 하고, 농협에 가서 돈도 보내야 했기 때문이다.

가는 길에 식당에 들러 점심 식사를 하고, 농협에서 조성수에게 1000만 원을 송금했다. 공사장에 도착해 보니 전기 기사가 채 마무리되지 않은 1층 벽에 전선을 설치하고 있었다. 나는 공사를 하다 만 벽체를 보는 순간 크게 실망하지 않을 수 없었다. 각목으로 벽의 뼈대를 만들고 얇은 합판과 석고보드를 댄 것이 전부여서 벽이라고 할 수도 없어 보였다. 화장실 벽은 판넬로 설치해서 그보다 나아 보였지만 어설프기는 마찬가지였다. 이걸 공사라고 해 놓고 돈을 달라고 했다는 생각을 하니 화가 났지만 돈은 이미 보낸 후였다.

크게 실망하고 있는데 김희철이 찾아왔다. 김희철은 우리 집을 작품으로 생각해서 잘 짓고 싶은 자신과 돈을 먼저 생각하는 조성수와는 맞지 않는다고 했다. 조성수에게 공사를 넘겨줄 때는 같이 한번 작품을 만들어 이것을 바탕으로 사업을 해 보자고 의기투합했었는데 이제 조성수의 생각은 그런 것 같지 않다고 했다. 그리고 자신의 형편이 좋아지면 어떤 형태로든 나에게 진 빚을 갚겠다고 했다. 그러나 내게는 김희철이 아직도 꿈속을 헤매고 있는 사람처럼 보였다.

나타나지 않는

조성수

방통 공사를 중단해야 할지도 모른다는 말에 돈을 송금해 주었는데 어제는 전기 기사가 일을 했을 뿐 조성수는 나타나지 않았다. 그래도 돈을 보냈으니 오늘부터는 열심히 일을 해 주겠지 하는 마음에 아침 일찍 일어나 입구를 막아 놓았던 임시 울타리를 걷어 내고 밖에서 기다렸다. 그러나 아무도 나타나지 않았고, 아무런 연락도 없었다.

밭일을 하느라 공사에 관한 것을 잠시 잊고 있다가도 조성수만 생각하면 화가 났다. 아무리 막 나가는 게 공사판이라고 해도 돈을 주기만 하면 얼마 동안 나타나지도 않으니, 어떻게 이렇게까지 사람을 농락할 수가 있을까? 오늘 아침에 조성수가 오면 다른 곳으로 일하러 가지 못하게 하고 쓰레기부터 치우라고 할 생각이었다. 판넬을 자르고 남은 쓰레기, 단열재 조각들, 먹고 버린 음료수 캔 등이 공사장 앞뒤에 가득 차 있다. 이제 이 쓰레기를 보는 것도 지쳤다. 더 이상 큰 쓰레기가 나올 공사가 없으므로 이제는 치워도 될 텐데 그럴 생각이 전혀 없어 보인다.

하지만 혼자서 아무리 화를 내고 애를 태운들 무슨 소용이랴. 막상 조성수를 만나면 혹시라도 기분 나빠할까 봐 그의 눈치를 볼 것이다. 혼자서만 화를 낼 뿐 실제로는 화도 한번 내지 못하는 내가 너무 한심하다. 집을 짓지 않았다면 이렇게 막 나가는 사람들과 엮일 일은 없었을 것이다. 오늘은 집을 짓기 시작한 것을 수없이 후회했다.

방통 치기

아침에 처음 보는 작업자들 여러 명이 큰 차를 타고 와서 방통 칠 준비를 했다. 오늘은 난방용 파이프를 설치하지 않고 시멘트만 바르는 거라서 30분이면 끝날 거라고 했다. 조금 있으니 레미콘 트럭도 왔다. 바닥에 두께 5센티미터 정도 되는 스티로폼 단열재를 깐 다음 그 위에 묽어서 흘러내리는 시멘트를 붓는 작업이 빠르게 진행되었다. 조성수 말대로 시멘트를 붓는 데는 30분밖에 걸리지 않았다. 30분이면 할 수 있는 일을 우리는 지난 금요일부터 오늘까지 5일을 기다려야 했다.

군을 때까지 이틀은 걸린다니까 다음 작업은 토요일에나 시작할 수 있을 것이다. 나는 진행 상황을 확인하러 온 조성수에게 사정했다.

"제발 좀 빨리 공사를 끝내 주세요. 이제 좋은 집을 짓겠다는 기대는 안 할 테니 빨리 끝내 주기만 하면 좋겠어요."

"알았어요. 빨리 해 드릴게요."

조성수는 건성으로 대답한 후 서둘러 다른 공사장으로 갔다. 시공자에게 돈을 다 주고도 좋은 집이 아니라도 좋으니 빨리만 지어 달라고 말하는 건축주도 있을까?

방통 치기

김희철과 괴산 현장, 그리고 공주 농막

방통 친 것이 다 굳었지만 오늘도 공사하러 오는 사람은 없었다. 아예 이번 주는 그냥 넘어갈 생각인 모양이다. 기다리다 보면 언젠가는 집이 지어지겠지 하고 느긋하게 기다리자고 마음을 달래고 있는데 김희철에게서 전화가 왔다. 다락에 창문을 내는 문제로 의논할 것이 있어 농장으로 오겠다고 했다. 나는 전에 김희철에게 설계에는 없지만 다락 전면 벽에 커다란 창문을 내면 좋겠다고 이야기했었다.

농장에 온 김희철에게 나는 창문을 추가로 설치하는 비용을 어차피 내가 지불해야 한다면 조성수에게 달아 달라고 하지 말고 김희철이 직접 달아 줄 수 없느냐고 물었다. 창문을 다는 문제로 공사가 다시 지연되지 않을까 걱정되었기 때문이다. 김희철은 생각해 보겠다고 하면서도 확답을 하지 않았다. 이야기를 나누다 보니 점심시간이 되었다. 김희철에게 점심이나 먹으러 가자고 했더니 펜션을 짓고 있는 괴산 현장에 같이 가 보고 그 부근에서 식사를 하자고 했다. 김희철은 괴산의 펜션 공사에서도 손을 뗐지만 우리 집에 다녀가는 것처럼 그곳에도 왔다 갔다 하면서 참견을 하고 있었다. 나는 마침 궁금했던 터라 그러기로 했다.

괴산 현장에 도착하니 많은 사람들이 일하고 있었다. 진도도 많이 나가 있었다. 특히 외장 공사가 마무리 작업까지 깔끔하게 끝나 있었다. 김희철은 서울 작업자들이 끝내지 못하고 남겨 둔 지붕 끝부분 마무리 작업에 괴산 현장의 방법을 적용하고 싶다고 했다. 김희철은 괴산의 외장 마무리 공사를 한 사람에게 전화를 걸어 우리 집 일도 해 달라고 부탁했다. 그는 우리 공사장을 와서 본 다음 다시 이야기하자고 했지만 바쁜 일이 많아 기다려야 한다고 했다. 마무리 작업은 급한 일이 아니므로 기다리기로 했다.

괴산의 건축주인 최순철이 끓여 준 열무김치 냉면으로 식사를 하고 농장으로 오는 동안 김희철과 많은 이야기를 했다.

나는 김희철에게 아직도 미련을 가지고 있는 스마트팜 사업은 말끔히 잊으라고 했다. 스마트팜 사업을 하려면 우선 작물을 정하고 그 작물 재배법을 익힌 후 판로까지 확보한 다음, 사람의 힘으로 하던 것들을 전자 제어 시스템을 통해 자동으로 제어해야 한다. 그런데 무슨 작물을 재배할 것인지도 정하지 않고 스마트팜을 지어 팔겠다니, 말도 안 된다고 했다. 김희철은 스마트팜 시설만 있으면 무슨 작물이든지 척척 재배할 수 있다고 생각하는 것 같았다.

나는 공주의 농막 공사는 어떻게 되어 가느냐고 물었다. 지난해 8월 나와 비슷한 시기에 계약을 했다는데, 아직도 작업을 끝내지 못한 채 현대하우징 공장 마당에 방치되어 있단다. 지난번 조성수 말로는 대금은 이미 모두 받은 상태라고 했다. 내가 지난해 8월 현대하우징 공장을 처음 방문했을 때 작업자들이 만들고 있던 그 농막일지도 모른다. 공주의 건축주도 정년퇴임한 교수라고 했다. 지난해 계약한 6평짜리 농막을 돈을 다 받고도 아직도 지어 주지 않고 있다니, 김희철이 정말 나쁜 사람이라는

생각이 들었다. 한 번도 만난 적이 없지만 공주의 건축주가 얼마나 속이
상할까를 생각하니 남의 일 같지 않았다. 앞으로 김희철과 무슨 이야기를
할 때는 공주의 건축주를 떠올릴 생각이다. 오늘은 가벼운 마음으로
김희철과 함께 괴산으로 출발했지만 괴산에 다녀온 후 내가 김희철에
대해 내린 결론은 김희철은 내가 알고 있던 것보다 훨씬 더 나쁜
사람이라는 것이었다.

어이없는 일들

오늘은 새로운 한 주가 시작되는 월요일이니 공사를 할 사람들이 올 것으로 생각했다. 그러나 오늘도 역시 아무도 나타나지 않고 연락도 없었다. 조성수에게 전화를 두 번이나 걸었지만 받지 않았다. 마침 김희철이 전화를 했기에 조성수에게 연락이 안 된다고 했더니 자기가 연락해 보겠다고 했다. 잠시 후 조성수가 전화를 해서 지금 가고 있다고 하고는 전화를 끊었다.

그러나 한참 후에 나타난 것은 성중과 호중 형제였다. 그동안 아파트 리모델링 공사를 하느라고 못 왔다며 오늘은 공사장 쓰레기를 치우고, 아파트 리모델링 공사가 끝나는 대로 우리 공사에 전념하겠다고 한다.

판넬은 스티로폼 부분과 금속 부분을 분리해 스티로폼은 돈을 내고 폐기장에 버리고, 금속 부분은 고철 수집상에 가져다준단다. 그런데 스티로폼 한 차를 버리고 온 성중이 돈이 모자라 더 버릴 수가 없다면서 스티로폼을 한 곳에 쌓아 놓겠다고 했다. 조성수가 준 카드 잔액이 20만 원밖에 남지 않았다는 것이다. 할 수 없이 후에 정산하기로 하고 내 카드를 주었다. 두 차를 더 버리는 데 55만 원이 들었다. 성중이 영수증을 건네주면서 조성수에게 꼭 받으라고 했지만 받을 수 있을지 모르겠다.

점심시간이 되어 성중 호중 형제와 충주 IC 부근에 있는 식당에 가서 식사를 했다. 식사를 하는데 김희철 이야기가 나왔다. 성중은 조성수가 이후에도 김희철과 같이 일을 하면 자기가 일을 그만두겠다고 했다. 제천 일을 하면서 김희철에게 일을 잘못했다고 야단을 맞은 것이 서운한 모양이었다. 식사를 마친 후 성중 호중 형제가 가면서 내일 자기들은 단양에 일하러 가고, 우리 일은 다른 작업자들이 와서 할 것이라고 했다.

농장에 와 보니 김희철이 기다리고 있었다. 김희철은 긴히 할 말이 있다고 하더니, 공사를 1주일 정도 중단할 수 없느냐고 물었다. 그러면 제천 일을 마치고 자기가 조성수가 설치해 놓은 벽체를 철거하고 다시 시공하겠다고 했다. 그 이야기를 듣고 나는 너무 어이가 없어서 큰 소리로 그동안 하지 못했던 말을 다 해 버렸다.

"조성수가 해 놓은 공사가 잘못됐다고 다시 하자고 하면 조성수가 말을 듣겠어요? 방통을 친 후 내팽개쳐 두고 있는 공사를 1주일 더 중단해 달라니요? 1주일 공사를 늦추면 한 달을 미루게 될 테고, 한 달을 미루면 결국 가을에도 공사를 끝내지 못할지 몰라요. 지난해 주문받은 공주 농막이 아직도 공장 구석에 처박혀 있는 것을 생각해 보세요. 처음에는 1주일, 2주일 미루다가 한두 달이 되고 결국 1년이 됐잖아요. 전기 배선까지 끝낸 벽체를 철거하고 다시 하자고 하면 누가 그 말을 듣겠어요? 지금 김 사장 말을 들어줄 사람은 아무도 없어요. 공연히 그런 말을 했다가는 공사를 미룰 핑곗거리만 만들어 줄 겁니다. 집이 설계대로 안 되어도 좋으니 제발 공사를 방해하지 말아 주세요. 지금 나의 관심은 집을 잘 짓는 것이 아니라 공사를 빨리 끝내는 것이에요."

내 이야기를 들은 김희철은 머쓱한 표정으로 돌아갔다.

폭발하다

아침 일찍 일어나 컴퓨터 앞에서 일을 하고 있는데 성중이 와서 찾았다. 오늘 괴산에서 일을 하기로 한 사람이 벌에 쏘이는 사고가 발생해 자기가 그곳에 가서 일을 해야 해서 우리 공사는 내일이나 다시 시작할 수 있을 것이라고 했다. 그러면서 죄송하다고 했다. 그래서 나는 성중이 미안해할 일이 아니라고 했다.

"그건 성중 씨 잘못이 아니니까 성중 씨가 미안해할 필요는 없어요. 대신 내일은 꼭 오도록 얘기해 주세요. 내일은 누가 뱀에 물리지 않도록 조심하라고 하고요."

나는 곧 뱀 이야기는 하지 말걸 하고 후회했다. 정말 벌에 쏘였다면 자신들의 이야기를 믿어 주지 않는다고 기분 나빴을 테고, 벌에 쏘인 사람이 없다면 자신들의 거짓말이 들통난 것 같아 기분이 나빴을 것이다. 어쨌든 내일은 정말 일하러 올지 두고 볼 일이다.

성중이 괴산으로 간 뒤 김희철이 전화를 해서 오늘 공사를 하느냐고 물었다. 아니라고 대답하고 김희철이 알아보겠다고 했던 창문과 외장 마무리 공사 준비는 어떻게 되어 가느냐고 물었다. 그러자 괴산 외장 공사를 한 사람과 접촉하고 있는데 일이 바빠서 휴가를 다녀와서나 가능할 것 같다고 했다. 창문은 도면을 그려서 보냈는데 조성수와 의논해서 그대로 제작하도록 하겠단다. 그 말을 듣는 순간 나는 폭발하고야 말았다. 전화에다 대고 소리를 질렀다.

"지금 휴가 타령 할 때입니까? 겨우 하루면 끝낼 일을 휴가가 끝날 때까지 10여 일을 기다려야 한다는 게 말이나 됩니까? 왜 꼭 괴산 작업자여야 합니까? 괴산의 마무리를 보았으니 어떻게 하면 되는지 이제는 알았을 것 아닙니까? 김 사장이 직접 마무리하고 창문을 달면 안 됩니까? 김 사장이 직접 지붕에 올라가 망치질이라도 하세요. 내 돈을 그만큼 가져갔으면 그 정도는 해야 하는 것 아닙니까? 그렇게 하지 못할 거면 다시는 전화도 하지 마세요."

나는 대답도 듣지 않고 전화를 끊어 버렸다. 조금 있다가 김희철에게서 다시 전화가 왔다. 김희철은 괴산 작업자와 다시 이야기했는데 이번 금요일에 외장 마무리를 해 주겠단다. 나는 창문도 그때 달 수 있느냐고 물었다. 그러자 대답을 얼버무리려고 했다. 나는 단호하게 말했다.

"이번 금요일에 외장 마무리 작업을 하고 창문도 다세요. 이번 주 금요일입니다."

그러고는 전화를 끊었다. 11시쯤 김희철이 농장으로 달려왔다. 제천에서 작업을 하다가 부랴부랴 달려왔단다. 김희철은 조성수에게 공사를 다시 자기에게 넘기면 어떻겠느냐고 물어볼 생각이라면서, 자기가 성중 호중 형제를 데리고 우리 공사를 마무리하고 싶다고 했다. 그 말을 듣고 나는 펄쩍 뛰었다.

"김 사장님, 지금 제정신입니까? 지금 조성수가 공사를 넘기면 내가 이미 지불한 공사비를 돌려주겠습니까? 김 사장님 공사할 돈 있습니까? 김 사장님이 돈이 없으면 공사비는 내가 다시 내야 할 텐데 그게 말이 됩니까? 나는 김 사장님에게 이미 공사비를 떼였는데 이번에는 조성수에게 공사비를 떼이고 다시 공사비를 내라는 겁니까? 나는 이제 돈이 없어요. 내가 돈이 없다면 정말 없는 거예요. 그러니 그런 이야기일랑 아예 하지 마세요. 지금은 그냥 가만히 조성수가 공사를 해 줄 때를 기다려야 합니다. 죽이 되든 밥이 되든 조성수에게 맡겨야 해요. 그리고 성중 호중 형제는 절대로 김 사장님과 같이 일 안 합니다. 일을 하게 되더라도 다른 작업자를 찾아야지 성중 호중 형제는 아닙니다. 김 사장님은 창문과 외장 마무리나 신경 쓰세요."

김희철은 알겠다고 했다. 나는 자동차로 가고 있는 김희철에게 큰 소리로 말했다.

"이번 주 금요일입니다. 금요일 오후에는 외장 마무리와 창문이 끝나 있어야 합니다. 이번 주 금요일 말입니다."

윤성호의 전화

오늘은 아침 일찍 서울에 와서 미뤄 두었던 일을 하고 있는데 김희철에게서 전화가 왔다. 오늘 일하러 온 사람이 있느냐고 물어보니 오늘은 없지만 내일은 일하러 올 것이라고 했다. 조성수와 통화해 확인했다면서, 외장 마무리와 창문 다는 것은 금요일에 할 예정이라고 했다. 나는 수고했다고 말했다. 어제 나에게 그렇게 야단을 맞고도 금요일에 일할 준비를 하는 것을 보면 김희철이 아주 나쁜 사람은 아닌 것 같다. 그러나 나는 공주 농막을 잊지 않기로 했다.

그런데 잠시 후 이번에는 포클레인 기사인 윤성호에게서 전화가 왔다. 윤성호는 공사가 어떻게 되어 가느냐고 물었다. 제대로 진척되지 않아 속이 탄다고 말하니 자기도 돌을 실어 온 것과 포클레인 일을 한 품삯을 받지 못해 힘들다고 했다. 나는 깜짝 놀랐다. 조성수가 작업자들의 일당은 제대로 주고 있는 줄 알았는데 그게 아닌 모양이다. 내게서 받아 간 공사비는 어쩌고 작업자들의 인건비까지 주지 않고 있다니 보통 문제가 아니다.

나는 그동안 조성수가 다른 곳의 일을 하느라고 우리 공사를 미루는 것으로 생각했다. 그런데 윤성호의 전화를 받고 보니 그게 아니라 공사를 계속할 돈이 없어 공사를 미루고 있는지도 모른다는 생각이 들었다. 돈이 없어 공사를 못 하고 있다면 문제가 심각해진다. 김희철을 그렇게 욕하더니 조성수도 김희철을 그대로 닮아 가고 있다.

토요일에 하면
안 되나요?

오늘도 서울에서 그동안 밀렸던 일들을 정리하고 있는데 김희철에게서 전화가 왔다. 아침에 조성수와 통화했는데 오늘부터 공사를 한다고 했단다. 그러면서 내일 하기로 되어 있는 외장 마무리와 창문 다는 일을 토요일에 하면 안 되겠느냐고 물었다. 괴산 작업자들이 내일은 도저히 시간을 낼 수 없다는 것이다. 나는 그렇게 하라고 했다. 하루 늦어지는 게 무슨 큰일이겠느냐고 말했다. 그러면서 토요일에는 꼭 되느냐고 물으니 꼭 된다고 했다. 기다려 보는 수밖에 없다.

　요즘은 휴가철이어서 고속도로가 많이 밀린다. 그래서 차가 밀리는 시간을 피해 오후 늦게 농장으로 왔다. 우리가 도착했을 때는 6시가 넘은 시간이어서 작업자들은 이미 다 가고 없었지만 공사장에는 데크 만들 때 쓸 아연 각관이 쌓여 있었다. 안 그래도 남은 공사 중 가장 돈이 많이 들어갈 데크 공사부터 빨리 하라고 할 생각이었는데 조성수도 그럴 생각인 것 같아 마음이 놓였다. 윤성호의 전화를 받고는 조성수가 돈이 없어 데크 공사도 하지 않고 달아나 버리기라도 하면 어떡하나 걱정했는데 그런 건 아닌 모양이다.

　그러나 집 내부를 보는 순간 다시 실망해야 했다. 공사를 하긴 했는데 하루 종일 일을 한 것은 아니었다. 기껏해야 두세 시간 일을 하다가 만 것 같았다. 참 알 수 없는 일이다. 일을 하러 왔으면 일을 했어야지 중간에 중단한 것은 무엇 때문일까? 하지만 내장 공사를 하는 데 필요한 장비가 모두 들어와 있는 것으로 보아 일을 하기는 할 생각인 것 같았다.

다시 바뀐 목수들

7시가 되자 공사장으로 트럭이 들어왔다. 성중이 온 것 같았다. 그러나 조금 있다 보니 트럭이 가 버리고 없었다. 공사장에서는 처음 보는 사람 둘이 일할 준비를 하고 있었다. 오늘부터 우리 공사를 해 주실 분들이냐고 했더니 그렇다고 한다. 나는 언제까지 일을 하시기로 돼 있느냐고 물었다. 그러자 공사가 끝날 때까지 할 예정이라면서 자기들은 내장 공사와 외장 공사 모두 할 수 있다고 했다.

지난번에 성중 호중 형제와 식사를 할 때 아파트 리모델링 공사를 하는 목수들이 자동차가 없어 자기들이 데려오고 데려다주어야 한다고 했던 말이 생각났다. 이 사람들이 그 목수들인 모양이다. 나는 생수와 커피를 가져다주면서 일을 잘해 달라고 부탁했다. 그리고 성중과 호중 형제는 안 오느냐고 물었더니 꼬마는 일을 그만두었고, 성중은 자재를 실으러 갔으니 곧 올 거라고 한다. 목수들은 덩치가 산만한 호중을 꼬마라고 불렀다. 조성수는 아파트 리모델링 현장에 있는데 문과 등만 달면 끝난다면서, 아파트 일이 끝나면 다음 주부터는 우리 일에 전념해서 공사를 빨리 끝낼 예정이라고 했다는 말도 전해 주었다. 하지만 이런 말은 너무 여러 번 들어서 이제는 전혀 믿음이 가지 않는다.

그런데 지난번에 내장 공사를 했던 목수들이 아니라 왜 다른 사람들로 바뀐 걸까? 그때 벽에 합판과 석고보드를 대는 작업을 한 목수가 방통

치고 이틀 후에 오겠다고 하고 갔는데 그것으로 끝이다. 어쩌면 일당 문제로 조성수와 관계가 틀어진 건지도 모른다. 윤성호의 전화를 받은 뒤로는 조성수와 관련한 모든 일들이 돈 문제일 것이라는 생각을 하게 되었다. 새로 온 목수들하고는 끝까지 갈 수 있을까?

나는 목수들에게 어제 일을 물어보았다.

"어제도 일하셨어요?"

그러자 목수 한 명이 대답했다.

"어제는 데크 작업을 하러 왔는데 바닥이 정리되어 있지 않아 못 하고, 남아 있는 석고보드만 몇 장 붙이고 갔어요."

그마저 석고보드가 모자라 일을 끝까지 하지 못했다고 한다. 어쩐지 어제 진행된 것이 하루 종일 일한 것으로는 턱없이 부족하다고 생각했었다.

조금 있다 성중이 왔기에 호중이 왜 일을 그만두었느냐고 물었다.

"일이 너무 힘들어서 더 일하기 싫대요. 더구나 성수 형이 제때 돈을 주지 않은 것도 문제고요. 저도 300만 원이나 밀려 있어요."

성중은 동생인 호중이 일을 하지 않게 된 것을 조성수의 탓으로 돌렸다. 지난 25일 같이 점심 식사를 할 때는 성중이 200만 원을 못 받고 있다고 했는데 그 사이 100만 원이 늘었다. 조성수는 여기저기 일을 하면서 작업자들 일당도 주지 못하다니 참 알 수 없는 일이다.

성중은 내일과 모레는 군에 가 있는 아들이 휴가를 오기 때문에 일을 쉰다고 했다. 아직 30대 초반으로 보이는 성중에게 군에 가 있는 아들이 있다니 의외다. 성중은 군에 가 있는 아들 말고도 20대인 아들이 두 명 더 있다고 했다. 그나저나 성중이 일을 안 하면 목수들은 누가 데려오고 데려가나…. 나는 성중의 아들이 휴가 나온다는 이야기를 들으면서도 우리 공사 걱정을 하고 있었다.

외장 마무리 공사와
윤성호

오늘은 외장 마무리 공사를 하는 날이어서 아침 일찍 일어나 자동차를 옮겨 주차하고 작업자들을 기다렸다. 7시가 조금 지나자 김희철에게서 전화가 왔다.

"8시에 괴산 작업자들이 가서 외장 마무리 작업을 시작할 겁니다. 조성수와도 통화했는데 오늘은 성중이 일을 하지 않아 목수들도 쉬기로 했다고 합니다. 저는 9시 조금 지나 농장으로 가겠습니다."

걱정했던 대로 성중이 쉬니 목수들도 못 오는 모양이다.

8시가 되자 괴산 펜션의 외장 공사를 했던 젊은 작업자 두 명이 와서 외장 마무리 공사를 시작했다. 지난번에 서울에서 왔던 작업자들은 외장 공사를 할 때 크레인을 불렀었는데 이 사람들은 크레인을 부르지 않고 어떻게 지붕 일을 할지 궁금했다. 그런데 알고 보니 이들은 차에 자동 리프트를 싣고 왔다. 자동 리프트는 아래위로 움직일 수 있을 뿐만 아니라 바퀴가 달려 있어 스스로 이동할 수도 있고, 리모컨으로도 조종이 가능했다. 게다가 자리를 많이 차지하지 않아 크레인보다 더 작업이 수월했다. 이 사람들은 자기 것을 가지고 다니지만 하루 15만 원이면 임대도 가능하다고 했다. 크레인을 한나절 쓰는 데 40만 원이라고 했던 것과 비교하면 가격도 저렴하다. 이런 것이 있는데 왜 서울 팀은 크레인을 불렀던 걸까. 조성수는 왜 이걸 사용할 생각을 못 했을까.

괴산 작업자들이 일을 시작하고 얼마 안 있어 김희철이 도착했다. 자기가 책임지고 끝내기로 한 외장 마무리 공사를 약속대로 하게 된 때문인지 김희철은 표정이 밝았다. 나는 김희철에게 오늘 저 사람들의 공사비는 얼마를 주기로 했는지 그리고 창문값은 얼마를 주어야 하는지 물어보았다. 그러자 김희철은 그것은 자기가 알아서 할 테니 나는 가만있으라고 했다. 자기가 부담한다는 것인지 조성수에게 내라고 하겠다는 것인지는 알 수 없다.

점심때가 되자 작업자들이 식사를 하러 갔다. 김희철은 그 사이에 리프트를 빌려 창문 달 자리를 뚫기 시작했다. 지난번에 내가 당신이 직접 창문을 달면 안 되느냐고 소리를 지른 효과인가. 30도가 훌쩍 넘는 무더위 속에서 땀을 뻘뻘 흘리면서 일을 하는 김희철을 보니 안됐다는 생각이 들었다. 나는 아내에게 냉면을 끓일 수 있느냐고 물어보았다. 된다고 했다. 잠시 후 창문 자리를 다 뚫고 난 김희철에게 냉면을 먹자고 했더니 좋아했다. 무더위에 밖으로 식사를 하러 가지 않게 된 것도 좋았겠지만 아마 나에게 인정받았다는 것이 더 좋았을지도 모른다. 어쩌면 이렇게라도 해야 집이 다 지어진 후 우리 집을 홍보용으로 사용할 수 있을 거란 계산을 하고 있었을 것이다.

냉면을 먹고 난 김희철은 리프트가 가기 전에 창문틀을 달아야 해서 시내에 나가서 필요한 부품을 사 가지고 오겠다고 했다. 김희철이 돌아온 것은 3시가 안 돼서였다. 그런데 농장으로 돌아온 김희철이 큰일 났다며 나에게 뛰어왔다. 자기가 시내에 나간 사이에 괴산에서 온 작업자들이 일을 끝내지 못하고 가 버렸다는 것이다. 마무리할 자재가 모자라 다음에 다시 와서 일을 끝내겠다고 했단다. 따라서 리프트를 빌려 창문틀을 달려는 계획이 틀어지게 되었다. 내일과 모레 태풍의 영향으로 많은 비가 예정되어 있는데 창문 자리를 뚫어 놓은 채로 놔둘 수는 없었다. 그러나 창문틀이 무거워 혼자의 힘으로 달 수도 없었다. 김희철은 조성수에게 전화를 했다. 와서 같이 창문틀을 달자고 하는 것 같았다. 오기 어렵다고 하던 조성수가 시간이 걸리더라도 오겠다고 해서 기다리기로 했다.

그런데 잠시 후 윤성호 포클레인 기사가 나타났다. 지나가다가 공사가 어떻게 되어 가나 궁금해서 들렀다면서 "김 사장 차가 있던데 김 사장은 어디 있습니까?" 하고 물었다. 나를 만나러 온 것이 아니라 김희철을 만나러 온 것 같았다. 김희철을 발견한 윤성호는 두 달 전 기초공사를 할 때 일한 포클레인 작업비를 오늘은 달라고 했다. 다음 달로 넘길 수는 없다고 했다. 나는 윤성호에게 물었다.

"조 사장과의 문제는 잘 해결되었나요?"

"조 사장에게도 난리를 쳐서 다 받았어요. 월요일에는 여기 일하러 오기로 조 사장과 약속했어요."

조성수와는 잘 해결되어 우리 일을 해 주기로 약속까지 했다니 다행이란 생각이 들었다. 나는 두 사람이 이야기하도록 자리를 피해 주었다.

오늘 김희철과 이런저런 이야기를 하다가 윤성호가 조성수에게 돈을 받지 못해 화가 많이 나 있더라는 이야기를 했었다. 그런데 김희철도 포클레인 작업비를 아직 주지 않고 있었다니! 오늘 땀을 흘리면서 창문 자리를 뚫는 것을 보고 안됐다는 생각을 했는데 윤성호의 이야기를 듣고

보니 김희철은 남에게 줄 돈 정도는 쉽게 잊어버리고 살아가는
사람이라는 생각이 들었다. 아직도 공장 한구석에 처박혀 있는 공주
농막을 보면 알 수 있다.

　김희철과 한참을 이야기하던 윤성호가 돌아간 후에도 조성수는
나타나지 않았다. 전화로는 오고 있다고 하고도 결국은 나타나지 않았다.
그러나 윤성호에게 포클레인 작업을 부탁한 것을 보면 우리 공사를
내팽개치지는 않은 것 같다. 월요일부터는 전적으로 우리 공사만 하겠다고
했다니 기다려 볼 수밖에 없다.

외장 마무리 공사가
끝난 모습

김희철의

오지랖

오늘은 일요일이라 공사를 하지 않는다는 걸 알고 있으니 아침부터
일하러 오는 사람을 기다리지 않아도 되었다. 내일은 포클레인 기사가
와서 데크 설치할 자리를 정리한다고 했는데 비가 예보되어 있어서 일을
할 수 있을지 걱정이다. 오늘도 하루 종일 비가 오락가락해서 비가 새지나
않을까 싶어 공사장에 몇 번이나 가 보았다. 역시나 부엌 창문 쪽에서
비가 새고 있었다.

　바닥에 물이 고일까 봐 대야를 가져다 창문틀에 받쳐 놓고 있는데
김희철이 왔다. 제천 현장에 있다가 비가 새지 않나 걱정되어 와 봤다는
것이다. 어제 땀을 흘리면서 일을 하고 나니까 다시 우리 공사를 책임지게
된 것처럼 생각되나 보다. 어제 아내가 들으니 김희철이 조성수에게
전화를 해서 왜 공사 일정을 미리미리 말씀드리지 않느냐, 언제 일을
시작할 것이냐 하면서 마치 아랫사람 부리듯이 야단을 쳐 가면서
이야기하더란다. 우리가 모르는 사이 김희철과 조성수의 위치가 역전되어
버린 것 같다. 나는 김희철의 그런 전화마저 공사를 중단하는 불씨가 될까
봐 걱정이다.

　김희철은 비가 새는 것을 막아 보겠다고 바깥쪽에다가 비닐을 붙였지만
그것으로 막아질지 의문이다. 근본적인 문제는 벽이 기울어져 있는 것인데
김희철은 그것은 인정하지 않고 조성수가 공사를 잘못한 탓이라고 했다.

내 말을 자신의 디자인에 흠집을 내는 이야기로 생각하는 것 같다.

공사장을 한 바퀴 돌아본 김희철은 조성수에게 거실에 이중 천장을 만들어 간접 조명을 설치할 것과 거실과 주방을 분리하는 벽을 추가로 설치하도록 시키겠다고 했다. 그러면서 조성수가 말을 듣지 않아 자신의 디자인이 제대로 살아나지 못하고 있다고 불평을 했다. 나는 김희철의 이야기를 듣고 큰 소리로 말했다.

"지금 김 사장님은 그런 말을 할 처지가 아닙니다. 김 사장님이 3000만 원을 떼어먹지만 않았다면 내장 공사를 제대로 할 수 있었을 겁니다. 이제는 간접 조명 같은 곳에 쓸 돈이 더 이상 남아 있지 않아요."

김희철은 우리 집을 홍보에 사용할 욕심으로 이것저것 요구하면서 돈은 누가 내겠지 하고 있다. 김희철에게는 내가 말만 하면 돈을 내놓는 사람으로 보이는 것 같다. 나도 이제 돈이 없다고 그렇게 여러 번 이야기했는데도 알아듣지 못하는 김희철이다. 나는 김희철에게 정색하고 말했다.

"김 사장님이 우리 집을 잘 지어 주고 싶은 마음은 알겠지만, 조성수에게 그런 이야기를 하면 조성수가 손해를 보면서까지 김 사장님 말을 듣겠어요? 나는 조성수가 공사를 끝까지 해 주기만 해도 고맙겠어요. 나는 벽지건, 바닥재건 가장 싼 것으로 해 달라고 할 생각이에요. 그렇게 하고 싶은 것이 많으면 김 사장님이 돈을 내놓으세요. 김 사장님이 돈을 내놓을 생각이 없으면 공사를 방해하지 말고 그냥 가만히 계세요. 내가 어제 곰곰이 생각해 보았는데 조성수는 나쁜 사람도, 좋은 사람도 아닌 그냥 건축업자예요. 건축업자는 의리나 약속 같은 것 때문에 일하는 사람들이 아니고 돈을 벌기 위해 일하는 사람들입니다. 김 사장님도 조성수에게 그 이상을 기대하지 마세요. 그러면 조성수를 욕할 일도 없을 겁니다."

그러고는 어제 일한 괴산 작업자들에게는 얼마를 주어야 되느냐고 다시 물었다. 김희철은 아직 모른다고 하면서 자기가 해결하겠다고 했다. 자기가 해결하겠다는 말이 자기가 내겠다는 것을 뜻하지는 않을 것이다. 그래서 조성수에게 내라고 할 생각이냐고 했더니 그렇다고 했다. 그래서 한마디 더 했다.

"김 사장님, 그건 조성수와 의논하고 시킨 일이 아니니까 내가 낼게요. 나는 그 작업비 때문에 조성수의 기분이 나빠져 하려던 공사도 하지 않을까 걱정이에요. 요즘 내가 얼마나 불안하게 하루하루를 살고 있는지 아세요? 얼마 전 윤성호에게 포클레인 작업비를 받지 못하고 있다는 이야기를 듣고는 거의 절망할 지경이었어요. 조성수도 자금 사정이 안 좋다는 거잖아요. 그나마 데크 설치에 쓸 아연 각관이 들어온 것을 보고는 조성수가 공사를 끝까지 할 생각인 것 같아 한시름 놓았지요. 나는 요즘 일회일비하면서 하루하루 살얼음판을 걷는 심정으로 살아가고 있어요. 그러니 김 사장님은 제발 공사 방해하지 말고 가만히 계세요."

그러나 김희철은 내 얘기는 듣는 둥 마는 둥 괴산 작업자들 문제는 자기에게 맡기라고 하고 돌아갔다.

알 수 없는
조성수의 속내

오늘은 윤성호 포클레인 기사가 와서 데크 놓을 자리를 정리하기로 한 날이었지만 아침부터 비가 내려 일을 할 수 없었다. 오랫동안 쉰 다음 일을 시작하려고 하면 비가 오니 누굴 탓하겠는가? 태풍이나 홍수 같은 자연재해로 수많은 사람이 목숨을 잃는 것을 보면 하늘은 나의 원망쯤은 안중에도 없을 것이다.

내일 서울에 가면 해야 할 일이 많아 10일 후에나 올 수 있다. 따라서 서울로 가기 전에 조성수와 공사에 대해 이야기를 하고 떠났으면 좋겠는데 조성수를 만날 수가 없다. 전화도 받지 않고 문자 메시지에도 답이 없다. 그러면서도 작업자들을 보내고, 포클레인 작업을 하려는 것을 보면 공사를 중단하려는 것 같지는 않다.

조성수는 왜 나를 피하는 것일까? 나에게 섭섭한 일이 있는 것일까? 내 기억에는 그럴 일이 전혀 없다. 혹시라도 중간에 김희철이 끼여 있어 서로의 말이 와전되었을 가능성은 있지만 그래도 조성수가 이렇게 나를 피할 정도의 일은 생각나지 않는다. 자금 형편이 좋지 않다고 하더니 공사를 계속할 돈이 없는 것일까? 그런 경우라도 나를 피하는 것은 이해되지 않는다. 만나서 사정 이야기를 하거나 변명을 해야 할 것이다. 지금으로서는 조성수의 속내를 도저히 짐작할 수 없다.

10일 동안의
공백

오늘 아침에도 조성수에게 전화를 걸어 봤지만 역시 받지 않았다. 예전의 김희철과 어찌 그리 닮았는지 모르겠다. 조성수를 보지 못하고 서울로 오게 된 나는 윤성호에게 전화를 걸었다. 어제 비가 와서 일을 하지 못했는데 다음 작업 날짜가 잡혔느냐고 물으니 목요일에 들어와 일을 하기로 했다고 한다. 그 말을 들으니 일단 안심이 됐다.

그렇다면 10일 후 내가 돌아갔을 땐 공사가 얼마나 되어 있을까? 최소한 데크와 테라스 설치까지는 가 있지 않을까? 거기까지만 가면 그다음은 걱정할 것이 없다. 내장 공사는 그다지 어려운 일이 아니기 때문에 조성수가 나가떨어진다고 해도 마무리할 수 있을 것이다. 조성수에게 줄 돈이 1000만 원 남아 있으니까 거기에 1000만 원쯤 보태면 최소한의 공사는 끝낼 수 있을 것이다. 나머지는 살면서 여유가 생기는 대로 하나하나 고쳐 가면 된다. 하지만 만에 하나 포클레인으로 정비 작업을 해 놓은 것이 전부라면 어떻게 할까? 데크를 깔기 위해 가져다 놓은 아연 각관과 목수들에게 데크를 만들라고 했다는 것을 보면 그럴 리가 없겠지만, 비가 오락가락하면 비 핑계로 아무것도 하지 않을 수도 있다. 이것은 생각하기도 싫은 시나리오이다.

레미콘 회사의
전화

모든 것을 잊고 마음 편하게 지내다 가려고 마음먹고 있는데 레미콘
회사에서 전화가 왔다. 기초공사를 할 때 사용한 레미콘값을 아직 받지
못하고 있다는 것이다. 그러면서 레미콘값을 주지 않으면 준공검사를 받지
못하게 할 수도 있다고 했다. 김희철이 나쁜 사람이라는 것은 알고
있었지만 정말 이렇게까지 나쁜 사람인 줄은 몰랐다. 기초공사를 하기
직전에 내가 준 2000만 원은 그래도 기초공사에 쓴 줄 알았다. 그런데
알고 보니 그 돈은 다른 곳에 써 버리고 레미콘 비용도, 작업자들
인건비도, 포클레인 작업비도 주지 않고 있었다.

이제는 더 이상 아무 미련을 갖지 말고 손해 본 것은 손해 본 것으로
하고 김희철과 헤어져야겠다는 생각이 들었다. 대문을 디자인해 보겠다고
했는데 그것마저도 김희철에게 맡기지 말아야겠다. 공사를 무사히
끝내느냐 마느냐 하는 판에 대문 디자인이 뭐가 중요할까? 충주에 있는
대문 만드는 업체를 찾아가 싼 대문을 주문해 설치하면 그만일 것이다.
다시는 김희철 얼굴도 보기가 싫다. 하지만 아직 건축 사무소의 설계비,
환경측량의 토목 설계비, 오늘 전화 받은 레미콘 비용 문제가 남아 있으니
쉽게 김희철을 정리할 수도 없을 것이다. 앞으로 또 어떤 더 놀라운
전화를 받을지 모르겠다.

조성수와 통화

농장을 떠나 있은 지도 벌써 1주일이 넘어 공사를 잠시 잊고 지내고 있었는데 어제 김희철로부터 전화를 받았다. 김희철은 자신이 그린 대문 디자인을 보냈는데 어떠냐고 물었다. 나는 자세하게 보지 않아서 잘 모르겠지만 디자인은 그다지 중요하지 않으니 가격이 비싸지 않도록 해 달라고 이야기했다. 그러면서 내가 없는 동안 공사가 어떻게 되고 있냐고 물었더니 공사는 전혀 진행되지 않았고 빗물이 샜다고 했다. 결국 조성수는 내가 없는 동안 공사를 하지 않은 것이다.

내일부터는 비도 끝난다고 하니 어떻게든 공사를 다시 시작해야 한다. 그래서 오늘 조성수에게 전화를 걸었다. 웬일로 이번에는 전화를 받았다. 나는 지금까지의 일은 더 이상 이야기할 것 없고, 앞으로 10일 안에 공사를 끝낼 수 있냐고 물었다. 조성수는 이제는 김희철이 무어라고 하든 10일 안에는 끝내겠다고 했다. 이 와중에도 공사가 늦어진 것을 김희철 탓으로 돌리고 있다. 20일이 넘게 내 전화조차 받지 않은 것도 김희철 탓이라고 할 건가. 나는 내일은 바빠서 못 가고 모레 아침 일찍 갈 테니 그때 농장에서 꼭 보자고 했다. 조성수는 그러겠다고 하고 전화를 끊었다. 하지만 내일 정말 공사를 시작할지, 그리고 모레 아침에 공사장에 올지는 알 수 없다. 조성수나 김희철은 이제 무슨 이야기를 해도 믿을 수 없다. 어떻게 사람에 대한 믿음이 이렇게까지 땅에 떨어질 수 있을까?

오늘 공사를
했습니다

오후에 일을 끝내고 스마트폰을 확인하니 김희철이 보낸 사진이 와 있었고, 김희철과 조성수가 전화를 했었다. 집에 오는 길에 자동차 안에서 조성수에게 전화를 하니 오늘 공사를 했다면서 나머지 공사 대금을 보내 줄 수 없느냐고 했다. 자재 살 돈이 없어 더 이상 공사를 하기 어렵다는 것이다. 참 어이가 없었다. 지난번에 1000만 원을 준 후 방통을 친 것이 전부인데 오늘 하루 일했다고 돈을 달라니 나는 할 말을 잃었다. 그동안 공사를 제대로 하지 않았을 뿐만 아니라 전화조차 받지 않아 화가 잔뜩 나 있는 내게 돈을 달라니 제정신일까. 나는 내일 만나서 이야기하자고 하고 전화를 끊었다. 조성수는 정말 양심도, 염치도 없는 막 나가는 사람이라는 생각을 지울 수 없다.

집에 와서 김희철에게 전화를 해 오늘 수고했다고 했지만, 김희철도 조성수와 다를 것이 없는 사람이다. 나는 김희철에게 오늘 공사를 시작 안 했으면 철거 업체에 철거 비용이 얼마나 되는지 알아보려고 했다고 말했다. 김희철에게 자극을 주려고 한 말이었지만 김희철은 심각하게 받아들이지 않았을 것이다. 김희철이나 조성수나 눈만 뜨면 거짓말을 생각하는 사람들이니 다른 사람의 이야기도 모두 그냥 해 보는 소리라고 생각할 것이다.

공사를 끝내려면 얼굴도 보기 싫은 김희철과 조성수를 계속 만나야 할 텐데 그 어려운 일을 어떻게 해내야 할는지 참으로 걱정이다. 어쨌든 내일은 10일 만에 농장에 가서 공사 상황도 살펴보고 김희철과 조성수도 만나 봐야겠다. 아마도 그 사람들을 만나면 나는 다시 바보가 될 것이다. 혹시라도 공사를 팽개치지 않을까 하는 두려움에 그들이 조금만 강하게 요구하면 그 요구를 모두 들어주고 말 것이다.

이상한 셈법과 자꾸만 가벼워지는 나의 주머니

6시에 일어나 농장으로 왔다. 공사가 어떻게 되어 가고 있는지도 궁금했지만 100년 만이라는 지난 폭우 때 농장에 피해가 없는지도 서둘러 확인하고 싶었다. 다행히 농장에는 별다른 피해가 없었다. 밭에 만들어 놓은 배수구와 새로 만든 물길이 제 역할을 한 것 같다. 공사장에는 포클레인 기사인 윤성호가 대지를 정리하고 있었고, 두 명의 목수가 데크용 아연 각관을 용접하고 있었으며, 조성수와 성중은 추가로 주문한 창문을 달고 있었다. 오랜만에 공사가 활발하게 진행되는 모습을 보니 기분이 좋았다.

20여 일 만에 만나는 조성수였지만 우리는 아무 일도 없었던 것처럼 그늘에 앉아 조용히 이야기를 나누었다. 그동안 연락이 되지 않아 서운했었다는 것이 내가 할 수 있는 최대의 유감 표명이었다. 나는 이제 더 이상 다른 곳으로 가지 말고 공사를 끝내자고 했다. 조성수는 쉽게 답을 하지 않다가 마지못해 그러겠다고 했다. 다른 속셈이 있는 것 아닌가 하는 생각이 들었지만 더 다그치지는 않았다. 조성수는 자기가 손해를 보더라도 우리 공사를 끝내겠다고 했다.

"1000만 원을 밑지나 1500만 원을 밑지나 별 차이 나는 것이 아니니 끝까지 공사를 하겠습니다. 너무 걱정하지 마세요. 하지만 공사를 하다가 공사비가 모자라 도와 달라고 할 때 좀 도와주셨으면 좋겠습니다."

187

우리 공사에서 많은 돈을 남길 수 없다는 것은 나도 알고 있다. 하지만 밑지고 일을 한다는 것은 납득할 수 없다. 내 계산에 의하면 조금 남는 정도이다. 그러나 조성수는 미리 받아 쓴 돈은 생각하지 않고 수중에 남아 있는 돈이 떨어지면 밑진다고 생각하는 것 같다.

"조 부장님은 어떻게 계산하고 있는지 몰라도 나도 공사비를 계산하고 있어요. 매일매일 일하는 사람들의 인건비와 자재비를 다 기록해 놓았어요. 내가 인건비나 자재비를 정확하게 모르기 때문에 내 계산이 정확한 것은 아니겠지만 우리 공사에서 최소한 밑지지는 않아요. 내가 기록해 놓은 거 한번 볼래요?"

내 이야기를 들은 조성수는 우물쭈물하면서 대답했다.

"저는 대충 영수증만 모아 놓았다가 계산해요."

자신의 계산보다는 나의 계산이 더 정확할 수 있다는 것을 인정하는 말이었다. 따라서 앞으로는 밑지고 공사를 한다는 말은 못 할 것이다.

"우리 공사를 하고 손해를 보는 것은 나도 원하지 않아요. 나도 이제 돈이 얼마 남아 있지 않지만 정 힘들면 이야기하세요."

나는 이 말을 괜히 했다고 후회했다. 이것은 추가 공사비를 더 주겠다고 약속한 것이나 마찬가지였다. 그것도 금액도 정해지지 않은 백지수표를 써 준 셈이다. 이것을 기화로 얼마의 추가 공사비를 더 요구할는지 벌써부터 걱정이다. 하긴 내가 이런 이야기를 하지 않았더라도 조성수는 틀림없이 추가 공사비를 요구할 생각을 하고 있었을 것이다. 조성수는 한마디 더 보탰다.

"사실 그동안 저도 고민이 많았어요. 이 공사에서 손을 뗄 생각도 했고요. 하지만 이 공사는 끝까지 하기로 했습니다."

　이미 5000만 원의 공사 대금을 주었는데 우리 공사에서 손을 뗀다는 게 무슨 말인지 모르겠다. 계속하고 싶으면 하고, 손을 떼고 싶으면 뗄 수 있다는 발상은 어디에서 나온 것일까? 하지만 그런 생각을 접고 끝까지 공사를 하겠다니 더 따질 수도 없었다.

　그런데 공사를 하기 위해서는 자재를 들여와야 하니 남은 공사비 1000만 원과 추가 창문 대금 160만 원을 합해 1160만 원을 줄 수 없겠느냐고 했다. 추가 창문 대금은 1층 안방 창문 30만 원과 이번에 김희철이 새로 주문한 다락 창문값 130만 원을 합한 금액이다. 안 줄 도리가 없겠다는 생각이 들었다. 공사에서 손을 뗄 수도 있다는 이야기까지 들었는데 어떻게 안 줄 수 있을까?

　나는 우선 300만 원을 송금했다. 나머지 860만 원은 광복절이 지난 다음 은행이 문을 열면 보내 주기로 했다. 아직 해야 할 공사가 많이 남아 있는데, 결국은 공사비 전액을 주게 되었다. 이렇게 하면 절대 안 된다고들 했지만 공사를 중단하고 나자빠질지도 모른다는 염려 때문에 공사 대금을 모두 주어 버리게 된 것이다.

　일하는 사람들이 점심 식사를 하러 간 사이에 김희철이 농장에 왔다. 아마 자신이 디자인한 창문을 달았으니 그것을 확인하고 싶었는지 모른다. 하지만 나는 김희철을 반갑게 대할 수가 없었다. 레미콘 회사로부터 전화를 받은 후로는 김희철의 얼굴이 뻔뻔스럽게 보인다. 기초공사를 하기 위해 필요하니 돈을 달라고 해서 2000만 원이나 받아 가 놓고는 300만 원밖에 안 되는 레미콘값마저 주지 않았다는 것은 정말로 이해할 수 없는 일이다.

나는 김희철에게 10일 안으로 공사를 끝내려고 하니 10일 후에 준공검사를 신청할 수 있도록 모든 준비를 해 달라고 했다. 건축 설계 비용, 환경측량의 토목 설계 비용, 정화조 관련 비용, 레미콘 비용까지 확인해 달라고 했다. 그러자 김희철은 레미콘은 준공검사 항목에 포함되지 않는다고 했다. 내가 알아보니 레미콘에서 문제를 삼으면 준공검사를 받을 수 없다고 하더라고 이야기해 줬다. 김희철은 약간 놀라는 눈치였다. 더 있어 보아야 나에게 좋은 이야기를 들을 수 없겠다고 생각했는지 김희철은 서둘러 돌아갔다.

김희철이 가고 나자 집 주변 대지를 정리하던 윤성호가 김희철 이야기를 했다. 공사 초기에 한 작업비 140만 원을 아직 받지 못하고 있다는 것이다. 지난번에 우리 농장에 와서 김희철을 만났을 때 8월 10일까지 준다고 했는데 13일인 오늘까지도 받지 못했다는 것이다. 그러면서 나에게는 미안한 이야기지만 다음 월요일에 포클레인과 트럭을 가져와 우리 집 축대 쌓은 돌을 다시 실어 갈 생각이라고 했다. 돈을 주지 않으니 그 수밖에 없다는 것이다.

축대는 김희철이 시켜서 쌓은 것이 아니라 조성수가 시켜서 쌓은 것이고, 조성수는 얼마 전에 돌값 80만 원과 포클레인 작업비를 지불한 것으로 알고 있다. 그런데 김희철에게 받지 못한 작업비로 축대 쌓은 돌을 실어 간다는 것이 말이나 될까? 하지만 이 바닥에 말이 되는 일이 얼마나 될까? 이것은 나보고 대신 그 돈을 내라는 협박이라는 생각이 들었다. 하지만 그렇게 해서라도 일한 값을 받아 내겠다는 윤성호를 나무랄 생각도 없었다.

나는 할 수 없이 내가 대신 주겠다고 했다. 그 대신 김희철이나 조성수에게는 이야기하지 말고, 김희철을 보는 대로 빨리 돈을 달라고 재촉해서 혹시라도 돈을 받게 되면 내게 돌려 달라고 했다. 윤성호는 그렇게 하겠다고 했다. 일을 마친 윤성호는 시침을 뚝 따고 조성수에게 김희철이 돈을 빨리 주지 않으면 돌을 다시 실어 가겠다고 큰소리치고 돌아갔다. 참 재미있는 세상이다. 이렇게 해서 나는 오늘 또 140만 원을 공중에 날리는 바보가 되었다. 공사가 끝날 때까지 나는 바보 역할을 계속해야 할 것 같다.

오늘 목수들은 데크의 받침대가 될 아연 각관을 용접했다. 데크는 현관 쪽(남쪽)과 테라스를 설치할 앞쪽에 놓기로 되어 있다. 현관 쪽 데크의 면적은 5평 정도이고, 앞쪽 데크의 면적은 12평 정도이다. 현관 쪽 데크 골격의 용접은 오전에 끝났다. 그러나 오후에 비가 오는 바람에 앞쪽 데크 용접 작업은 시작하다가 말았다.

데크 용접 작업을 보고 있자니 집의 북쪽에도 20평가량의 데크를 놓으면 좋겠다는 생각이 들었다. 아이들이 노는 공간으로 활용하기에는 데크만큼 좋은 것이 없을 듯싶었다. 그래서 조성수에게 견적을 뽑아 달라고 했다. 조성수는 20평 정도의 데크를 놓으려면 900만 원이 필요하다고 했다. 나는 아내의 의견을 물었다. 그러자 아내는 한술 더 떠서 집 뒤쪽(서쪽)에도 10평 크기의 데크를 설치하고 싶다고 했다. 그렇게 되면 추가되는 데크의 면적이 모두 30평쯤 된다.

조성수는 두 곳의 데크를 모두 놓으려면 1360만 원이 필요한데 60만 원을 떼고 1300만 원에서 50만 원을 더 깎아 1250만 원만 달라고 했다. 평당 40만 원이다. 그러면 뒤쪽 문 위쪽에 비를 가릴 어닝도 설치해 주겠다고 했다. 나는 지금은 돈이 없으니 나중에 여유가 생기면 데크를 넓히자고 했다. 그러자 아내가 자신의 비자금 1000만 원을 내놓겠다고 했다. 그래서 결국은 집을 빙 돌아 데크를 놓기로 했다. 데크의 전체 면적은 47평으로 늘어났다. 추가 비용이 자꾸 늘어나는 것이 문제지만 넓은 데크를 놓으면 그곳에 방방이(트램펄린), 미끄럼틀, 수영장 등 아이들이 좋아하는 것들을 설치할 수 있을 것이다. 방방이와 미끄럼틀을 특히 좋아하는 손녀에게는 아주 좋은 선물이 될 것이다. 무한 반복해서 미끄럼을 탈 네 살짜리 손녀의 모습이 눈에 선하다.

현관 쪽
데크 받침대가 될
아연 각관 용접

물을 막아라

금년에는 유난히 비가 많이 온다. 어제도 오후에 비가 와서 제대로 일을
못 했다. 포클레인으로 파헤쳐 놓은 땅이 질퍽거려 도저히 일을 할 수
있는 상황이 아니었다. 저녁에는 더 많은 비가 내렸다. 그런데 오늘 아침
일찍부터 조성수와 성중이 나타났다. 어제 저녁에 비가 많이 오자
잠자리에 들어서도 현관 쪽 벽면에 낸 창문틀 사이로 물이 새어 들어오는
것이 마음에 걸렸다고 했다. 그러면서 오늘은 어떻게 해서라도 물을 막아
보겠다고 했다.

　두 사람은 다락에 새로 단 창문 위에 작은 비가림 지붕을 만들어
붙였다. 성중은 이것을 창문의 눈썹이라고 불렀다. 폭 1미터에 길이는
3미터 정도 되는 작은 지붕이었지만 성중은 하루 종일 일을 했고,
조성수도 오후에 합류해서 일했다. 일을 끝내고 가면서 이렇게 했는데도
물이 새면 창문을 모두 뜯어내고 새로 설치하는 수밖에 없다고 했다.
그러면서 한번에 물을 잡지 못해 미안하다고 했다. 오늘은 조성수의
진심을 의심하지 않기로 했다.

　두 사람이 돌아간 후 곧 비가 내리기 시작했다. 나는 창문 앞에 가서
물이 새는지를 지켜보았다. 일단은 성공적인 것 같았다. 비가 오고 있는
데도 창틀 쪽으로 흘러내리는 물이 보이지 않았고, 창문 주변의 벽면이
말라 있었다. 오늘 저녁에 많은 비가 온다고 했으니 물을 제대로

막았는지는 내일 아침이 되면 확인할 수 있을 것이다. 현관 쪽 벽면은 하늘을 향해 비스듬하게 기울어져 있어 창문도 기울어져 있다. 따라서 창문 틈으로 빗물이 스며들지 않도록 막아 내는 문제는 집이 완성된 다음에도 항상 신경을 써야 할 것이다.

창문에
눈썹 달기

데크 공사

아침에 일찍 일어나 공사장에 가 보니 밤에 많은 비가 내렸는데도 물이 새 들어온 흔적이 없었다. 어제 조성수와 성중의 작업이 효과가 있는 것 같아 다행이다. 하지만 비 때문에 새로 정리한 대지가 질퍽거려 오늘 공사를 할 수는 없을 것 같았다. 더구나 오늘 오후에도 비가 예보되어 있어 외부에서 하는 용접 공사를 하기에는 무리라는 생각이 들었다. 내일부터는 비가 그친다고 하니 모레부터나 데크 용접을 시작할 수 있을 것이다.

그런데 7시가 되자 성중이 목수 둘과 함께 나타나 데크 용접 작업을 시작했다. 오후에 비가 내리기 전까지 용접을 모두 끝낼 예정이라고 했다. 나는 빨라도 하루는 걸릴 것으로 생각했는데 그보다 빨리 끝날 것 같다. 성중이 가세한 용접은 빠르게 진행되었다. 옆에서 보고 있어도 서둘러 일을 한다는 것을 느낄 수 있었다.

9시가 넘자 조성수가 석고보드를 싣고 나타났다.

"오늘 데크 용접을 할 수 없을 줄 알았는데 공사를 하네요."

내가 말했더니, 조성수가 대답했다.

"이것저것 가리다 보면 공사가 안 되지요. 비가 오기 전에 조금이라도 더 할 생각입니다."

공사를 뒤로 미룰 핑계만 찾던 과거의 조성수가 아니었다. 이번에는 확실하게 우리 집 공사를 끝내기로 마음먹었나 보다. 일단 마음을 고쳐먹고 나니 예전과는 전혀 다른 사람이 된 것 같다.

나는 조성수에게 1250만 원의 추가 비용을 부담하고 집 둘레에 넓은 데크를 설치하기로 결정한 사실을 말하고, 추가 데크 설치는 공사가 끝나 준공검사를 신청한 다음에 하자고 했다. 조성수는 처음에는 그러자고 하더니 목수들이 앞으로 이삼일 정도만 더 우리 공사를 할 수 있는데 그 안에 추가 데크 용접을 끝내는 것이 어떻겠느냐고 제안했다. 용접 작업만 끝나면 목수들이 가더라도 성중을 데리고 자신이 마무리를 할 수 있다는 것이다.

그러면서 주방과 화장실 설치 공사, 그리고 도배는 외주를 주었으니 자신과 성중이 외부에 장식용 적삼목을 부착하는 작업과 난방 공사만 하면 늦어도 다음 주까지는 공사가 끝날 것이라고 했다. 공사를 시작하고 1년 만에 듣는 가장 반가운 이야기였다. 이제 끝이 보이는 것 같다. 1년 동안의 마음고생도 머지않아 끝날 것 같다는 생각에 조성수와 성중을 기분 좋게 배웅했다.

무리하지 말자

아침에 일어나 우선 일기예보부터 보았다. 오늘부터 3일 동안에는 비 예보가 없었다. 하지만 어제 저녁에도 비가 내렸고, 아침 6시경에도 부슬비가 내려 오늘 공사를 할 수 있을지 걱정이 되었다. 다행히 7시가 되자 날씨가 맑아졌고, 성중이 두 명의 목수와 함께 와서 공사를 시작했다. 아직 추가로 설치할 데크용 아연 각관이 배달되지 않아 목수들은 아래층 문틀 몰딩 작업을 하다가 10시쯤 아연 각관이 배달되자 용접을 시작했다. 아연 각관의 대금은 나보고 카드로 결제해 달라고 해서 193만 원을 결제해 주었다.

아연 각관을 배달한 트럭이 가고 나자 성중은 오늘 몸이 안 좋아 하루 쉬어야겠다고 하면서 집으로 갔다. 얼굴만 보아도 몸이 안 좋다는 것을 알 수 있었다. 너무 무리를 한 모양이다. 성중이 집으로 간 다음 농협에 가서 조성수에게 공사비 잔금 860만 원을 송금했다. 아직 해야 할 공사가 많이 남아 있지만 공사비는 모두 지불한 것이다. 다시 한번 조성수를 믿어 보기로 한 것이다. 다만 성중이 몸이 안 좋은 것이 어떤 변수가 되는지 걱정이다. 나는 성중에게 빨리 가서 약을 먹고 쉬라고 하고는, 그렇게 되면 우리 공사는 어떻게 하느냐고 걱정했다. 말해 놓고 보니 미안해서, 몸이 안 좋다는데 공사 걱정을 해서 미안하다고, 아무 약이나 먹지 말고 병원에 가서 처방을 받아 약을 지어 먹으라고 당부했다.

오후 4시가 다 되어 김희철이 찾아왔다. 다른 할 이야기가 없었던 나는 김희철에게 레미콘 회사에서 전화 받은 일과 윤성호에게 포클레인 작업비를 준 일을 이야기했다. 그러면서 다음 주에는 준공검사를 신청해야 하는데 제대로 준공검사를 신청할 수 있을지 걱정이라고 했다. 김희철은 레미콘값도 해결하고, 윤성호에게 준 포클레인 공사비도 돌려주고, 준공검사에도 지장이 없도록 하겠다고 말했다.

　　제천 공사와 경산 공사는 어떻게 되어 가느냐고 물었더니, 김희철은 제천 공사도 아직 끝내지 못하고 있다고 했다. 조성수가 일을 맡기로 해서 시작한 공사인데 조성수가 손을 떼는 바람에 공사가 어려워졌다는 것이다. 조성수가 모든 것을 김희철 탓으로 돌리는 것처럼 김희철은 모든 것을 조성수 탓으로 돌리고 있었다. 그러면서 경산 공사는 자신이 직접 할 예정이라고 했다. 나는 김희철이 괴산의 최순철과 같이 사업을 해 볼 생각이라고 했던 것이 생각나, 경산 공사는 최순철과 같이 하기로 한 것 아니냐고 물었더니 서로 계산이 달라 같이 할 수 없게 되었다고 했다. 다만 최순철이 주문을 받을 때마다 일정한 금액의 디자인비를 받기로 했단다.

　　"모든 것이 선생님이 말씀하신 대로 되어 가고 있습니다."

　　김희철이 말했다. 내가 전에 최순철이 같이 사업을 한다고 하지만 김희철에게는 디자인료 이삼백만 원 주는 것이 고작일 거라고 했던 말을 이야기하는 것 같았다. 그러면서 자신이 재기하는 것만이 모든 문제를 해결하는 방법이라고 했다. 세상일은 누구도 모른다지만 지금의 김희철로서는 가능할 것 같지 않은 이야기이다.

차가 없는 목수들을 데려다주기 위해 곧 조성수가 올 것이라고 하니까 김희철은 가 보겠다며 서둘러 일어섰다. 나는 김희철에게 준공검사에 지장이 없도록 해 달라고 거듭 당부했다.

끝이 보인다

아침에 일찍 일어나 공사장을 살펴보았다. 오늘 데크 용접을 마무리한다고 했는데 아직도 데크 놓을 자리에 빗물이 고여 있어 데크 용접 공사가 제대로 진행될 수 있을지 걱정스러웠다. 빗물에 젖은 진흙 때문에 공사를 하기 어려울 것 같았다. 빗자루로 물을 쓸어 내 보았지만 발이 쑥쑥 빠지는 진흙은 어떻게 할 수가 없었다.

하지만 7시가 되어 조성수와 함께 공사장에 도착한 목수들은 지체 없이 용접 작업을 시작했다. 김성중은 오늘도 몸이 아파 오지 못했다. 목수들은 물이 고여 땅이 무른 곳에는 각관을 잘라 깊게 박은 다음 그 위에 데크용 각관을 용접해 붙였다. 두 사람이 집 뒤쪽의 데크 용접을 끝낸 것은 오후 2시쯤이었다. 이로써 데크 용접 공사가 모두 끝났다. 집의 건평이 15평이니까 집 면적의 거의 세 배나 되는, 넓은 데크의 뼈대가 집을 빙 둘러 만들어진 것이다.

1시쯤에는 지난 8월 1일에 외장 마무리 공사를 한 괴산의 작업자들이 와서 남아 있던 부분을 끝내고 갔다. 마무리를 잘못했다고 만나면 쓴소리를 하겠다고 큰소리치던 조성수는 한마디도 하지 않았다고 했다. 나는 혹시 조성수가 그들과 언성이라도 높이지 않을까 걱정했는데 쓸데없는 걱정이었다. 내가 외출했다가 도착했을 때 일을 끝내고 떠날 준비를 하고 있던 그들은 나를 쳐다보지도 않고 가 버렸다.

오후에는 데크에 사용할 방부목도 배달되어 왔고, 앞과 뒤 창문 옆 벽에 포인트로 부착할 적삼목도 배달되었다. 적삼목은 조직이 치밀해 열에도 강하고, 잘 썩지도 않아 방부처리를 하지 않아도 외장재로 사용할 수 있다고 한다. 배달되어 온 데크용 방부목과, 현관과 건물 앞뒤에 포인트로 사용할 적삼목이 용접을 끝낸 데크 프레임 위에 쌓여 있다.

데크 용접을 끝낸 목수 둘은 테라스 기둥 세우는 작업을 하고, 조성수는 현관 캐노피에 적삼목 붙이는 작업을 시작했다. 성중이 없이 혼자 하는 작업이라 느리게 진행되었지만 조성수도 직접 공사를 했다. 이제 정말 공사를 하는 것 같았다..

4시쯤에 갑자기 세찬 바람이 불더니 5분 정도 강한 소나기가 내렸지만 곧 그치고 해가 났다. 먼 산에는 쌍무지개가 떴다. 소나기로 일을 잠시 중단했던 목수들과 조성수는 다시 일을 시작했다. 비가 오고 난 후여서 용접 일이 위험할 수도 있는데 조심하면 된다고 하면서 일을 계속했다. 조성수가 이제는 조금이라도 일을 더 할 틈을 찾는 사람으로 변한 것 같다. 조성수는 공사가 늦어져 미안하다는 말도 했다. 공사가 제대로 돼 가니까 나와 조성수 사이에 생겼던 불신과 갈등도 사라져 가는 것 같다. 생각해 보면 공사를 늦게 해서 문제라기보다, 아무런 통보도 없이 공사를 중단하곤 하니까 공사를 하다가 내팽개치지나 않을까 하는 불안감이 문제였다. 그러나 이제는 그럴 것으로 보이지 않아 마음이 놓인다. 하지만 또 어면 새로운 변수가 나타날지 아직 모른다.

지금은 다른 곳의 일이 없어 우리 공사에 전념하고 있지만 내일이라도 다른 공사가 들어오면 그곳으로 달려갈 것이다. 그렇게 되면 며칠이면 끝날 우리 공사가 다시 한두 달 늦어질 수도 있다. 공사비까지 다 주어 버렸으니 그렇게 해도 내가 할 수 있는 일은 아무것도 없다. 이제는 다른 곳으로 가도 우리 공사를 끝내고 갈 것 같기는 하지만 장담할 수는 없다. 추가 공사비 문제로 새로운 갈등이 생길 수도 있다. 제발 그런 일들 없이 이대로 공사를 끝냈으면 좋겠다.

현관 캐노피에
적상목 부착

건축일지 2부

2022년 8월 18일~2022년 10월 26일

이제 곧 공사가 끝날 것이라고 생각하고 있었는데 조성수가

바닥 자재비를 요구하는 순간 넘어야 할 산이 아직도 남아 있다는

것을 알게 되었다. 어쩌면 이제부터 넘어야 할 추가 공사비라는

산이 지금까지 넘었던 산들보다 더 험난할지도 모른다.

테라스 골조 용접,
그리고 사람과 사람

오늘도 성중은 아파서 일하러 오지 않았다. 생각했던 것보다 더 몸이 안 좋다고 했다. 조성수가 목수 두 명을 데리고 왔는데 목수들은 테라스 골조 용접 공사를 하고 조성수는 적삼목 부착 공사를 했다. 테라스는 설치하는 데 비용이나 시간이 많이 소요되지 않으면서도 집 전체의 모양이나 활용성에 큰 영향을 주는 중요한 구조이다. 우리는 테라스의 3미터 정도는 창고로 사용하고, 나머지 5미터는 야외 식사를 하거나 차를 마시는 공간으로 사용할 예정이다.

기둥 여섯 개를 세우고, 그 위에 지붕 얹을 서까래를 용접해서 붙이니 테라스 골조가 완성되었다. 그러자 집이 갑자기 넓어진 느낌이 들었다. 이제 용접이 끝난 데크에 방부목을 붙이고 테라스 지붕과 벽을 설치하면 외장 공사가 끝나겠지만 5일은 더 일을 해야 할 것으로 보인다. 골조 용접 공사를 끝내고 가면서 오후에는 목수들이 오지 않는다고 했다. 그래서 조성수도 쉬기로 했단다. 성중이 없이 조성수 혼자서 일을 하니 작업 능률이 오르지 않아 쉬는 것이 좋겠다고 판단한 것 같다.

성중은 병원에서 진단을 받고 약을 처방받아 먹는 것이 제일 좋은 방법인데, 더위 먹은 거라서 병원에 가지 않고 쉬면 낫는다고 고집을 부린다고 했다. 그러면서 내일은 꼭 나오겠다고 해서 며칠 더 쉬어도 좋으니 몸이 완전히 좋아진 다음에 오라고 했단다. 뒤치다꺼리나 하고 허드렛일만 하는 것 같은 성중이지만 없으니까 공사가 제대로 돌아가지 않을 정도로 빈자리가 크다. 성중처럼 일할 수 있는 다른 작업자를 급하게 구하는 것도 어렵고, 성중 없이 공사를 계속하는 것도 가능해 보이지 않는다. 성중의 건강이 빨리 회복되어 공사장에 쌓아 놓은 목재가 비에 젖기 전에 공사를 계속할 수 있었으면 좋겠다.

→ 테라스 골조 설치

오후에는 공사하는 사람들이 오지 않아 조용해진 농장에서 쉬고 있는데 김희철이 찾아왔다. 2시쯤 김희철이 전화를 해 어제 괴산의 작업자들이 외장 마무리를 다 하고 갔느냐고 물었다. 다 하고 갔다고 했더니, 조성수가 일하고 있느냐고 물었다. 나는 오전에는 일했는데 오후에는 쉰다고 했다. 알았다고 하면서 전화를 끊기에 곧 나를 찾아오겠구나 예상했는데 정말로 왔다.

오전에 조성수가 잠깐 김희철 이야기를 했었다. 조성수는 어제 이천의 건축주에게서 전화를 받았다고 했다.

"어제 이천의 건축주가 전화를 했더라고요. 저도 딱 한 번 만난 사람인데 나이는 나보다도 젊은 사람이에요. 그런데 1년 전에 김 사장과 지하실이 있는 15평 주택과 온실 건축 계약을 하고 건축비로 6000만 원을 주었다는데 지금까지 겨우 터 닦기 공사를 마쳤을 뿐이래요. 그 사람은 이제 화가 날 대로 났어요. 무슨 수를 쓰더라도 김 사장을 구속시키겠다고 난리예요. 대기업에 다닌다는 그 사람이 구속시키겠다고 벼르면 구속되는 것 아니에요?"

조성수 이야기를 들으면서 이천에도 나와 비슷한 사람이 있구나 하는 생각을 했다. 그런데 대기업에 다니는 사람이 구속하겠다고 하면 구속된다는 것은 무슨 논리인지 모르겠다. 정말 그렇게 믿고 있다면 조성수는 내가 생각하는 것과는 달리 순진한 구석이 있는 모양이다. 조성수는 자신이 이천 공사도 맡을지 모른다고 했다.

"이천 건축주는 저보고 얼마면 자기네 공사를 넘겨받아 끝내 줄 수 있느냐고 묻더라고요. 그래서 이 디자인 포기하고 다른 디자인으로 처음부터 다시 시작하는 것이 어떻겠느냐고 했어요. 하지만 그 사람은 이제는 오기가 나서 그렇게 할 수 없대요. 저를 한번 만나자는데 어떡해야 좋을지 모르겠어요."

조성수는 우리 공사처럼 자기에게 공사를 넘겨주는 게 어떻겠느냐고 제안했을 것이다. 조성수는 김희철의 흉을 보고 있지만 사실은 새로운 일거리가 생길지도 모른다고 내게 자랑하는 것 같았다.

농장에 나타난 김희철은 오늘도 초췌한 모습이었지만 전보다는 생기가 돌았다. 어디서 무슨 희망적인 이야기를 들은 모양이다. 조성수의 말을 들으면 김희철은 곧 구속될지도 모르는, 더 이상 아무 희망이 없는 사람인데 정작 김희철 자신은 아직도 새로운 주문을 따낼 희망으로 부풀어 있었다. 김희철은 다음 달까지는 큰 건이 터질지도 모른다면서 9월 말까지는 내게 가져간 돈도 해결하겠다고 했다.

　나는 김희철의 말대로 잘됐으면 좋겠다는 생각을 했다. 어느 사이 나와 김희철은 이익 공동체가 되어 버린 것 같다. 김희철은 조성수 때문에 일이 이렇게 꼬였다는 말도 빼놓지 않았다. 내가 무슨 일로 조성수와 이렇게 갈라섰느냐고 묻자 이미 여러 번 들었던 제천 공사와 경산 공사 이야기를 한참이나 했다.

　"저는 조성수가 그런 사람인 줄 몰랐어요. 조성수가 제천 공사를 같이 해 준다기에 공사를 맡았는데 나 몰라라 하는 통에 저만 죽을 맛입니다. 저는 나름대로 조성수에게 할 만큼 했는데 조성수는 그렇게 생각하지 않는 것 같아요. 사람은 참 알 수 없다는 생각이 듭니다. 앞으로는 조성수와 다시는 같이 일하지 않을 생각입니다."

　나는 그동안 느낀 내 생각을 이야기했다.

　"내가 우리 집 공사를 하면서 느낀 건데 공사판에는 의리라든지, 윤리라든지 그런 것은 없는 것 같아요. 돈 때문에 만나고 돈 때문에 헤어지는 것이 공사판입니다. 김 사장님도 이 바닥에 들어왔으면 공사판 작업자처럼 생각하고 행동하세요. 조성수가 싫어도 돈 버는 데 도움이 되면 이용해야 합니다. 앞으로 계속 이 사업을 하려면 무엇보다도 일할 사람이 필요할 텐데 마음에 들지 않는다고 관계를 끊어 버리면 누구하고 같이 일을 합니까? 조성수와 관계를 유지하되 끌려다니지 말고, 필요할 때 이용하도록 하세요. 이용하라는 것은 나쁘게 이용하라는 것이 아니라 같이 일하라는 뜻입니다."

내 일이 아니니 나는 교과서에 있는 정답을 이야기할 수 있었다. 하지만 사업을 해 본 적도 없는 내가 하는 이야기를 김희철이 진지하게 듣지는 않을 것이다. 그렇다 하더라도 나는 평소에 김희철에 대해서 생각하고 있던 바를 이야기하고 싶었다.

"김 사장님이 어떻게 들으실지 모르지만 내가 한 가지 더 이야기할게요. 김 사장님이 앞으로 사업을 계속하려면 꼭 고쳐야 하는 것이 하나 있어요. 약속을 할 때는 신중하게 생각한 다음 지킬 수 있을 때만 하고, 일단 약속을 한 다음에는 꼭 지키세요. 정 지킬 수 없을 때는 그 이유를 충분히 납득시키고요. 지금까지 보면 김 사장님은 너무 쉽게 약속하고, 약속을 한 다음에는 약속을 대수롭지 않게 생각하는 것 같아요."

"아닙니다. 저도 약속을 지키려고 노력하고 있어요. 결과적으로는 그렇게 되지 않아 할 말이 없기는 하지만요."

"김 사장님이 노력하고 있다는 것은 나도 압니다. 하지만 나와의 약속을 지킨 게 하나도 없잖아요. 그래서야 누가 김 사장님을 신뢰하겠어요. 신용이 없으면 사업을 못 합니다."

"그렇게 말씀하셔도 저는 할 말이 없습니다. 제가 한 일을 저도 알고 있으니까요."

"조금 전에 9월 말까지는 우리 공사비 문제를 해결해 주겠다고 했는데 앞으로는 나한테도 확실히 지킬 수 있는 약속만 하세요. 나는 지금 김 사장님이 무슨 약속을 해도 믿을 수가 없어요. 이건 솔직한 이야기예요. 나야 김 사장님 이야기대로 사정이 좋아져서 다음 달까지 우리 집 공사비 문제를 해결해 주면 좋지요. 하지만 그게 가능할까요? 내가 김 사장님에게 이런 이야기를 하는 것은 김 사장님 사정이 아주 어렵다는 것을 알고 있기 때문이에요."

나는 이야기를 하면서 아침에 조성수에게 들은 이천 건축주 생각을 하고 있었다. 그러나 김희철은 내 말을 듣고 빙그레 웃었다. 나는 그 웃음의 의미를 알 수 없었다. 내가 한 말이 다 맞다고 동의하는 웃음일 수도 있고, 내가 자신을 아직도 잘못 알고 있다고 생각하는 웃음일 수도 있다. 어쨌든 나의 심한 말에도 빙그레 웃을 수 있는 김희철과 나는 참으로 묘한 사이가 되었다는 생각이 들었다.

데크 방부목 깔기와 계단 설치

어제 조성수가 성중에게 며칠 쉬라고 했다는 이야기를 들었는데 오늘 성중이 왔다. 조성수와 성중, 그리고 어제 일했던 목수 두 명과 나이 많은 용역 한 명도 함께 왔다. 오늘은 데크에 방부목을 깔 예정이라고 했다. 데크에 방부목을 완전히 고정하려면 일일이 나사못을 박아야 하는데 쉬운 작업이 아니란다. 오늘은 우선 데크 위를 걸어 다니면서 일을 할 수 있도록 방부목을 재단해서 태커로 임시 고정하는 작업을 한다고 했다.

성중은 아직 몸이 완전히 낫지 않았지만 집에 있는 것보다 몸을 움직이는 것이 좋을 것 같아 나왔다고 했다. 성중이 일을 할 수 있을 만큼 회복되어 다행이다. 조성수는 성중과 함께 방부목을 알맞은 크기로 자르고, 두 목수와 용역은 방부목을 부착했다. 여러 사람이 함께 일을 하니 공사가 빠르게 진행되었다.

그런데 오후 2시쯤 되자 빗방울이 떨어지기 시작했다. 따라서 전기를 사용해야 하는 방부목 임시 고정 작업을 중단할 수밖에 없었다. 대신에 목수들은 내가 아침에 부탁했던 데크 입구 계단 설치 작업을 했다. 데크의 높이가 낮아 계단이 필요 없을 것이라고 생각했는데 아무래도 계단이 없으면 불편할 것 같아 한 단짜리 계단을 달아 달라고 부탁했었다. 조성수는 목수들을 시켜 길이가 12미터나 되는 한 단짜리 계단을 만들어 달았다. 그러나 완성된 계단을 보는 순간 나나 아내는 크게 실망했다.

계단 폭이 발을 딛기 어려울 정도로 좁았기 때문이다. 계단을 만들어
달라고 할 때 그 폭이 어느 정도인지는 말하지 않고 그냥 계단을 만들어
달라고 했으니 할 말이 없었다. 우리는 아무런 내색을 하지 않고
조성수에게 계단을 만들어 주어서 고맙다고 했다. 계단 용접을 마친
작업자들은 3시쯤 모두 돌아갔다.

→ 방부목 부착 및 데크 계단 설치

아들 찬스

어제 비 때문에 중단했던, 데크에 방부목 까는 작업이 진행되었다. 나는 25일까지 5일 동안 공사장을 떠나 있어야 해서 조성수에게 내가 없는 동안에 공사를 잘 부탁한다고 했다. 지난번 내가 농장에 없었던 8월 2일부터 12일까지 10일 동안 조성수가 공사장에 한 번도 다녀가지 않았던 것을 생각하면 불안한 마음이 들기도 하지만 이번에는 다를 것 같다. 조성수는 5일이면 많은 것이 달라져 있을 것이라고 했다. 요 며칠 동안 작업한 것과 당분간 비 예보가 없는 것을 감안하면 조성수 말대로 5일 동안에 많은 일이 마무리될 것이다. 이렇게 일을 잘하는 사람이 8월 초에는 왜 그렇게 사람 속을 썩였는지 모르겠다.

데크 방부목 임시 고정 작업은 한나절이면 끝나겠지만 나사못을 박아 고정시키는 작업은 만만치 않을 것이라고 한다. 조성수는 그 일을 아들과 아들 친구를 불러서 시킬 예정이라고 했다. 대학에 다니고 있는 아들은 덩치가 자신보다도 커서 전에도 이 일을 시켜 보았는데 잘하더라는 것이다. 어렵게 작업자를 구하지 않아도 되고, 아들에게 용돈을 줄 수도 있으며, 자신이 일하는 모습을 보여 줄 수도 있어서 아들 찬스를 사용하는 것은 여러 가지로 도움이 된다고 했다.

나는 요즘 젊은 사람들은 힘든 일을 하려고 하지 않는데 아들이 아빠 일을 도와주는 것을 보니 아들을 잘 키운 것 같다고 칭찬해 주었다.

실제로 더운 날씨에 아빠 공사장에 나와 일을 하는 아들이 많지는 않을 것이다. 조성수가 아들 찬스까지 사용하겠다는 것을 보면서 이제 더 이상 공사를 중단하는 일은 없을 것 같아 서울로 오는 발걸음이 가벼웠다. 나는 성중에게 냉장고에 가득 넣어 놓은 커피와 물을 꺼내다 마시라고 이야기하고 서울로 왔다.

조성수에게 송금, 마지막일까?

어제 오전 조성수에게서 전화가 왔다. 조성수는 데크 공사비를 '오늘 중으로' 송금해 줄 수 없느냐고 했다. 공사가 끝나기도 전에 이미 공사비를 모두 지불했는데 데크 공사비마저 달라는 것은 이해가 안 되지만 그것을 이유로 공사를 중단하지 않을까 하는 마음에 보내 주겠다고 했다. 하지만 어제는 돈을 보낼 방법이 없었다. 은행 보안카드를 가지고 오지 않아 계좌이체를 할 수도 없었고, 시간이 없어 은행에 가서 보내 줄 수도 없었다. 할 수 없이 조성수에게 전화를 해 '내일 중으로 보내 주겠다'고 했다. 미리 주는 돈이니 모레 충주에 가서 주어도 그만인데, 마치 빚을 갚는 사람처럼 전전긍긍하면서 돈을 보내는 것이 내가 생각해도 어처구니가 없다. 하지만 이렇게 해서라도 조성수를 기분 좋게 해서 이번 달 안에는 공사를 모두 끝내고 싶었다.

아침에 일어나 스마트폰으로 우선 300만 원을 송금했다. 그리고 오전 일정이 끝난 다음 농협 지점에 들러 600만 원을 더 송금했다. 따라서 이제 조성수에게 줄 돈은 350만 원밖에 남지 않았다. 돈을 송금하고 조성수에게 전화를 했더니 잘 받았다고 하면서 테라스용 징크 판넬과 화장실용 타일을 주문했다고 했다. 이미 공사비를 모두 지불했는데 내가 오늘 돈을 보내 줄 때까지 돈이 없어 그런 것들을 주문하지 못했다니 이해할 수 없는 일이다. 이제는 더 줄 돈도 없는데 주방 가구와 난방 설비 그리고 바닥재를 제대로 설치해 줄는지 모르겠다. 어쩌면 돈을 더 달라고 할지도 모른다. 어떤 경우가 되었든 하루라도 빨리 공사를 끝내고 싶은 마음뿐이다.

5일 동안의 공사

아침에 전기공사를 했던 전기 기사로부터 전화가 왔다. 집 공사가 어느 정도 끝나 가니 이제 계량기를 신청해야겠다고 하면서 주민등록증 사진과 주소를 보내 달라고 했다. 나는 '내가 없는 5일 동안 공사가 많이 진척되었나 보다. 적어도 외부 공사는 모두 끝냈겠지' 생각했다.

서울에서 2시쯤 출발해 농장에 도착해 보니 데크 용접을 했던 목수 두 사람과 처음 보는 목수 한 사람 그리고 조성수와 성중이 일을 하고 있었다. 목수 둘은 전에 조성수가 하다가 중단한 현관 캐노피에 적삼목 부착하는 작업을 하고 있었고, 새로 온 목수는 다락으로 올라가는 계단에 목재를 부착하는 중이었다. 조성수는 집의 앞부분에 적삼목을 부착하고 있었고, 성중은 데크 가장자리를 방부목으로 마무리하는 작업을 하고 있었다. 나는 지난 5일 동안 적어도 이 작업들은 모두 끝났을 것이라고 예상했다. 그런데 오늘에서야 이 일을 하고 있는 것을 보면 그동안 공사를 중단했다가 오늘 내가 온다고 하니까 목수들을 불러 공사를 시작한 것 같았다. 내가 농장을 비운다고 하니까 기회라고 생각하고 다른 일을 한 것 같다. 하지만 나는 아무 말도 하지 않았다.

5시가 되어 작업이 끝날 때쯤에 김희철도 왔다. 조성수는 김희철에게 내일 화장실 타일을 붙이고 테라스 벽과 지붕을 씌우면, 모레는 도배를 할 예정이라고 말했다. 도배를 한 다음 건식 난방을 설치하고 나면 공사가

218

거의 마무리되어 다음 주 안에 다 끝낼 수 있을 것이라고 했다. 나는 김희철에게 다음 주에는 준공검사를 신청할 수 있도록 모든 준비를 해 달라고 당부했다. 김희철은 알았다고 하고 갔다.

큰돈을 들여 지은 크고 좋은 집에서 살아가는 사람들도 많은데 겨우 15평짜리 집을 짓기 위해 김희철이나 조성수와 신경전을 벌이고 있는 내 모습이 너무 초라하게 느껴져, 내가 손해를 보더라도 빨리 공사를 끝내고 싶다. 아직 공사비가 얼마나 더 들어가야 할지 모르지만 1주일 정도만 더 마음고생을 하면 모든 공사가 끝날 수도 있을 것이다.

> 적삼목으로 마감한
> 현관 캐노피

**2022년
8월 26일
금요일**

조성수와 김성중

⊠

아침 6시 30분이 되자 김성중이 테라스 외부에 붙일 징크 판넬을 싣고
왔다. 어제 일을 마치고 공장에 가서 직접 받아 온 판넬이라고 했다.
배달해 달라고 하면 배달비를 따로 주어야 하기 때문에 직접 트럭으로
실어 왔다는 것이다. 나는 성중을 도와 징크 판넬을 내리려고 했지만
보기보다 무거워 다른 작업자들이 올 때까지 기다리기로 했다. 담배를 한
대 피워 문 성중이 조성수 이야기를 꺼냈다.

　"저는 이번 달 말까지만 성수 형과 함께 일하고 그 이후에는
헤어지기로 했습니다. 성수 형과는 같이 일하지 못하겠어요."

　조성수의 수족처럼 일하던 성중이 갑자기 조성수와 헤어지겠다는
이야기를 듣고 나는 깜짝 놀랐다.

　"그동안 무슨 일이 있었어요?"

　"제가 지금 일당 15만 원을 받고 일하고 있거든요. 그것마저 제때 주지
않아요. 저는 아침 7시부터 일하기 시작해서 끝나는 시간이 없이 일해요.
시간 외 수당 같은 것은 생각지도 않고요. 그런데 자재 실어 나르는 트럭
연료비까지 저보고 내래요. 그래서 연료비를 달라고 하니까 자기가 직원을
어디까지 챙겨 줘야 하냐는 거예요. 단양같이 먼 곳에서 일하는 날은
연료비로 7만 원을 쓴 적도 있어요. 며칠 전에는 일당으로 하지 말고
월급제로 하자고 하더라고요. 그래서 얼마 주겠느냐고 물었더니 350만

220

원을 주겠대요. 하루 15만 원씩 해서 25일이면 375만 원인데 그것마저 25만 원 깎으려는 거예요. 성수 형은 챙겨야 할 사람과 버려야 할 사람을 구별할 줄 모르는 것 같아요. 그래서 더 이상 같이 일하지 않기로 했어요."

"조 사장은 여기저기 공사를 많이 해서 돈을 많이 벌어 놓았을 테니 다른 사람을 구하면 되겠지만 성중 씨같이 열심히 일하는 사람을 찾기는 어려울 텐데요."

"그렇지도 않아요. 성수 형은 하는 공사마다 손해를 보고 있어요. 단양 공사에서도 손해를 보았고, 내 계산으로는 여기 공사에서도 남는 것이 없어요. 하지만 성수 형이 잘못해서 그런 거니까 선생님이 신경 쓰실 필요 없어요."

"조 사장이 무얼 잘못했는데요?"

"성수 형은 공사장에 붙어 있지 않아요. 일을 시킨 사람이 공사장에 없으면 작업자들이 일을 제대로 안 하거든요. 성수 형이 공사를 따야 하니까 사람을 만나고 다니는 것은 이해해요. 하지만 아침에 작업자들이 일을 시작하는 거 보고 나가서 하루 종일 있다가 오는 것은 말도 안 돼요. 그리고 공사판에서는 자기 인건비를 따먹어야 하는데 일을 모두 다른 사람 시키니 남는 게 없어요. 그렇게 하면 절대로 돈을 못 벌어요. 하는 공사마다 손해를 볼 수밖에 없는 거지요."

늘 웃기만 하고 조성수 말이라면 무조건 순종할 것 같던 성중의 날카로운 지적에 나는 할 말이 없었다. 나는 성중에게 앞으로 무슨 일을 할 예정이냐고 물었다.

"이것은 선생님만 알고 계세요. 제 처갓집이 울진에 있는데 울진 아파트 공사장에서 저를 오라고 해요. 일당 20만 원에 시간 외 수당은 두 배로 준대요. 마침 집사람이 울진에서 생선 말리는 일을 하고 싶어 해서 같이 울진으로 가기로 했어요. 아파트 공사를 1년 동안 한다니까 최소한 1년은 울진에 가 있을 것 같아요."

결국 돈이다. 자본주의 사회에서 돈을 따라 움직이는 것은 너무나 자연스러운 일이다. 돈에 따라 사람들이 만나고 헤어지는 공사판에서는 더 말할 필요도 없다. 조성수와 성중은 절대로 헤어질 것 같지 않았지만 서로의 이해관계가 달라지자 헤어지게 된 것이다. 그동안 나는 겨우 성중 한 사람을 데리고 있으면서도 직접 일을 하지 않고 사장 노릇을 하는 조성수를 보면서 저렇게 해도 돈을 벌 수 있을까 하는 생각을 했었다. 조성수를 깍듯이 사장으로 모시는 성중도 내가 보는 것과 같은 것을 보고 있었고, 내가 생각하는 것과 똑같은 생각을 하고 있었다. 나는 말머리를 돌려 오늘 징크 판넬 씌우는 일은 누가 하느냐고 물었다.

"그거야 목수 형들이 하겠지요. 저는 15만 원 받는 용역이고, 저 형들은 20만 원을 받는데 왜 제가 그 일을 해요?"

웃으면서 말했지만 성중은 생각보다 단단히 심술이 나 있었다. 성중은 자기가 가장 고생하고 있는데 고생에 대한 대가를 제대로 받지 못하고 있다고 생각하고 있었다. 나는 성중의 이야기를 듣고 용접 공사를 한 목수들의 일당이 20만 원이라는 것을 알게 되었다. 언젠가 조성수가 자기와 성중이 아주 특별한 팀이라는 이야기를 한 적이 있었다.

"다른 사람들은 8시에 현장에 도착해서 커피 한잔 마시고 9시나 되어야 일을 시작하지만 우리는 정확하게 7시에 현장에 도착해요. 6시면 만나

같이 아침 식사를 하고 현장으로 와요. 그래야 일을 확실하게 할 수 있거든요. 그래서 우리는 일당이 다른 사람들보다 비싸요. 얘는 일당이 20만 원이고요. 저는 더 비쌉니다."

실제로 조성수와 성중은 7시에 공사장에 도착해 일을 시작했다. 그런데 놀라운 것은 조성수와 성중뿐만 아니라 이들과 같이 작업하는 목수들도 7시에 공사장에 도착해 일을 시작하고 5시에 일을 끝냈다. 그것을 보고 나와 아내는 조성수가 사람을 다루는 능력이 대단하다고 이야기했었다. 하지만 성중이 하루 종일 일을 하는 것과는 달리 조성수는 일을 하지 않고 어디론가 사라졌다가 일이 끝날 때쯤 나타나곤 했다.

나는 우리 집 공사비를 알아보기 위해 계산을 하면서 조성수의 일당을 어떻게 계산해야 하나를 두고 고민한 적이 있었다. 실제 일을 하지 않고 사장 흉내만 내는 조성수의 일당도 계산해야 하는 건지 아니면 조성수는 공사를 하고 남는 돈을 챙기는 사장이니까 일당은 계산하지 말아야 하는지 알 수 없었다. 김희철과 조성수가 제천 공사장 작업비를 두고 서로 다른 이야기를 하는 것을 듣고 아마도 조성수의 일당을 서로 다르게 계산했기 때문이 아닐까 생각하기도 했다. 조성수는 자신의 일당을 계산했을 테고, 김희철은 실제로 일을 하지 않은 조성수의 일당은 계산에 넣지 않았을 것이다.

여기까지 이야기하고 있을 때 조성수가 두 명의 목수를 데리고 나타나 더 이상 이야기를 할 수 없었다. 오늘은 테라스에 징크 판넬을 씌우는 작업, 부엌과 화장실에 타일을 붙이는 작업, 그리고 천창을 설치하는 작업을 할 예정이라고 했다. 조금 있으니 타일 붙이는 사람도 오고 어제 만들던 계단을 마무리할 사람도 와서 작업을 시작했다. 많은 작업자들이 동시에 일을 시작하니 공사장이 가득 찬 느낌이었다. 그러나 어느새 조성수는 어디론가 사라지고 없었다.

낮에는 전기 기사가 와서 전주電柱에 계량기를 달 박스를 설치하는 작업을 했다. 나는 전기 기사에게 우리 집 전기공사 대금이 얼마냐고 물어보았다. 조금 망설이던 전기 기사는 370만 원이라고 했다. 지난번 조성수는 전기공사 대금은 평당 20만 원인데 아래층과 다락을 합해 30평이어서 600만 원 달라는 것을 깎아서 570만 원에 하기로 했다고 말했었다. 사업을 하는 사람들이 뻥튀기를 하는 것은 이해할 수 있는 일이지만 조성수의 뻥튀기는 지나친 것 같다. 김희철과 조성수의 말을 바탕으로 내 나름대로 공사비를 계산해 보고 조성수가 별로 남지 않는 공사를 하고 있는 건가 싶어 염려했는데 그럴 필요가 없겠다는 생각이 들었다.

하루 종일 보이지 않던 조성수가 나타난 것은 작업이 끝나기 한 시간 전쯤이었다. 공사 현장을 둘러본 조성수는 작업자들이 돌아간 다음에도 남아 나와 이야기하다가 갔다. 조성수는 자잿값이 너무 올라 우리 공사를 하면서 손해를 많이 본다고 했다. 조성수가 공사비를 더 달라는 이야기를 할 것 같았다. 강화마루의 가격이 800만 원이나 한다는 이야기를 하는 것으로 보아 800만 원을 더 달라고 할지도 몰랐다. 내가 인터넷으로 검색해 보니 강화마루 30평 시공비는 자재비를 포함해 300만 원 정도였다. 그런데 조성수가 오늘은 돈 이야기는 하지 않고 대신 성중이 이야기를 했다.

"성중이가 이번 달까지만 일하고 그만둔대요."

나는 깜짝 놀라는 척하면서 무슨 일이 있느냐고 물었다.

"성중 씨가 일을 하지 않으면 조 사장님이 힘이 빠질 텐데 어떡하지요? 성중 씨가 왜 일을 그만둔대요?"

"성중이 처갓집이 울진이에요. 성중이 처는 충주가 타향이거든요. 그래서 울진에 가서 생선을 말려 파는 일을 하고 싶어 해서 울진으로 가기로 했대요. 내 밑에서 5년만 일을 배우라고 여러 번 이야기했는데 말을 듣지 않네요. 한 달 전에 성중과 호중 형제를 우리 집으로 불러 고기를 구워 준 적이 있어요. 내가 우리 집으로 불러 고기를 대접한 것은 성중과 호중 형제가 처음이에요. 그런데 한 달 만에 두 사람이 모두 그만두겠다고 하니 배신당한 기분입니다. 나도 이참에 현장 일을 그만할 생각도 하고 있어요."

조성수는 성중이 대우가 더 나은 울진 공사장으로 일하러 간다는 것은 전혀 모른 채 자신이 그렇게 잘 보살펴 주었는데 일을 그만두겠다고 해 서운해하고 있었다. 만약 성중이 울진 공사장으로 일하러 간다는 것을 알면 어떤 생각을 할까? 배신이라고 펄쩍 뛸까 아니면 제대로 대우해 주지 않은 자신을 탓할까?

한밤중의 물난리

어제 성중이 천창 작업을 끝내지 못하고 뚫어 놓은 채 가면서 오늘
마무리를 하겠다고 했다. 밤에 비라도 오면 어떻게 하느냐고 했더니
조성수가 당분간 비 예보가 없으니 걱정하지 않아도 된다고 했다. 여러 날
비 예보가 없을 때는 실제로 비가 오는 경우가 드물어 나도 큰 걱정을
하지는 않았다. 그런데 밤에 잠이 안 와 뒤척이다 겨우 잠이 들었는데
3시경 빗소리에 깜짝 놀라 잠에서 깼다. 비가 쏟아지고 있었다.
밭고랑으로 물이 도랑물처럼 흘러내렸다.

　나는 비닐하우스에서 방수포 두 개를 찾아서 신축 주택의 다락으로
올라가 천창을 덮었다. 하지만 천창 아래서는 위에 덮은 방수포를
고정시키는 것이 가능하지 않았다. 지붕에 올라가면 고정할 수 있을 텐데
소나기가 쏟아지는 캄캄한 밤에 지붕에 올라갈 엄두가 나지 않았다. 뚫려
있는 천창 한가운데는 방수포로 겨우 막았지만 옆으로 줄줄 흘러내리는
빗물은 속수무책으로 보고 있을 수밖에 없었다. 내일 도배를 하기로 되어
있는 다락 바닥에 빗물이 흥건히 고였다. 다행히 도배를 할 벽은 물에
젖지 않아 도배를 먼저 하고 마르기를 기다려 바닥재를 붙이면 될 것
같기도 했다. 잠시 후 비가 그쳤고, 그렇게 해서 꼭두새벽에 갑자기
찾아왔던 물난리가 끝났다.

　아침 7시가 되자 조성수가 목수 둘과 함께 나타나 공사장을 돌아보면서

물난리의 뒤처리를 했다. 바닥을 쓸어 내기도 하고 물에 젖은 공사 장비를 옮겨 놓기도 했다. 그런데 성중이 보이지 않았다. 조성수에게 성중은 오지 않았느냐고 물어보았다.

"성중이는 오늘과 내일 쉰대요. 이번 달 말까지는 일하겠다고 하더니 마음이 떠난 것 같아요."

어제 성중이 나하고 이야기할 때는 이번 주말에 쉰다는 이야기는 하지 않았다. 오늘과 내일 일하지 않을 생각이었으면 그런 이야기를 내게 하지 않았을 리가 없다. 아무래도 어제 저녁에 조성수와 성중이 헤어지는 절차를 밟은 것 같다. 헤어질 때 잘 헤어지는 것이 중요한데 이들도 결국 얼굴을 붉히면서 헤어진 모양이다.

성중이 없으니 목수들이 바닥 청소를 하고 도배를 할 수 있도록 준비를 한 뒤, 그제야 테라스 벽 설치하는 일을 시작했다.

"성중이에게 무슨 일이 있었어요?"

나는 젊은 목수에게 물어보았다. 그러자 그는 퉁명스럽게 대답했다.

"몰라요. 하지만 걔는 차라리 안 나오는 게 나아요. 걸리적거리면서 말썽만 부리지 제대로 하는 일이 없잖아요."

내가 보기에 힘든 일은 성중이 다 했는데 하는 일이 없다고 하다니. 성중이 오늘 일하러 오지 않은 이유를 알 것도 같았다. 어제만 해도 공구를 쓰고 제자리에 가져다 놓지 않는다고 핀잔 듣는 것을 여러 번 봤다. 그때 이미 성중은 오늘과 내일 일하지 않기로 마음먹었을 것이다. 사람이 무시당하는 것보다 더 참을 수 없는 일이 또 있을까?

8시가 되자 도배하는 사람들이 왔다. 여자 두 명과 남자 한 명으로 이루어진 도배 팀은 어질러져 있는 공사장에는 익숙한 듯 아무 불평 없이 도착하자마자 일을 시작했다. 남자 작업자는 벽지 붙일 풀을 끓이는 기계와 벽지에 풀을 바르는 기계를 설치했다. 요즘은 벽지에 풀을 바르는 일도 기계로 했다. 여자 작업자는 도배를 위한 기초 작업으로 석고보드 경계면에 얇은 테이프를 붙이기 시작했다.

"도배를 하는 데는 며칠이나 걸리나요?"

내가 묻자 40대로 보이는 여자 작업자가 상냥하게 대답했다.

"오늘 다 끝납니다. 석고보드 위에 하는 작업이라 빨리 끝낼 수 있어요. 석고보드 연결 부위에 테이프를 붙이고 나면 곧 도배를 시작할 겁니다."

어제 계단을 만들던 목수는 도배가 최소 3일은 걸릴 것이라고 했는데 오늘 다 끝난다니 다행이다. 다락에는 흰색 합성 벽지를 붙이고, 아래층에는 흰색 실크 벽지로 도배했다. 처음 집을 지을 때는 꿈에 부풀어 내장재를 무엇으로 할까를 많이 생각했었는데 공사가 늦어지다 보니 추가 비용 없이 빨리 공사를 끝내는 것이 목표가 되었다. 이 벽지는 우리가 공사장을 비운 동안에 조성수가 골라 온 벽지였다. 우리는 이 벽지로 만족하기로 했다.

나는 도배를 하는 작업자에게 벽지 가격과 하루 일당을 조심스럽게 물어보았다. 성격이 명랑해 보이는 작업자는 친절하게 설명해 주었다.

"우리는 하루 일당이 23만 원이에요. 그래서 세 명이면 69만 원이고, 벽지 가격은 1층과 다락층 전부 해서 20만 원도 안 돼요."

이로써 도배에는 100만 원도 들지 않는다는 것을 알 수 있었다.

목수들은 테라스 벽을 설치하는 작업을 한 다음, 젊은 목수는 어제 저녁

물난리를 겪었던 천창의 마무리 작업을 하고 나이 많은 목수는 데크에 나사못 박는 작업을 했다. 천창 마무리 작업을 끝낸 젊은 목수는 내게 앞으로는 절대로 비가 새는 일은 없을 것이라고 했다. 그러나 물이 새지 않도록 하기 위해 실리콘을 덕지덕지 발라 놓아 깔끔해 보이지는 않았다.

일을 끝내고 가면서 조성수는 목수들에게 장비를 테라스에 두고 가라고 했다. 성중에게 연락해 내일 자신의 장비를 찾아가라고 할 테니, 월요일에 나머지 장비를 다음 작업할 장소로 옮겨 가자고 했다. 성중이 어제 저녁에 조성수와 헤어진 것이 확실한 것 같다. 나는 조성수에게 물었다.

"성중이 가 버리면 조 사장님이 힘들 텐데 어떡하지요?"

그러자 조성수가 대답했다.

"일만 있으면 일할 사람은 얼마든지 구할 수 있어요."

성중이 없어도 문제 될 것이 없다는 것이다. 하지만 작업자를 구하더라도 성중처럼 수족같이 부릴 수 있는 사람을 찾기는 어려울 것이다.

테라스의 벽도 설치했고, 데크에 나사못을 박는 작업도 끝났으니 준공검사 전에 해야 할 외부 공사는 대부분 완료되었다. 이제 건식 난방 설치와 바닥재 부착, 주방 가구 설치, 화장실 변기와 샤워기 설치, 전기 연결과 전등 및 스위치 설치, 데크와 적삼목에 오일스테인 칠하기만 하면 된다. 이 중 오일스테인 칠하는 것을 제외한 다른 일은 외주를 주었기 때문에 3일이면 끝날 것이다. 따라서 조성수는 주변을 정리하고, 오일스테인만 칠하면 되니 늦어도 다음 주말까지는 다 끝낼 수 있을 것이다.

이제 문제는 별 탈 없이 준공검사를 받는 일이다. 김희철이 협조해 주면 쉽게 준공검사를 받을 텐데 그것이 가능할는지 알 수 없다. 조성수가 공사장을 떠나기 전에 말했다.

"김 사장이 준공검사에 협조하도록 하기 위해 하고 싶은 말도 참고 있는데, 내일 만나 술이라도 한잔 사면서 잘 꼬셔 봐야 하겠어요. 일단 준공검사를 받는 것이 중요하니까요."

조성수의 말은 자신이 준비해야 할 일은 모두 했고, 이제 남은 것은 김희철이 해결해야 할 일들뿐이라는 뜻인 것 같다. 김희철이 모든 문제를 해결해 줄 수 있을지 걱정이다.

비가 그친 뒤
외부 공사가 거의 끝난 모습

김희철이 준공검사 전에 해야 할 일

지난 토요일 공사가 끝나고 작업자들이 돌아간 뒤 서울로 왔다. 일요일에 서울에서 일이 있었고, 오늘은 서울 병원에서 건강검진이 있기 때문이다. 어차피 어제는 일요일이어서 공사를 하지 않았고 오늘은 아침부터 비가 내려 공사를 할 수 없다. 내일까지도 비가 예보되어 있어 내일 공사도 어떻게 될지 모르겠다. 금년에는 8월에 비가 많이 내려 공사에 지장이 많았는데 8월 말까지도 비가 내리고 있다. 비가 오락가락하는 와중에도 이제는 준공검사를 신청해도 될 만큼 공사가 거의 끝나 간다. 그런데 며칠 동안 김희철로부터 아무런 연락이 없어 제대로 준공검사를 신청할 수 있을지 걱정을 하던 차에 오늘 김희철에게서 전화가 왔다.

김희철은 공사가 어떻게 되어 가느냐고 물었다. 나는 공사가 대부분 끝나 이번 주에는 준공검사를 신청해도 될 것 같다고 했다. 김희철은 아무래도 정화조가 걱정되어 정화조 회사에 문의하니 정화조 뚜껑에 문제가 있다고 해서 조성수에게 알려 주었다고 했다. 정화조를 묻은 곳까지 데크를 설치하면서 정화조 청소를 할 수 있도록 데크에 여닫을 수 있는 작은 뚜껑을 만들어 덮었는데 그 뚜껑이 너무 작다는 것이다. 내가 보기에도 뚜껑이 작아 청소하기에 불편할 것 같았지만 그것이 준공검사에서 문제가 된다는 것은 잘 이해하기 어렵다. 불편해서 그렇지 청소를 하는 데는 문제가 없을 것 같기 때문이다. 하지만 조성수에게 알려 주었다니까 조성수가 해결할 것이다.

　나는 김희철에게 건축 설계비와 토목 설계비 그리고 기초공사 때 사용한 레미콘 비용 문제를 이번 주 내로 해결해서 준공검사를 신청하는 데 문제가 없도록 해 달라고 다시 부탁했다. 아마 이 부탁을 벌써 열 번은 하였을 것이다. 이번에도 김희철은 염려 말라고 했다.

바닥 자재비를 더 주세요

월요일과 화요일에는 비가 와서 공사를 할 수 없었다. 오늘도 오전에 약한 비가 내렸다. 나는 서울에서 농장으로 오면서 조성수의 전화가 없는 것으로 보아 오늘도 공사를 하지 않나 보다 생각했다. 역시나 공사장에는 아무도 없었다. 그런데 화장실에 양변기와 세면대 그리고 샤워기가 설치되어 있었다. 화장실 작업자가 오전에 설치해 놓고 간 것 같다.

공사장을 둘러보고 있는데 조성수에게서 전화가 왔다. 비가 와서 오늘까지 3일 동안 작업을 할 수 없었다면서 내일부터 공사를 다시 시작하겠다고 한다. 그러면서 공사비가 다 떨어졌으니 내부 바닥 자재비를 도와 달라고 했다. 이미 약속된 공사비와 추가 데크 공사비까지 모두 지불한 상태였다. 그러나 조성수는 자잿값이 많이 올라 내가 준 돈으로는 도저히 공사를 끝낼 수 없다고 했다. 공사비를 잘못 계산한 자신이 인건비는 책임질 테니 자재비는 도와 달라는 것이다.

전에 자재비가 크게 올라 어렵다면서 자신이 힘들 때 조금 도와 달라고 해서 그러겠다고 한 적이 있다. 조성수는 지금 그 약속을 지키라고 요구하고 있는 것이다. 내가 한 말이니 내가 책임지기로 했다. 하지만 문제는 아직도 해야 할 공사가 많이 남아 있다는 것이다. 아래층에 건식 난방도 깔아야 하고, 전등을 달고, 온수기도 설치해야 한다. 주방 가구도 들여와야 하고, 건물의 목재 부분과 데크를 칠하는 공사도 남아 있다.

조성수는 추가 공사비를 조금이라도 더 많이 받아 내기 위해 이 공사들을 볼모로 잡을 것이다.

지금까지는 중간에 공사를 팽개쳐 버리고 사라지지 않을까 하는 걱정을 했다면 이제부터는 공사를 할 때마다 얼마의 금액을 더 주느냐를 놓고 신경전을 벌여야 할 것이다. 대개는 자재를 조금 더 좋은 것으로 한다거나 예정에 없던 공사를 하면서 추가 공사비를 요구한다는데 조성수는 당연히 해야 할 공사를 하면서도 추가 공사비를 요구하고 있다.

이제 곧 공사가 끝날 것이라고 생각하고 있었는데 조성수가 바닥 자재비를 요구하는 순간 넘어야 할 산이 아직도 남아 있다는 것을 알게 되었다. 어쩌면 이제부터 넘어야 할 추가 공사비라는 산이 지금까지 넘었던 산들보다 더 험난할지도 모른다. 나는 조성수에게 바닥 자재비가 얼마냐고 물어보았다. 460만 원이라고 했다. 나는 400만 원을 보내 주겠다고 했다. 대신 금요일까지는 준공검사를 신청할 수 있도록 공사를 서둘러 달라고 당부했다.

내일 바닥 공사를 하면서 주방가구를 들여놓은 후 전등을 달고, 전기와 수도를 연결하면 준공검사 전에 해야 할 공사가 일단락된다. 대문을 설치하는 일과 오일스테인을 칠하는 일이 남아 있지만 그것은 준공검사를 신청한 후에 해도 되는 공사다. 내일과 모레 이틀 동안에 공사가 끝나 공사비로 인한 스트레스에서 벗어날 수 있으면 좋겠다.

자재를 기다리고 있어요

어느새 8월이 지나가고 9월이 되었다. 늦어도 8월 말까지는 준공 허가를 받을 수 있을 것으로 생각했는데 9월이 되었는데도 아직 준공검사 신청도 못 하고 있다. 오늘은 모처럼 날씨가 맑지만 일요일부터 다시 비 예보가 있으니 비가 오기 전 3일 동안에 공사를 끝낼 수 있으면 좋겠다.

나는 아침에 일찍 일어나 공사에 지장이 없도록 차를 옮겨 주차하고 조성수와 작업자들이 나타나기를 기다렸다. 그러나 7시가 되어도 8시가 되어도 조성수는 나타나지 않았다. 9시가 다 되어도 나타나지 않아 조성수에게 전화를 했다.

"오늘 바닥 공사 안 해요?"

"지금 자재가 오기를 기다리고 있어요. 자재가 오면 갈게요."

나는 알았다고 하고 전화를 끊었다. 그러나 조성수는 끝내 나타나지 않았다. 나는 조성수의 말을 지금 건재상에서 바닥 자재가 도착하기를 기다리고 있으니 자재가 오면 공사하러 오겠다는 뜻으로 들었다. 그런데 그게 아니라, 오늘이고 내일이고 자재가 오면 다음 날 공사하러 오겠다는 의미였던 것 같다.

11시쯤에는 한전에서 와서 계량기에 전기를 연결해 주고 갔다. 전기를 연결해 주는 기본 공사비 28만 8200원은 한전에 납부했다. 전기가 연결되자 전기 기사가 계량기 대금과 계량기에서 새로 짓는 집까지의 전선값을 합해 100만 원을 보내 달라는 메시지를 보냈다. 이것은 조성수가 지불해야 하는 건물 내 전기공사비 370만 원이나 한전에 내야 하는 기본 공사비와는 별도로 지불해야 하는 금액이다. 나는 전기 기사에게 돈을 송금했다.

4시 무렵 갑자기 작은 트럭이 공사장으로 들어왔다. 나가 보니 데크 용접을 했던 목수 두 명이 바닥에 깔 강화마루를 내리고 있었다. 성중이 떠난 후 조성수가 이 목수 두 명과 함께 일을 하기로 한 모양이었다. 이 목수들은 차가 없어서 성중이나 조성수가 항상 데려오고 데려갔는데 오늘은 나이 많은 목수가 성중이 타고 다니던 트럭을 몰고 바닥재를 운반해 왔다. 차를 운전하지 못하는 것이 아니라 차가 없었던 것 같다. 마루의 색깔은 우리가 고른 것이 아니었지만 밝은색이어서 마음에 들었다. 목수들은 바닥재는 금방 깔 수 있다고 했다. 하루면 충분하다는 말일 것이다.

바닥을 깔고 나면 이제 오일스테인을 칠하는 일만 남는데 그것도 해 주실 거냐고 묻자 조성수가 칠을 전문으로 하는 사람에게 일을 맡기는 것 같다고 하면서 전문가가 하면 칠도 금방 한다고 했다. 그러면서 내가 묻지도 않았는데, 조성수는 준공검사 서류를 준비하러 다니느라 바쁘다고 말했다. 조성수가 이번 주 안에 공사를 끝내고 준공검사도 신청할 생각인 것 같다. 제발 그랬으면 좋겠다. 목수들은 바닥재를 다 내린 다음 내가 가져다준 물과 커피를 마시고 내일 오겠다고 하면서 떠났다.

난방 자재비도?

어제 바닥 자재를 싣고 온 목수들이 오늘 와서 바닥 공사를 한다고 했기 때문에 일찍부터 기다리고 있었다. 그런데 작업 시간이 되어도 아무도 나타나지 않았다. 10시가 다 되어 나타난 사람은 조성수 혼자였다. 조성수는 나에게 할 이야기가 있다고 했다. 나는 직감적으로 '또 돈 이야기로구나' 하는 생각을 했다. 그러나 조성수는 김희철 이야기를 꺼냈다. 자신이 김희철에게 받지 못한 돈 때문에 어려움을 겪고 있으며, 김희철이 준공검사에도 협조를 안 한다는 것이다. 그러면서 지금 제천으로 김희철을 만나러 가겠다고 했다.

"저는 준공검사에 필요한 서류를 모두 건축 사무소에 보내도록 조치해 놓았어요. 이제 김 사장이 할 일만 남았어요. 김 사장을 직접 만나서 확실히 해결해 달라고 이야기할 생각이에요."

조성수의 말에 나도 김희철 때문에 걱정하고 있다고 했다. 하지만 김희철이 어떻게든 해결한다고 했으니까 우리가 할 일을 다 해 놓고 김희철이 어떻게 하나 지켜보자고 했다. 그러나 조성수는 김희철의 이야기를 들어 보아야 하니 제천에 가서 만나고 오겠다고 했다. 조성수가 떠난 후 나는 김희철에게 전화를 걸었다.

"오늘 조 부장이 와서 같이 이야기를 했는데 이제 준공검사를 신청할 준비가 모두 끝났답니다. 김 사장님이 해결해야 할 일만 해결되면

준공검사를 신청할 수 있대요. 다음 주 월요일까지는 모두 해결해 주실 수
있지요?"

"예, 제가 모두 해결해 놓겠습니다. 걱정하지 마세요."

걱정하지 말라는데 더 할 말이 없었다. 조성수의 말에 의하면 김희철은
이 일들을 해결할 능력이 없는데 김희철은 걱정 말라니 누구의 말을
믿어야 할지 모르겠다.

12시가 조금 지났을 때 김희철을 만나러 갔던 조성수에게서 전화가
왔다. 김희철을 만났는데 자신이 해결하겠다고 할 뿐 구체적인 이야기를
피하더라고 했다. 그러면서 내가 이해할 수 없는 이야기도 했다.

"제가 김 사장에게 지금 자재비가 없어 공사를 못 하고 있으니 도와
달라고 했어요. 김 사장이 우리 공사를 도와주면 내가 경산 공사를 도와줄
수 있다고도 했지만 김 사장은 그럴 생각이 없는 것 같아요."

김희철에게 자재비를 도와 달라고 했다는 게 무슨 이야기인지 모르겠다.
김희철이 내게 빚을 지고 있지만 그것은 조성수가 자재비가 없어 공사를
못 하는 것과는 별개의 문제이다. 조성수가 자재비가 없는 것은 내가 준
공사비를 다른 곳에 써 버렸기 때문이다. 그런데 내게는 한마디 의논도
하지 않고 김희철에게 공사비를 도와 달라고 하는 것은 말도 안 된다.

공사비를 도와주는 대가로 경산 공사를 해 주겠다는 것은 또 무슨
이야기일까? 조성수는 우리 공사와 같은 방법으로 경산 공사를
김희철로부터 넘겨받으려고 경산의 건축주에게 접근했었다. 그러나
김희철이 어떻게 경산의 건축주를 설득했는지는 몰라도 조성수의 뜻대로
되지 않았다. 조성수는 우리 집 공사가 끝난 다음에 할 일이 없어지자

우리 공사를 빌미로 다시 김희철의 공사에 한 발 들여놓으려고 하는 것 같다. 하지만 김희철은 다시 조성수와 일을 하지는 않을 것이다. 그러기에는 두 사람 사이가 너무 멀어져 있었다. 나는 말했다.

"이제 더 이상 김 사장에게 신경 쓰지 말고 공사를 끝내고 조 사장님이 준비할 수 있는 서류를 준비해 주세요. 그때까지 김 사장이 문제를 해결하지 못하면 그때 가서 해결 방법을 찾아보지요."

그러자 조성수가 아침에 나를 만났을 때부터 하려던 이야기를 꺼냈다.

"어제 주신 돈으로 바닥 자재비를 샀는데 난방 자재는 사지 못했어요. 그래서 바닥 공사를 해도 난방이 필요 없는 다락 바닥 공사밖에 할 수 없을 것 같아요."

"그래서요?"

"1층까지 난방 공사를 하려면 난방 자재비를 더 주셔야 할 것 같아요."

난방 공사를 볼모로 돈을 더 받아 내려고 하고 있다. 이제 바닥 공사만 하면 볼모로 잡을 공사가 얼마 남지 않는다. 이번 주 공사를 중단했을 때부터 이런 일이 있을 것으로 예상은 했지만 생각보다 비열한 방법을 사용하고 있다. 나는 길게 이야기하다가는 화가 나 소리라도 지를 것 같았다. 그렇게 되면 수습하는 데 또 시간이 필요할 것이다. 그래서 단도직입적으로 물었다.

"얼만데요?"

"276만 원이에요. 자재상 계좌번호를 보내 드릴 테니 그리로 입금시켜 주세요."

"알았어요. 할 수 없지요. 대신 내일은 바닥 공사를 꼭 끝내야 합니다.

월요일에 건축 사무소에서 나와 본다고 하니까 그때까지는 다 끝내

놓아야 합니다."

"알았어요."

그러고는 전화를 끊었다. 잠시 후 난방 자재상의 계좌번호가 왔다. 나는

276만 6400원을 즉시 입금했다. 생각할수록 화가 날 것 같아 입금해 주고

잊어버리기로 했다. 돈을 입금하고 김희철에게 다시 전화를 걸었다.

"김 사장님, 다시 한번 부탁 좀 합시다. 준공검사 받는 문제를

조성수에게 맡기지 말고 직접 챙겨 주세요. 레미콘 문제는 해결했어요?"

"해결했습니다."

"어떻게요?"

"빌었지요, 뭐. 제가 지금 할 수 있는 일이 그것밖에 없어서요."

"그래서 뭐래요?"

"기다려 준다고 했어요."

"건축 사무소와 환경측량은요?"

"사정 이야기를 했더니 기다려 준다고 했어요. 같이 오랫동안 일을 했기

때문에 그 정도는 기다려 줄 수 있어요."

"그렇다면 일단 돈 문제는 해결되었네요. 그러면 적극적으로 나서서

준공검사를 받아 주세요. 부탁할게요."

"그렇게 하겠습니다. 죄송합니다."

조성수가 난방 자재비를 요구하자 나는 어느 사이 김희철에게 매달리고

있었다. 조성수의 추가 공사비 요구에 시달리지 않으려면 하루라도 빨리

준공검사를 받고 조성수에게서 벗어나야 하기 때문이다.

새벽 작업자

아침에 잠을 깨니 아직 밖이 어두운데 어디서 쿵쿵거리는 소리가 들려왔다. 들고양이가 휴지통을 뒤지는 소리일 거라고 생각하며 시계를 보니 5시 30분이었다. 조금 더 자려고 하는데 쿵쿵 소리가 규칙적으로 계속 들렸다. 나는 어디서 나는 소리인지 자세하게 알아보기 위해 아직 어둠이 채 가시지 않은 밖으로 나가 주위를 둘러보았다. 공사장에 낯선 자동차가 서 있는 것이 보였다. 이 시간에 차가 와 있는 것으로 보아 누군가가 벌써 일을 하러 온 것 같았다. 공사장에 가 보니 처음 보는 사람이 다락에 불을 환하게 켜 놓고 바닥 자재를 붙이고 있었다. 나는 깜짝 놀라 인사를 했다.

"안녕하세요? 일찍부터 일하시네요."

"예, 오늘 다른 일이 또 있어서 9시 전까지 일을 끝내고 가려고요."

대답을 하면서도 손으로는 연신 커다란 솜방망이를 두드리면서 바닥재를 붙여 나갔다. 보기만 해도 전문가라는 것을 알 수 있을 정도로 능숙한 솜씨였다. 나는 지금까지 7시에 일을 시작하는 사람은 보았어도 5시에 불을 켜 놓고 일을 시작해서 오전 9시 전에 일을 끝내겠다는 사람은 처음 보았다.

그는 정말 9시쯤 다락 바닥재 붙이는 작업을 끝냈다. 그가 일을 끝내고 떠날 준비를 하고 있을 때 조성수가 처음 보는 작업자 한 명과 함께 건식 난방 자재를 싣고 왔다. 조성수는 바닥 공사 작업자에게 아래층 바닥재도 가능한 한 빨리 붙여 달라고 했다.

"우리 공사가 하루라도 급하니까 1층 바닥재도 가능한 빨리 해 주세요."

"나도 그러고는 싶지만 다음 주 화요일 전에는 시간이 도저히 안 나요. 화요일에도 새벽밖에는 안 돼요."

그러면서 월요일까지 예정되어 있는 일들을 죽 이야기했다.

"그럼, 화요일에는 꼭 해 주세요. 준공검사를 받아야 하기 때문에 급합니다."

조성수가 조르자 작업자가 대답했다.

"알겠습니다. 화요일에는 꼭 해 드리지요."

바닥재 작업자가 가고 조성수가 건식 난방을 깔 준비를 하고 있는데 김희철이 왔다. 나는 김희철과 농막 앞 평상에 앉아 커피를 마시면서 준공검사에 대한 이야기를 나누었다.

"김 사장님, 어제 전화로 이야기한 대로 준공검사는 다른 사람에게 맡기지 말고 직접 챙겨 주세요."

"알겠습니다. 월요일에 경산에 가기로 되어 있는데 준공검사에 필요한 일들을 모두 챙겨 놓고 가겠습니다. 제가 죄송한 일이 많은데 그거라도 챙겨야지요. 그리고 준공검사가 끝난 후에 할 추가 공사도 제가 가능한 한 해 드리겠습니다."

"그러면야 좋지만 그게 그렇게 쉽게 되겠어요? 그러니 준공검사 후의 문제는 일단 접어 두고 준공검사에 필요한 서류나 잘 챙겨 주세요."

김희철은 조성수가 한 공사에 대해서도 이야기했다.

"제가 이런 말씀 드리기는 그렇지만 지금 공사한 것을 보면 다시 해야 할 것이 많아요. 오일스테인도 저런 색깔을 칠하면 안 돼요. 하지만 여러 번 칠할수록 좋은 거니까 그냥 두세요. 나중에 제가 형편이 좋아지면 다시 칠해 드릴게요."

김희철은 사업이 잘 풀리면 이것저것 다 해 주겠다는, 말로만 하는 선심 공세를 다시 시작했다. 지키지 못할 약속을 마구 남발하는 것이 김희철의 가장 큰 특기이다. 커피를 다 마신 김희철은 제천으로 떠났다.

그런데 떠난 지 얼마 안 되어 김희철이 전화를 걸어 왔다.

"제가 깜박 잊은 이야기가 있어 전화했습니다. 대문을 설치해야 한다고 하셨잖아요? 대문은 제가 해 드리겠습니다. 주차장을 정리하기 위해 포클레인이 오면 그때 대문도 설치할 수 있도록 미리 주문해 놓을 생각입니다. 그러니 포클레인 작업 일정은 사전에 저와 상의해 주세요."

오래전에 나에게 진 빚 대신에 이런저런 것을 해 달라고 하면서 김희철에게 대문 이야기를 한 적이 있지만 최근에는 이야기한 적이 없다. 김희철에게 대문을 해 줄 만한 능력이 없다고 생각한 때문이었다. 그런데 대문을 해 주겠다니 뜻밖이었다. 김희철이 내게 빚지고 있는 것을 생각하면 대문을 해 준다고 좋아할 일이 아니지만 그것만으로도 김희철에 대한 서운한 마음이 많이 줄어들었다. 하지만 실제로 대문을 설치해 줄 때까지는 믿을 수 없다.

김희철이 간 뒤, 건식 난방 설치 작업을 시작하던 조성수가 내게 말했다.

"조금 전에 바닥 공사를 하는 사람에게서 전화를 받았는데 내일 아침 5시에 와서 1층 바닥재를 붙여 주겠다고 합니다. 오늘은 아무리 늦어도 난방 공사를 끝내야겠습니다. 해 준다고 할 때 해야지요."

"잘됐네요. 그럼 내일이면 바닥 공사도 끝나겠군요. 이제 전등을 달고 온수 보일러를 설치한 다음 부엌 가구만 들여오면 끝이로군요."

조성수와 작업자는 7시가 되어 어두워질 때까지 난방 공사를 하다가 다 마치지 못하고 가면서 내일 새벽 4시에 와서 바닥 공사에 지장이 없도록 난방 공사를 마무리하겠다고 했다.

건식 난방용
호스 깔기

철판으로 덮기

돈이
일을 시킨다

오늘은 새벽에 공사를 하러 온다고 해서 나도 일찍 잠이 깼다. 시계를 보니 5시였다. 밖은 아직 어두운데 공사장 쪽에서는 벌써 일하는 소리가 들렸다. 공사장에 가 보니 조성수는 난방 마무리 작업을 하고 있었고, 바닥 작업자는 안방에 바닥재 까는 작업을 벌써 거의 끝내 가고 있었다. 5시도 전에 일을 시작한 것 같았다.

"일찍 오셨네요?"

바닥 작업자는 웃기만 하고, 조성수가 대답했다.

"저는 저 사장님 오기 전에 어제 하던 작업을 마무리하려고 4시에 왔는데 저 사장님이 일찍 오는 바람에 제가 쫓기고 있어요."

"나는 조 사장님이 항상 7시에 일을 시작하기에 별난 사람이라고 생각하고 있었는데 저 사장님에 비하면 아직 멀었네요."

그러자 조성수가 한마디했다.

"그런 소리 마세요. 저도 일만 있으면 2시에도 일어날 수 있어요."

바닥 작업자도 지지 않았다.

"나는 필요하면 밤을 새워서 일할 수도 있어요."

8시가 되니 난방 공사 마무리가 끝났다. 일을 마친 조성수가 가면서 내일 와서 문을 달겠다고 했다. 바닥재 작업자는 그 뒤로도 40분가량 더 일을 했다. 꼼꼼하게 몰딩 작업을 하고 있는 바닥 작업자에게 물어보았다.

"오늘 여기 작업이 끝난 다음에 또 다른 일을 하시나요?"

"예, 청주까지 가야 합니다."

"그렇게 하루에 두 번씩 일을 하면 힘들지 않으세요?"

"힘들어도 돈이 들어오잖아요. 돈 보고 하는 거지요. 저는 새벽에 일을 해서라도 공사 일정을 맞추어 주려고 노력해요. 사장님은 공사 빨리 해서 좋고 저는 돈을 더 벌 수 있어서 좋고요."

"그런데 일하는 것을 보니 숨이 많이 차서 힘들어하시던데 병원에는 가 보셨어요?"

"안 가 봤어요. 병원에서 무슨 큰 병이 있다고 할까 봐 겁이 나서 안 가요. 그냥 일할 수 있을 때까지 하다가 죽으면 그만이지요."

"가족들이 많이 걱정할 텐데요."

"가족이 있으면 이러고 다니나요? 저 혼자 살아요. 저는 지금까지 해 보고 싶은 거 다 해 봤어요. 그래서 아무 미련이 없어요."

가족 없이 혼자 살면서 건강도 좋아 보이지 않는데 너털웃음을 웃으며 밤낮을 가리지 않고 일하다니 이 사람도 참 알 수 없는 사람이다. 공사를 시작한 후에 참 많은 사람을 만나 보았지만 이 사람은 그중에서도 별난 사람 같았다. 그렇게 열심히 돈을 벌어서 어디에다 쓰느냐고 물어보고 싶었지만 그만두었다. 바닥 작업자는 9시쯤 작업 도구를 챙겨서 떠났다.

나는 그의 말 속에 중요한 사실이 포함되어 있다는 생각이 들었다. 지난 한 주 동안 공사가 중단되었다가 어제 오늘 난방과 바닥 공사를 끝낸 것은 모두 돈 때문이었다. 조성수가 공사할 돈이 없어서 그랬는지, 아니면 내게 돈을 더 받아 내기 위해 일부러 공사를 미뤘는지는 알 수 없지만 돈을 주고 나니 새벽 5시에 나와 일을 하지 않는가! 놀라운 돈의 위력이다.

요즘 같은 세상에는 사장의 권위로도, 정치적 권력으로도, 작업자와의 의리로도 새벽 5시에 작업자를 불러내기란 쉽지 않다. 즐거운 마음으로 웃으면서 나오게 하는 것은 더욱 불가능하다. 새벽 5시에 스스로 나와 기분 좋게 일하도록 만들 수 있는 것은 돈뿐이다. 돈이면 다 된다는 말을 자주 듣지만 나는 어제와 오늘 돈의 위력을 다시 실감했다. 새벽 4시에 나와 일을 하는 조성수를 보면서 조성수는 나쁜 사람도 좋은 사람도 아닌 돈을 벌기 위해 일하는 사람일 뿐인데 내가 주는 돈이 조성수를 춤추게 하기에 부족했던 것이 아닐까 하는 생각도 했다.

전기가 있으니
이렇게 좋은걸

태풍 힌남노가 접근하고 있다는 예보로 전국이 초긴장 상태다. 나는
기상청의 예보에 속은 전례가 많아 이번에도 별일 없이 지나가지 않을까
생각하면서도 초강력 태풍이라는 말에 은근히 걱정되기도 했다. 어쨌든
태풍이 접근하면서 아침부터 비가 내리기 시작했지만 바람은 불지 않았다.
태풍이 부산 부근에 상륙한다는 내일 새벽에는 바람도 심하게 불는지
모르겠다.

비가 오는 가운데 아침부터 전기 기사가 와서 전기공사를 시작했다.
스위치와 전등 그리고 콘센트를 다는 공사는 오후 늦게까지 계속되었다.
내가 가져다 놓은 텔레비전을 달고, 하이라이트와 인덕션 전용 전기
콘센트를 새로 설치하는 공사를 마무리하고 나자 4시가 지났다. 전등과
콘센트 공사를 마친 전기 기사는 슬그머니 나갔다 오더니 갑자기 전등
스위치를 올렸다. 순간 방이 환하게 밝아졌다. 드디어 새집에 전기가
들어온 것이다. 전기가 없던 세상에 전기가 들어온 감격적인 순간이었다.
전기가 들어오니 집이 달라져 보였다. 전기가 들어오기 전까지는
공사장이었는데 전기가 들어오고 나니 사람이 사는 집처럼 느껴졌다.

점심때 김희철이 공사가 어떻게 되어 가는지 본다며 농장에 왔다. 나는
김희철에게 비가 새고 있는 천창과 테라스를 보여 주고, 집이 다 되어

전등이 켜진
다락

가는데 오히려 가슴이
답답해지니 어떻게 하느냐고
하소연을 했다. 김희철은 할 말이
없다면서 일이 잘 풀리면
10월까지 모든 문제를 자신이 해결해 주겠다고 했다.

"지금 집사람도 집에 대해 크게 실망하고 있어요. 그대로 안 돼도
좋으니 희망적인 이야기라도 좀 해 주세요."

나는 김희철에게 말하고, 함께 근처에 있는 식당으로 가서 접식 식사를
했다. 김희철은 10월까지 문제가 된 부분을 모두 고쳐 놓겠다고 거듭
말했다. 김희철의 이야기를 믿지 않게 된 지 오래지만 10월까지는 추가
공사를 하지 말고 기다려 보아야겠다. 나는 김희철에게 건축 공사에 대해
평소 궁금했던 것을 물어보았다.

"왜 공사를 하는 사람들이 선금을 달라고 하지요? 자재를 외상으로
가져다 공사를 하고 공사비를 받은 후에 정산하는 게 정상 아니에요?
공사도 하지 않았는데 어떻게 돈부터 주나요?"

"예전에는 그렇게 했는지 몰라도 요즘은 현금을 반이라도 주지 않으면
자재를 주지 않아요. 작업자들도 매일 아니면 적어도 주 단위로 일당을
계산해 주어야 하고요. 따라서 자금이 충분하지 않은 시공자는 선금을

요구할 수밖에 없어요. 건재상과 오래 거래한 신용 있는 시공자는 사정이 다르겠지만."

"그러다가 공사비를 다른 곳에 써 버리고 공사를 안 해 주면 어떡해요? 김 사장님처럼요."

"그렇게 말씀하셔도 제가 할 말은 없지만 서로 믿지 않으면 공사를 못 합니다. 그리고 공사를 끝낸 다음에도 돈을 주지 않는 건축주들이 많아요. 작은 하자를 문제 삼기도 하지만 돈이 없다고 기다리라고 하는 사람들도 있어요. 시공업자들은 공사를 하는 것보다 공사한 다음에 돈을 받는 것이 더 어렵다고 이야기해요. 대부분의 시공업자들은 공사 대금을 받지 못한 경험을 한두 번은 가지고 있을 겁니다. 그래서 가능하면 선금을 받으려고 하는 거지요."

"공사를 하는 사람들은 건축주를 못 믿어서 선금을 받으려고 하고, 건축주는 공사하는 사람을 못 믿어서 공사를 끝내고 돈을 주려고 하는 거로군요. 어느 쪽이 맞는 건지 모르겠네요."

그러나 시공업자와 건축주의 줄다리기에서는 돈을 가지고 있는 건축주가 유리할 것이다. 따라서 신용 상태가 좋지 않거나 공사할 돈이 없는 영세한 시공업자는 결국 도태되어 버리겠구나 하는 생각이 들었다.

오후에는 환경측량의 최지현 소장이 토목 공사가 제대로 되었는지 확인하기 위해 공사장에 왔다. 최지현 소장은 토목 공사가 설계대로 되어 있지 않아 문제가 있다고 했다. 집 앞 도로로 흐르는 물이 대지로 들어오지 않도록 트렌치를 설치했는데, 이 트렌치와 연결된 수로를 만들고 집수정을 설치해야 한다는 것이다. 나는 최지현 소장의 토목 설계가 처음부터 현장 상황을 고려하지 않은 설계라고 따졌다. 도로로 흐르는 물은 대지 안으로 들어오지 않도록 하면 되지 그 물을 대지 안으로 끌어들여 수로를 통해 다시 밖으로 흘려보내라니 말도 안 된다고 했다.

최지현 소장은 토목 설계대로 배수로를 내지 않으려면 설계 변경을 해야 하는데 그러려면 시간과 돈이 든다고 했다. 나는 최지현 소장에게 따지면서도 따진다고 될 일은 아니라는 걸 알고 있었다. 토목 설계가 잘못되었으면 허가를 신청하기 전에 협의해서 수정했어야 할 것이다. 그때는 아무런 이의 제기 없이 허가를 신청해 놓고 이제 와서 설계가 잘못되었다고 항의한들 무슨 소용일까. 그러나 나는 토목 설계도를 최근에야 처음 보았다. 토목 설계를 할 때 나와 충분한 의논을 하지 않았고, 나 역시 토목 설계에 관심이 없었던 것이다.

원래 집을 지으려면 토목 설계대로 토목 공사를 한 다음 그 위에 집을 지어야 한다. 하지만 대개는 적당히 터를 파고 집을 지은 다음 집에 맞추어 토목 공사를 한다. 우리도 그렇게 했다. 집을 짓는 동안 토목 설계는 절대적 기준이 아니라 참고 사항 정도였으니 토목 설계대로 될 리가 없다. 애초에 이런 경우 토목 설계가 필요한지 잘 모르겠다. 대단지 아파트 공사를 할 때는 토목 설계가 필수겠지만 15평짜리 집을 짓는 데는 토목 설계가 오히려 문제를 만들 수도 있다.

최 소장은 공사를 한 조성수와 이야기하고 싶다고 했다. 나는 조성수에게 최지현 소장과 통화해 보라고 했다. 오후 늦게 조성수가 전화를 해서, 최지현 소장을 만나 해결 방법을 의논했다면서 최 소장이 시청의 담당 공무원과 협의한 후 결과를 알려 주기로 했단다. 꼭 필요하지도 않은 법이 사람을 힘들게 만든다는 생각이 든다.

조성수는 이어서 전등값으로 88만 6400원을 보내 달라고 했다. 내가 인터넷으로 검색해 본 전등 11개의 값은 40만 원이 넘지 않았지만, 공사를 끝내기 위해 따지지 않고 그냥 주기로 했다. 온수기는 얼마냐고 물으니 그것은 전기공사와 관련이 있어 다음에 다시 이야기하겠다고 했다. 낮에 전기 기사가 건식 난방 때문에 추가로 전기공사를 해야 해서 40만 원을 더 요구할 예정이라고 했던 것이 생각났다. 조성수는 온수깃값에 추가 전기공사비 40만 원을 더해 요구할 모양이다.

나는 조성수에게 주방 가구 사장이 다녀간 이야기를 했다. 낮에 전기공사를 하고 있을 때 주방 가구를 납품하기로 되어 있다는 업체의 사장이 주방 크기를 재러 왔다. 마침 공사 현장에 있던 아내는 주방 가구를 하나하나 면밀히 따져 가면서 수정 사항을 이야기했다. 그 과정에서 조성수가 말한 가스레인지 대신 하이라이트 2구와 인덕션 1구짜리 전기레인지를 설치하기로 하면서 주방 가구 비용이 100만 원 더 늘었다. 주방 가구 비용은 건축비에 포함되어 있어 조성수가 지불해야 하지만 추가 금액 100만 원은 아내가 지불하겠다고 했다. 그런데 이야기를 들은 조성수는 알았다고 하지 않고, 그 이야기도 나중에 다시 하자고 했다. 어쩌면 조성수는 자신이 공사비에서 내야 하는 주방 가구 비용의 일부를 내게 요구할 생각인지도 모른다. 약간의 추가비라면 몰라도 큰 금액을 요구하면 어떻게 해야 할까. 부디 나의 걱정이 기우였으면 좋겠다.

누수 방지 공사

태풍 힌남노의 영향으로 오전 10시까지 비가 내려 오늘은 공사를 할 수 없었다. 오후에 비가 그치고 날씨가 맑아지자 조성수가 용접 공사를 했던 목수와 같이 와서 누수가 있었던 부분을 보완하는 작업을 했다. 목수는 지붕에 올라가 천창 주변 그리고 본채와 테라스 연결 부분에 실리콘을 덧발랐다. 그러지 않아도 덕지덕지 발라 놓은 검은색 실리콘 위에 회색 실리콘을 덧발라 놓으니 더 지저분해 보인다. 그래도 이것으로 누수 문제가 해결된다면 그나마 다행이겠지만, 실리콘을 덧바르는 것으로 누수 문제가 해결될지 의문이다. 공사가 끝나고 난 다음에라도 비가 새면 어떻게 해야 할까? 지금까지 하는 것으로 보아 조성수나 김희철이 뛰어와 보수 공사를 해 줄 리는 없다.

천창의 누수 방지

주변 청소와
건축 사무소의 실측

오전에 일이 있어 외출했다가 돌아와 보니 설비 기사가 온수기를 설치하고 있었고, 또 다른 작업자는 공사장 주변의 쓰레기를 치우고 있었다. 나이가 60대 초반으로 보이는 설비 기사는 온수기를 설치하고 분리 밸브들을 단 다음 지하수에 연결했다. 지하수 연결 부분의 수도관은 땅을 파고 매립해야 얼지 않는데 지면에 노출되도록 연결했다. 조성수는 나중에 매립해 주겠다고 했다. 지금까지 하는 것으로 보아 이대로 끝내 버릴 가능성이 크다. 결국 수도관을 매립하는 일은 내가 해야 할 것이다.

11시쯤, 내가 없는 동안 명성종합건축사무소에서 건축기사가 나와 실측을 했다고 한다. 준공검사를 신청하려면 먼저 건축기사가 현장에 와서 건물이 설계대로 지어졌는지를 점검해야 한다. 집이 설계대로 지어지지 않았다면 설계대로 보완하든지 아니면 설계를 변경해야 한다. 단, 창문의 위치나 개수와 같이 설계 변경을 하지 않고도 수정할 수 있는 것들은 건축 설계 사무소에서 실측한 다음 준공검사 서류에 그 사실을 표시하기만 하면 된다. 다행히 건축기사는 아무 문제 없다면서 설계에 없었던 창문 세 개와 늘어난 화장실 면적, 계단 방향이 바뀐 것만 준공 서류에 표시하겠다고 했단다. 이렇게 해서 집은 설계대로 지었다는 것이 확인되었다.

이제 남은 문제는 환경측량의 토목 설계다. 환경측량에서는 토목 설계를 반영해서 배수로를 설치하라고 요구하고 있다. 토목 공사 문제도 조성수가 해결해야 하는데 조성수는 이에 대해 불만이 많은 것 같다. 기초공사는 자신이 맡은 일이 아닌데 왜 자신이 배수로까지 책임져야 하느냐는 것이다. 그러나 그것은 맞는 말이 아니다. 지금 문제가 되고 있는 것은 김희철이 했던 기초공사가 아니라 조성수가 한 축대와 배수로 공사이기 때문이다. 조성수는 최지현 소장에게 최소한의 공사만 할 테니 적당히 넘어가자고 했단다. 조성수가 이 문제를 어떻게 해결하는지 두고 볼 참이다.

오후에는 조성수가 데크 물청소를 했다. 오일스테인이 잘 먹게 하려면 물청소가 필요하다고 한다. 조성수는 일을 하면서 내게 불만을 늘어놓았다.

"힘들어 못해 먹겠습니다. 밸브 하나 연결하는 데도 모두 돈을 달라고 합니다. 온수기와 난방용 보일러를 설치하는 데 80만 원을 달랍니다."

조성수가 하루 종일 화난 표정을 하고 있더니 결국은 돈 때문이었구나 하는 생각이 들었다. 나는 가볍게 맞장구쳤다.

"앞으로 더 힘들어질 겁니다. 돈이 아니면 손 하나 까닥하지 않을 테니까요."

조성수는 마지막으로 돈을 더 요구할 구실을 만들고 있는 것 같다. 전에는 작업을 시작하기 전에 돈을 달라고 했는데 이번에는 설비 기사의 일이 끝난 다음에도 온수깃값을 달라고 하지 않고 있다. 아마도 전기공사 추가 요금과 주방 가구 비용을 합해 한꺼번에 받아 내기 위해서일 것이다. 이번이 내게 돈을 요구할 마지막 기회라고 생각하면서 요구할 금액을 놓고 저울질하고 있을 것이다. 지난 월요일 점심 식사를 하면서 김희철에게 조성수가 주방 가구 대금으로 얼마를 요구할지 모르겠다고 하자 "선생님과 조성수가 머리싸움을 하고 있는 것처럼 보이네요."라고 했던 말이 생각난다. 조성수와의 골치 아픈 머리싸움을 하게 만든 김희철이 할 말은 아니었다.

이곳은 유선 방송이 들어오지 않는 곳이라 스카이라이프에 가입하여 텔레비전을 시청하고 있었는데, 지난 1년 동안 집을 지으면서 스카이라이프 안테나를 떼어 놓고 있었다. 이제 집이 거의 완성되어 안테나를 달아도 될 단계가 되었다. 어제 스카이라이프 고객센터에 전화를 해서 안테나 이전 설치를 신청하고, 오늘 오전 내내 설치 기사로부터 연락이 오기를 기다렸지만 아무런 연락이 없었다. 다시 고객센터에 전화를 해 확인하니 1주일 후에나 설치해 줄 수 있다고 했다. 중간에 추석 연휴 4일이 끼여 있기 때문일 것이다.

그런데 오후 5시쯤 연락도 없이 안테나 설치 기사가 왔다. 다른 곳의 작업을 마치고 가다가 시간이 남아 들러 보았다는 것이다. 추석 연휴에 가족들이 올 텐데 텔레비전이 안 되면 답답할 것 같아 가능하면 빨리 설치해 주고 싶었다고 했다. 전기공사를 하면서 안테나선을 이미 뽑아 놓았기 때문에 안테나 설치에는 30분도 걸리지 않았다. 설치비 2만 5000원은 다음 달 요금과 함께 청구될 것이라고 했다. 스카이라이프는 김희철이나 조성수와는 다르게 일 처리가 깔끔했다. 내가 집을 짓느라고 마음고생을 하지 않았다면 이 정도의 서비스에 감동하지는 않았을 것이다. 하긴 요즘 세상에 이 정도의 서비스를 하지 않고는 살아남기 어려울 것이다.

의기양양한 김희철

경산에서 기초공사를 마무리하고 오늘 올라와 오후 늦게나 농장에 들르겠다고 했던 김희철이 오전 10시쯤에 농장에 왔다. 농장에 들어설 때부터 김희철은 개선장군과 같은 표정을 하고 있었다. 경산의 공사가 잘된 것 같았다. 나는 김희철에게 말했다.

"오늘 올라온다고 하더니 어제 온 모양이네요. 경산 공사가 잘되었나 보지요?"

그러자 김희철은 의기양양하게 대답했다.

"일이 일찍 끝나 어제 올라왔어요. 2박 3일 동안에 기초공사를 모두 끝냈습니다. 제 방식대로 하니까 터 파기, 철근 배근, 레미콘 타설을 3일 만에 끝낼 수 있었습니다. 선생님네 공사를 할 때는 이 사람 저 사람 이야기를 듣다가 기초공사에 한 달이나 걸리고 돈은 돈대로 들어갔거든요. 이번에 경산에 가서 내 생각이 옳다는 것을 확실하게 증명했습니다. 앞으로는 20년 30년 경력이 있다고 큰소리치는 사람들 말 듣지 않고 내 생각대로 해야 되겠습니다."

김희철은 이 이야기를 하고 싶어 충주에 오자마자 내게 달려왔는지도 모른다. 어떻게 하다 보니 김희철의 이런 사소한 자랑마저 들어줄 사람이 나밖에 없는 것 같다. 김희철은 기초공사를 끝낸 경산 사진을 보여 주었다.

"선생님이 보시면 기분 나쁘실지 모르지만 이것이 제가 경산에서 2박

258

3일 동안에 하고 온 기초입니다."

사진으로 보기에는 우리 집 기초공사나 다름없어 보이는데 이것을 2박 3일 동안 끝냈다니 놀랍다. 이렇게 일을 잘할 수 있는 사람이 우리 집 공사를 할 때는 왜 그렇게 지지부진하게 진행했을까. 김희철의 자랑을 다 들어주고 나서 나는 내가 새집에 관해 느끼고 있는 실망감을 이야기했다.

"집이 완성되어 가면 속을 썩이던 공사가 끝나 가니 기뻐해야 맞는데 점점 더 실망하게 되네요. 한 과정이 끝날 때마다 집이 업그레이드되는 것이 아니라 디그레이드되고 있으니 어떻게 하지요? 캐노피 지붕이랑 계단 밑 마무리를 보세요. 이렇게 해 놓고 어떻게 공사를 다 했다고 할 수 있는지 모르겠어요. 다 이야기하려면 끝이 없어요. 조성수에게 말하면 돈을 더 주면 해 주겠다는 식이에요."

"그래도 조성수가 저보다 나을 것 같아 선생님네 공사를 조성수에게 넘겨주었는데 알고 보니 조성수는 일을 할 줄 모르는 사람인 것 같아요. 그런 조성수를 끌어들여 제가 죄송합니다."

김희철이 조성수를 데리고 온 것은 사실이지만 조성수에게 공사를 넘겨준 사람은 김희철이 아니다. 공사를 맡아 하고 싶다는 조성수의 제안을 받아들여 내가 김희철로부터 공사를 빼앗아 조성수에게 넘겨준 것이다. 하지만 김희철은 자신이 조성수에게 자발적으로 공사를 넘겨준 것처럼 이야기하고 있다. 자존심 때문일 것이다.

김희철은 준공검사 후에 미흡한 부분을 수리해 주겠다고 했다.

"일단 조성수에게 준공검사를 받도록 하세요. 그 후에 제가 능력이 되는 대로 다 고쳐 드리겠습니다. 내부부터 전면적으로 수리하고 외부도 손보아

드리겠습니다. 우선 조명을 바꿔야 합니다. 그리고 현관도 저렇게
마무리하면 안 됩니다. 제 생각에는 다 뜯어내고 메탈 사이딩으로 새로
마무리해야 할 것 같아요. 헛간처럼 보이는 테라스도 완전히 바꾸고요."

"그렇게 할 수 있다면 좋지만 그게 가능하겠어요?"

"경산 공사를 하면 조금 여력이 생기니까 제가 할 수 있는 최선을 다해
볼게요. 조금만 더 기다려 주세요."

"나는 지금까지의 공사는 날림으로 했다고 해도 준공검사 후에 변경
공사는 제대로 하고 싶어요. 준공검사가 끝나면 시간이 많으니까 한
가지씩 천천히 해 나갈 생각입니다."

김희철이 내게 지고 있는 빚을 돈으로 받는 것은 가능하지 않을 것이다.
따라서 김희철이 집을 전체적으로 업그레이드해 준다면 그것이 내가
김희철에게 받아 낼 수 있는 최선이다. 김희철은 지금 우리 집으로 자신이
찍고 싶어 하는 영상을 찍을 수 없게 될까 봐 염려하고 있다. 따라서
능력이 된다면 그럴듯한 영상을 찍기 위해서라도 전면적으로 수리하고
보완하려고 할 것이다. 그러나 지금 김희철의 형편으로는 그렇게 될
가능성이 거의 없다는 것이 문제이다.

정 안 되면 자재비는 내가 지불하고 김희철이 직접 수리라도 해 주면
좋겠다. 3000만 원이나 빚을 지고 있는 사람에게 고작 인건비 정도 받아
내고 만다는 것은 말이 안 되지만 지금으로서는 그거라도 가능하면
다행이다. 김희철의 큰소리에 헛된 희망을 가져서는 안 된다고
생각하면서도 혹시라도 김희철이 무언가 해 줄 수 있지 않을까 하는
기대를 또 하게 된다. 김희철은 추석을 지내고 경산에 내려가기 전에 다시

들르겠다고 했다.

　김희철이 떠나고, 오전 중에 젊은 작업자 세 명이 주방 가구를 설치하러 왔다. 추석 연휴 첫날인데 오늘도 일을 하나 보다. 나는 주방 가구 설치를 미리 측정한 크기대로 만든 주방 가구를 가져와 붙이기만 하면 되는 간단한 작업으로 생각했는데 내 생각과는 달리 매우 복잡한 작업이었다. 특히 우리 집은 벽이 경사져 있어 일이 더욱 까다로웠다. 작업자들은 분주하게 설치 작업을 하다가 사장에게 전화를 해서 어딘가가 잘못되었다고 하고는 작업을 중단했다. 30여 분 지나자 지난번에 와서 주방의 크기를 측정해 갔던 사장이 왔다. 작업자들은 사장과 협의한 끝에 약간의 수정을 거쳐 작업을 다시 시작했다.

　나는 사장에게 아파트 주방 가구를 교체하려면 비용이 얼마나 들어가는지 물어보았다. 서울 집에 20년이 넘은 주방 가구를 바꾸고 싶어 물어본 것이다. 사장은 30평 아파트의 주방가구는 300만 원대, 50평 아파트의 경우는 500만 원대라고 했다. 그런데 지난번 주방 크기를 재러 왔을 때 이번에 설치하는 우리 주방 가구의 가격을 물으니 540만 원이라고 했던 것이 생각났다. 나는 이번에 들여오는 주방 가구의 값이 터무니없이 비싸다는 생각이 들어 지금 설치하고 있는 주방 가구는 얼마냐고 다시 물어보았다. 사장은 대답을 얼버무렸다. 여러 곳에 주방 가구를 납품하다 보니 기억이 나지 않는다는 것이다. 아마 조성수가 540만 원이라고 이야기하라고 해서 그렇게 말했는데 아파트의 주방 가격을 이야기하고 보니 다시 거짓말을 하기가 어려워진 모양이다.

주방 가구 설치

　주방 가구를 설치하는 작업은 오후 8시가 다 되어서야 끝났다.
작업자들이 돌아간 다음 가구 표면을 보호하기 위해 붙여 놓았던 비닐을
떼어 내자 반짝반짝 부엌이 환해졌다. 주방 가구까지 설치하고 나니 사용
승인만 나면 당장이라도 살 수 있는 집이 되었다. 아직 오일스테인을
칠하는 일과 집 주변에 수로를 내는 일이 남아 있지만 그것도 추석 연휴가
끝나면 곧 하게 될 것이다.

　조성수는 오늘 공사장에 오지 않았다. 추석 연휴가 끝난 뒤에
오일스테인을 칠하는 작업과 토목 공사 마무리 작업을 할 계획인 것 같다.
조성수는 추가 공사비 이야기도 추석 후로 미루고 있는 것 같다.

배수로 공사가
급해요!

4일간의 추석 연휴도 지나갔다. 이제 부지런히 남은 공사를 마무리해야 9월 안에 준공검사를 받을 수 있을 것이다. 나는 아침 일찍 일어나 연휴 동안에 어지럽혀진 데크를 깨끗이 치웠다. 오늘 조성수가 작업자들을 데려와 데크를 칠할지도 모른다고 생각했기 때문이었다. 그러나 9시가 넘어도 조성수나 작업자는 나타나지 않았고, 아무 연락도 없었다.

아직 환경측량에서 보완하라고 한 배수로 공사를 하지 않아 준공검사를 신청하지 못하고 있다. 조성수가 배수로는 적당히 흉내만 내고 넘어가면 된다고 하여 크게 걱정하지 않았는데 그것 때문에 준공검사를 신청하지 못하고 있다면 작은 일이 아니다. 일단 준공검사가 끝난 다음에 하는 추가 공사는 급하지 않다. 올해 못 하면 내년에 해도 된다. 하지만 배수로 공사는 그럴 수 없다.

배수로 공사를 어떻게 해야 할지 걱정하고 있는데 김희철에게서 전화가 왔다. 대문 설치를 의논하기 위해 10시까지 농장으로 오겠단다. 김희철은 서울에 있는 철강 회사에 대문의 철골 프레임을 주문할 예정이라면서 대문의 도면을 보여 주었다. 대문은 다섯 쪽으로 이루어져 있었다. 사람이 드나들 때는 하나만 열고 차가 들어올 때는 나머지 네 개를 접어서 열도록 만들 예정이라고 했다.

나는 그렇게 만들면 비용이 얼마나 드느냐고 물어보았다. 그러자 김희철이 말했다.

"대문 비용은 이야기하지 않겠습니다. 대문이라도 제가 해 드려야지요."

나는 알겠다고 했다.

"그러면 대문은 김 사장님이 해 주시는 것으로 알고 있겠습니다."

이것으로 대문은 내가 추가 비용을 지불하지 않고 설치할 수 있을 것 같다. 하지만 지금 급한 것은 대문이 아니라 배수로 공사다. 그래서 김희철에게 배수로 공사 이야기를 했다.

"김 사장님, 대문도 중요하지만 지금 당장 해야 할 것은 배수로 공사입니다. 대문은 준공검사 항목이 아니지만 배수로 공사가 되어 있지 않으면 준공검사를 신청할 수 없거든요. 환경측량에서는 주차장과 농지가 연결되는 부분에 트렌치를 만들고, 트렌치에서부터 대지가 끝나는 부분에 묻을 집수정까지 배수로를 만든 다음, 집수정에서 기존의 집수정까지는 배수관을 연결해야 한다는 겁니다. 이걸 해야 준공검사를 신청할 수 있대요. 그런데 조성수는 한다고 말만 하고 아무것도 하지 않고 있어요. 나는 조성수가 무슨 생각을 하고 있는지 모르겠어요."

"돈 때문에 그럴 겁니다. 조성수도 자금 사정이 좋지 않거든요."

"나도 그런 생각을 하고 있었어요. 조성수가 공사를 차일피일 미루는 것을 보면 내게 돈을 요구할 기회만 엿보고 있는 것 같아요. 김 사장님은 사정이 좋아지면 이것저것 다 해 주겠다고 하는데 배수로 공사는 김 사장님 사정이 좋아질 때까지 기다릴 수 없어요. 배수로 공사비는 내가 낼 테니 김 사장님이 배수로와 대문 공사를 한꺼번에 해 주세요."

그러자 김희철이 그러겠다고 했다.

"지금 제가 서울에 있는 철강 회사에 가서 내일까지 대문을 만들어 배달해 줄 수 있는지 알아볼게요. 그래서 내일까지 배달해 주겠다면 목요일이나 금요일에 대문 공사와 배수로 공사를 한꺼번에 할 수 있도록 해 보겠습니다."

"그렇게 해 주시면 좋겠네요. 그렇게 되면 이번 주에 준공검사를 신청할 수 있을 것 같네요."

"저도 이번 주말에는 경산에 가서 철골 프레임 조립을 마치고 와야 하니까 경산에 가기 전에 배수로 공사를 끝냈으면 좋겠습니다. 서울에 갔다 와서 다시 전화 드리겠습니다."

김희철은 그렇게 말하고 떠났다. 하지만 화요일인 오늘 서울에 가서 대문을 주문하면, 그 대문이 목요일까지 배달되고, 포클레인과 작업자까지 수배하여 목요일이나 금요일에 대문과 배수로 공사를 한꺼번에 한다는 것이 가능할까. 미리 주문을 하고 오래전에 약속된 공사도 제대로 진행되지 않는 경우가 허다한데, 하루 만에 모든 것을 준비하여 2~3일 뒤에 공사를 한다는 것이 과연 가능할지 모르겠다. 하지만 일단 김희철의 말을 믿고 기다려 보기로 했다.

오후 4시쯤 서울에 갔다 온 김희철이 토목 공사를 할 김성원이라는 사람을 데리고 농장으로 왔다. 김성원은 전기공사산업기사 자격증도 있는 전기 기사지만 전기 일이 많지 않아 토목 일과 건축 관련 일도 한다고 했다. 서울에 있는 철강 회사에서는 목요일 3시까지 대문을 만들어 배달해 주기로 했단다. 공사에 사용할 포클레인만 수배되면 모레 대문과 포클레인 공사를 동시에 할 수 있게 되었다. 그런데 김희철과 김성원이 아는 포클레인 회사에 전화를 해 보았지만 연락이 되지 않았다. 나는 오랫동안 중장비 일을 하다가 은퇴한 친구에게 전화를 해서 포클레인을 알아봐 달라고 부탁했다. 친구에게서 금방 포클레인이 수배되었다는 전화가 왔다.

　이제 공사를 할 자리에 쌓여 있는 쓰레기를 치우는 일만 남았다. 지난 9월 7일 조성수가 작업자를 데리고 와서 공사장 주변에 널려 있던 쓰레기를 치웠지만 모두 치우지 않아 아직도 한쪽에 많은 양이 쌓여 있었다. 나는 조성수에게 전화를 했다. 조성수는 명절을 잘 보냈느냐는 수인사를 했을 뿐 공사 재개에 대해서는 아무 이야기도 하지 않았다. 나도 다른 작업 이야기는 하지 않고 모레 하게 될 토목 공사에 관해서만 이야기했다.

　"내가 사람을 불러 배수로 공사를 하기로 했어요. 토목 설계대로 배수로를 설치해 달라고 했더니 모레 해 주겠답니다. 그리고 김 사장에게 전화해서 대문 설치도 그때 같이 해 달라고 했어요. 따라서 모레면 준공검사 신청에 필요한 공사를 모두 끝낼 수 있을 것 같습니다. 그런데 문제는 공사장에 쌓여 있는 쓰레기예요. 내일 쓰레기를 치워야 공사를 할 수 있을 것 같은데 치워 줄 수 있나요?"

　조성수는 내일까지 쓰레기를 모두 치워 주겠다고 했다. 이로써 모레 배수로와 대문 공사를 할 수 있는 준비가 끝났다. 결국 자재비와 인건비 그리고 포클레인 비용을 내가 지불하게 되었지만 준공검사 신청에 필요한 모든 공사를 끝낼 수 있게 되었다. 오전에 김희철이 농장에 들렀을 때만 해도 모레 배수로와 대문 공사를 하는 것이 가능할까 싶었지만 밀어붙이니 가능해졌다.

김희철은 모레 오겠다고 하면서 일어났다. 아침부터 우리 일을 위해 열심히 뛰어다닌 것이 고마워서 저녁 식사라도 같이 하자고 했지만, 김희철은 식사는 일을 끝낸 다음에 하겠다면서 그대로 돌아갔다. 처음부터 이렇게 훈훈하게 인사를 나누며 하루를 마감할 수 있었더라면 얼마나 좋았을까?

나는 오늘 조성수가 아침 일찍 작업자를 데리고 와서 쓰레기도 치우고 오일스테인을 칠하는 일도 시작하려니 생각했다. 그러나 9시가 넘어도 아무도 오지 않았다. 어제 김희철과 함께 내일 배수로 공사를 준비해 놓지 않았더라면 오늘도 답답한 하루를 보냈어야 했을 것이다. 이제 남아 있는 가장 큰일은 집 내부와 외부의 목재 부분과 데크에 오일스테인을 칠하는 일이다. 그러나 이 밖에도 조성수가 해야 할 사소한 일들은 아직 많이 남아 있다. 방문도 달아야 하고, 양변기도 고정시켜야 하며, 다락 창문의 모기장도 고정해야 한다. 거실 창문의 잠금장치도 아직 달지 않았다. 이런 일들은 시간이 많이 걸리는 작업도 아니고 돈이 드는 작업도 아니다. 그러나 조성수는 이런 일들을 마무리하지 않고 있다. 공사 중에도 한 가지 일을 깔끔하게 끝내지 않고 일부를 남겨 놓더니 전체 공사의 마무리 단계에 와서도 남은 일들을 제대로 정리하지 않고 있다.

조성수가 보낸 작업자가 성중이 타고 다니던 트럭을 몰고 와서 쓰레기를 치우기 시작한 것은 11시가 넘어서였다. 작업자에게 조성수는 어디 있느냐고 물으니 다른 공사장에서 일하고 있다고 했다. 추석 연휴 끝나고 다른 일을 시작한 모양이다. 조성수는 그 일을 하면서 시간이 나는 대로 우리 공사 마무리를 할 생각인 것 같다. 오일스테인을 칠하는 작업이나 간단한 마무리 작업들은 그렇게 해도 될 것이다. 그러나 준공검사를 받기 위해 꼭 필요한 배수로 공사를 아무 말도 없이 내팽개치고 다른 공사장으로 간 것은 이해할 수 없는 일이다. 자신이 할 수 없으면 할 수 없다고 나에게 이야기했어야 했다. 김희철을 시켜 배수로 공사를 하기로 했으니 망정이지 조성수가 해 줄 때만 기다렸다면 9월에도 준공검사를 신청하지 못할 뻔했다. 내가 그렇게 준공검사 타령을 했건만 조성수에게는 남의 일이었던 모양이다.

쓰레기를 치우고 있는 작업자에게 오일스테인을 칠하는 일은 언제 하는지 물어보았다. 그는 조성수와 같이 일하기 시작한 지 얼마 안 되어 작업이 어떻게 돌아가는지 잘 모른다면서 조성수와 통화를 했다. 그러더니 조성수가 곧 나에게 직접 전화해 설명할 것이라고 했다. 그러나 조성수는 끝내 전화를 하지 않았다. 조성수는 8월 초에 나를 그렇게 힘들게 했던, 연락 끊고 나타나지 않기 신공을 다시 펼칠 모양이다. 하지만 8월 초와 달리 지금은 조성수가 아니더라도 해결할 수 있는 방법이 있기 때문에 조성수의 특기가 큰 위력을 발휘하지는 못할 것이다.

낮에는 내일 일을 하기로 한 포클레인 사장이 자신의 아내와 함께 작업 내용을 확인하러 왔다. 나는 포클레인 사장에게 집수정을 묻을 위치와 배수로 낼 곳을 보여 주고, 평탄 작업을 해야 할 부분에 대해서도 설명했다. 작업 내용을 확인한 포클레인 사장은 아내와 함께 집 내부도 둘러보았다. 하루 전에 현장에 와서 작업 내용을 확인하고 가는 작업자들은 많지 않다. 아내와 함께 외출하는 길이었는지는 몰라도 하루 전에 아내까지 데리고 와서 작업 내용을 확인하고 가는 포클레인 사장을 보면서 일을 잘해 줄 것이라는 생각이 들었다.

　내일 공사를 하기로 되어 있는 김성원은 하수관과 트렌치, 집수정 등 필요한 자재를 샀으니 대금 89만 7600원을 입금해 달라는 메시지를 보내왔다. 나는 즉시 입금하고 입금했다는 문자를 보냈다. 김희철도 전화를 해 조성수가 약속대로 쓰레기를 치웠는지 확인하고, 내일 3시까지는 대문이 배달될 것이라고 알려 주었다. 김희철은 내일 일찍 외국인 작업자 두 명과 함께 농장으로 오겠다고 했다. 이렇게 해서 내일 할 배수로와 대문 설치 공사 준비가 모두 끝났다.

배수로와
대문 설치 공사

오늘은 배수로와 대문 설치 공사를 하는 날이다. 나는 아침에 일찍 일어나 공사할 자리에 심어 놓은 옥수수를 정리했다. 10월에 먹을 생각으로 7월 중순에 심은 옥수수는 아직 여물지 않았지만 개중에는 먹을 만한 것도 있었다. 옥수수는 심고 3개월 만에 먹는 것이 일반적인데 늦게 심은 것은 날씨가 추워지니까 열매부터 맺는 것 같다.

8시가 되기 전에 김희철이 도착하고 포클레인도 왔다. 곧이어 김성원이 작업자 한 명을 데리고 와서 배수로를 설치하는 작업이 시작되었다. 원래는 외국인 용역 두 명이 더 오기로 했는데 갑자기 못 온다는 연락을 받았다고 한다. 그런데 일을 시작하고 30분도 안 되어 김성원이 데려온 작업자가 일을 중단하고 집으로 돌아갔다. 무슨 영문인가 했더니 조금 전에 보건소로부터 코로나 확진 통보를 받았단다. 추석 때 만난 가족 중에 코로나 확진자가 있어서 어제 코로나 검사를 받았는데 그 결과를 조금 전에 통보받았다는 것이다. 따라서 오늘 작업은 김희철과 김성원 그리고 포클레인 기사가 하게 되었다.

오전 중에는 하수관 묻을 땅을 파고, 부동전 두 개를 설치한 다음, 우수관을 묻었다. 김희철은 일을 하다가 두 번이나 부품을 사기 위해 시내에 다녀왔다. 김성원은 우수관의 배관 작업과 부동전 설치 그리고 정화조 뚜껑을 다시 만드는 작업을 하느라고 이리저리 뛰어다녔다.

배수로 공사

아무래도 일을 도와주는 조수가 없으니 작업 속도가 제대로 나지 않는 것
같다.

　나는 땀을 흘리며 일하는 포클레인 기사와 김성원에게 차가운 캔
커피를 가져다주었다. 잠시 쉬며 커피를 마시던 김성원은 김희철을 어떻게
알게 되었느냐고 물었다. 나는 사실대로 유튜브를 보고 알게 되었다고
했다.

　"농막을 소개하는 유튜브를 보고 회사로 찾아가서 만났어요. 사정이
생겨 중간에 우리 공사를 다른 사람에게 넘겨주었지만 일을 꼼꼼하게
하는 사람인 것 같아요."

　그러자 김성원은 의아한 표정을 지으며 말했다.

　"제가 알기로 김희철 사장은 지금 감옥에 있어야 할 사람입니다.

김 사장 일을 하고 일당을 받지 못한 사람이 한둘이 아닙니다. 내가 아는 사람 하나는 1200만 원이나 받지 못했다고 합니다. 그래서 어제 선생님을 만났을 때 오늘 일당을 누가 주는지 물어보았던 거예요. 저는 김희철 사장이 준다고 했으면 오늘 일하러 오지 않았어요. 김희철 사장은 앞으로도 같이 일하자고 하지만, 선금을 주지 않으면 절대로 같이 일을 하지 않을 생각입니다."

나는 김성원이 김희철에 대해 많은 것을 알고 있어서 놀랐다. 충주가 좁은 곳이라 이 분야에서 일하는 사람들 대부분이 김희철의 상황을 알고 있는 것 같았다. 김성원의 이야기를 들으면서 김희철이 재기하는 데 어려움이 많겠다는 생각을 했다.

점심시간에는 김희철, 포클레인 기사, 김성원과 함께 충주 IC 부근에 있는 식당에 가서 막국수와 편육을 먹었다. 오후에는 배수로 공사와 함께 축대를 고쳐 쌓는 일을 했다. 아내는 새로 쌓은 축대가 마음에 든다고 좋아했다. 그러나 축대를 다시 쌓느라고 다른 공사의 진도가 제대로 나가지 않았다. 더구나 대문이 4시 30분쯤 배달되어 와서 대문을 설치할 시간이 없었다. 배달 요금을 절약하기 위해 서울에서 충주로 오는 화물 트럭을 이용하다 보니 다른 화물을 내려 주고 와야 해서 예상보다 시간이 더 걸렸다고 했다.

포클레인 기사가 아무래도 오늘 일을 끝낼 수 없으니 내일 오전까지 일을 하는 게 어떻겠느냐고 했다. 내가 봐도 그래야 할 것 같아 그러기로 했다. 내일 오전에는 축대를 고쳐 쌓으면서 나온 돌들을 이용해 대문 옆

축대도 쌓아야 하고, 배수관 매립 작업도 마무리해야 하며, 대문도
설치해야 한다.

5시가 넘어 집으로 갈 준비를 하는 김성원에게 나는 계좌번호가 있는
명함을 주면 오늘 일당을 입금해 주겠다고 했다. 김성원은 명함을
건네주면서 말했다.

"제 일당을 알고 계시는지 모르겠네요. 저의 일당은 25만 원입니다.
일반 용역들처럼 생각하시면 안 됩니다."

"알았습니다. 오늘 도와주는 사람도 없이 혼자서 너무 고생하셨어요.
바로 송금해 드리겠습니다."

김성원이 오늘 하루 종일 뛰어다니면서 일하는 것을 보았기 때문에
나는 흔쾌히 말했다. 김성원은 고맙다고 하면서 돌아갔다. 나는 곧바로
김성원의 일당을 송금했다.

모두들 돌아간 후 김희철과 데크에 걸터앉아 이야기를 나누었다. 대문
프레임에 무엇을 붙일까 의논하다가 오늘 김희철이 사 온 부품값이
생각났다.

"김 사장님 일당을 드리지 못하는데 부품값이라도 드려야지요.
부품값이 얼마지요?"

그러자 김희철은 손사래를 쳤다.

"아닙니다. 그거라도 제가 내야지요. 그냥 두세요."

예의상 하는 말이 아니라 정말 받지 않으려는 것 같아 더 이상
물어보지 않았다. 이야기를 하면서 보니 하루 종일 땀을 흘린 김희철의

얼굴에 피곤한 기색이 역력했다. 마침 아내가 와서 저녁 식사를 하러 가자고 했다. 나는 김희철에게 송어회가 어떻겠느냐고 물었다. 김희철은 좋다고 했다.

우리는 횟집에 가서 송어회를 먹고 헤어졌다. 김희철은 내일 아침 일찍 농장에 와서 배수로와 대문 설치 작업을 마무리한 후 오후 늦게 경산으로 출발할 예정이라고 했다. 나는 경산으로 떠나기 전에 건축 사무소와 환경측량에 들러 이틀 동안 한 배수로 공사 내용을 설명하고 준공검사 신청 문제를 매듭짓고 가 달라고 부탁했다.

이해 없이 한 공사

오늘은 서울의 병원에서 진료를 받는 날이다. 따라서 어제 서울에 가서 자고 아침에 병원에 다녀올 생각이었다. 그러나 어제 시작한 배수로와 대문 설치 공사로 인해 아침에야 서울로 출발했다. 진료는 3분 정도밖에 걸리지 않았지만, 채혈을 하고 점심 식사를 하고 진료 시간까지 세 시간 반을 기다리느라 시간이 꽤 흘렀다. 진료가 끝나고 약국에서 6개월 치 약을 사 바쁘게 농장으로 돌아오니 5시였다. 농장에서는 김희철과 김성원이 다락 창문에 모기장을 고정하는 작업을 하고 있었다. 포클레인 기사는 이미 일을 마치고 돌아간 뒤였다.

아내는 대문 프레임 설치와 축대를 고쳐 쌓는 공사 그리고 배수로에 트렌치를 설치하는 공사가 모두 잘 끝났다면서 김희철과 김성원이 하루 종일 고생이 많았다고 했다. 지친 표정이 역력한 김희철을 보니 그냥 보낼 수가 없어 나는 두 사람에게 저녁 식사나 하러 가자고 했다. 우리는 식당에 가서 두부전골로 식사를 하고 헤어졌다. 김희철은 그 시간에 경산으로 출발했다. 내일과 모레는 경산에서 철골 프레임 조립 작업을 하고, 다음 주 초에 와서 대문에 목재를 부착하는 작업을 하겠다고 했다.

하루 종일 고생했다고 말하고 저녁 식사까지 하고 헤어졌지만, 오늘 작업한 것을 보니 토목 설계에서 요구하고 있는 것과 달랐다. 아침에 그림까지 그려 주면서 설명했는데 작업을 책임진 김희철이 작업 내용을 잘못 이해하고 있었던 것 같다. 환경측량에서 월요일에 나와 본다고 했다니까 아무래도 내가 내일 아침에 대지와 농지 경계 부분에 쌓은 축대와, 트렌치를 설치한 경사로를 손봐야 할 것 같다. 오늘 공사한 것을 보면서 사람 사이의 의사소통이 참으로 어렵다는 것을 다시 실감했다.

대문 프레임 설치

나 홀로 만든
경사로와 축대

오늘도 서울에 일이 있어 오전에 서울로 와야 했다. 그러나 출발하기 전에 어제 공사한 배수로와 축대 부분을 보완하기로 했다. 5시 30분쯤 일어나 보니 날이 조금씩 밝아지고 있어 일을 시작할 수 있었다. 토목 설계에는 대지와 농지의 경계에 축대를 쌓고, 축대 중간에 차가 농지로 진입할 수 있는 경사로를 만든 다음, 경사로를 통해 물이 농지로 흘러가지 않도록 트렌치를 설치하게 되어 있었다. 그러나 어제 공사에서는 트렌치를 설치한 부분에 경사로를 만들어 놓지 않았고, 경사로가 끝난 부분에 축대도 쌓지 않았다. 이렇게 공사를 한 것은 김희철이 트렌치를 설치하는 이유를 제대로 이해하지 못했기 때문일 것이다.

나는 축대를 쌓고 남아 있는 돌을 모아다가 경사로가 끝난 부분에 낮은 축대를 쌓았다. 축대 위쪽에는 흙을 날라다 메우고, 트렌치를 설치한 부분에는 농지로 차가 진입할 수 있도록 경사로를 만들었다. 내 차로 여러 번 왔다 갔다 해서 경사로를 다져 놓으니 토목 설계에서 요구한 것과 비슷하게 되었다. 포클레인으로 쌓아야 할 축대를 삽과 호미로 쌓았으니 누가 보아도 축대 흉내를 낸 것임을 눈치챌 것이다. 그러나 전혀 하지 않은 것과 흉내라도 낸 것과는 큰 차이가 있다.

흉내라도 냈으니 토목 설계를 따랐다고 주장할 수 있을 것이고, 환경측량에서도 그것을 인정하지 않을 수 없을 것이다. 축대와 경사로 작업을 마치고 어제 옮겨 심은 나무에 물까지 주고 나니 10시가 넘었다. 나와 아내가 서울로 출발한 것은 11시였다.

→ 급하게 만든 경사로와 축대

준공검사
책임 떠넘기기

아침에 서울에서 농장으로 출발하기 위해 주차장에서 자동차 시동을 걸고
있는데 김희철에게서 전화가 왔다. 김희철은 토요일과 일요일 이틀 동안
경산에서 철골 프레임 조립 공사를 마치고 충주에 왔다고 했다(우리 집을
지을 때는 작업자들이 서로 싸우느라고 몇 주일이 걸려서 했던 일이다). 그런데
건축 사무소에 가서 알아보니 조성수가 챙겨야 하는 서류들이 하나도 와
있지 않아 준공검사를 신청할 수가 없었단다. 조성수는 항상 자신이
준비해야 할 서류는 전부 준비했는데 김희철 때문에 준공검사가
늦어진다고 했었다. 그런데 김희철은 지금 조성수가 준공검사를 위해
아무것도 준비해 놓지 않았다고 말하고 있다. 그동안 조성수가 했던
말들을 생각하면 이해할 수 없는 일이다. 심지어 9월 1일에는 준공검사
서류를 준비하느라고 바빠서 공사장에 오지 못한다고도 했었다.

조성수는 추석 이후 한 번도 공사장에 나타나지 않았고, 마무리와
데크의 칠 공사를 언제 해 주겠다는 연락도 없다. 나는 도무지 조성수의
속내를 짐작할 수 없다. 이제는 더 받을 돈이 없는 우리 공사에서 손을
떼려는 것인지, 아니면 거래한 업체로부터 준공검사 서류를 받을 수 없는
어떤 사정이 있는 건지 알 수 없다. 모든 자재를 법에서 정한 대로 썼고,
공사도 규정대로 모두 진행했으니 준공검사 서류를 갖추는 것이 어려운
일은 아닐 것이다. 사실대로 서류만 갖추어 제출하면 되는데 그것을 하지

않는 이유가 무엇일까?

내가 추정할 수 있는 유일한 이유는 조성수가 창문이나 단열재와 같은 자재 대금의 일부를 지불하지 않아 자재 업체들이 서류를 발급해 주지 않는 경우이다. 공사가 끝나 나에게 돈을 더 달라고 할 수 없게 된 조성수가 자재 업체에 줄 돈을 마련할 때까지 준공검사 신청을 미루고 있는 것인지도 모른다. 그러고 보면 화장실 양변기를 고정시키지 않는 것이나 주방 가구 설치를 마무리하지 않는 것도 조성수가 대금을 지불하지 않은 때문일 가능성이 있다. 그렇지 않고서야 다 끝낸 공사를 마무리하지 않고 저렇게 내버려 둘 리가 없다. 조성수가 정말 나쁜 사람이었다면 공사비를 떼어먹고 중도에 공사를 포기해 버렸을 것이다. 그러나 조성수는 공사를 대부분 마쳤고, 쓰레기까지 치웠다. 그런데 자잘한 마무리 공사와 칠 작업은 팽개쳐 두고 있다. 추석 전에는 이제 공사가 거의 끝났다고 좋아했는데 준공검사까지는 아직도 해결해야 할 일이 많이 남아 있는 것 같다. 농장으로 향하는 차 안에서 나는 가슴이 답답해지는 것을 느꼈다.

농장에 도착해서는 우선 에어컨을 설치해 주기로 했던 김명철에게 전화를 했다. 김명철은 에어컨 설치할 사람과 작업 일정을 조정하고 있으니 일정이 정해지면 연락을 주겠다고 했다. 나는 김명철이 에어컨을 직접 설치하는 걸로 알고 있었다. 건물이 지어지기도 전에 에어컨을 주문하고 돈을 미리 준 것은 조성수가 벽 공사를 하면서 벽 안에 에어컨 파이프를 설치하는 것이 좋다고 했기 때문이었다. 그러나 막상 벽 공사를 할 때는 에어컨 파이프를 설치하지 않았다. 그래서 어떻게 된 것이냐고 물으니 집이 지어진 다음에 설치해도 깨끗하게 마무리할 수 있어 문제가 없다고 했다. 그런데 김명철은 다른 사람에게 에어컨 설치를 맡길 모양이다. 이럴 거면 김명철을 거칠 필요 없이 내가 직접 에어컨 매장에 가서 골라서 사는 것이 나을 걸 그랬다.

김명철과 통화한 다음 조성수에게도 전화를 했다. 조성수가 전화를 받길래 나는 따져 물었다.

"조 부장님, 도대체 나타나지도 않고 마무리 공사도 하지 않고, 준공검사 서류도 안 됐다고 하니 어떻게 된 겁니까?"

"죄송합니다. 그러지 않아도 오전에 김 사장 전화를 받고 준공검사 서류가 안 된 곳이 있다고 해서 해결하러 다니고 있어요."

조성수는 말로는 죄송하다고 했지만 불만이 가득한 목소리였다. 조성수가 불만스러워할 일이 무엇인지 알 수 없다. 나는 중단하고 있는 마무리 공사에 대해서도 이야기했다.

"문도 달아야 하고, 양변기도 고정시켜야 하는데 이런 일들은 언제 해 줄 겁니까? 잠깐이면 할 수 있는 일인데 왜 미루고 있는 거예요? 도대체 언제까지 기다려야 하는 겁니까?"

말을 하다 보니 점점 더 짜증이 났다. 조성수는 해 주겠다고는 했지만 언제 해 주겠다는 이야기는 하지 않았다. 조성수의 목소리에서는 빨리 해 주겠다는 의지를 읽을 수 없었다. 나는 전화를 하면서 '어차피 이 일들은 내가 다른 사람을 시켜 해야 되겠구나' 하는 생각을 했다. 하지만 준공검사 서류는 내가 챙길 수 없다. 조성수가 어떤 업체들과 거래를 했는지 알 수 없기 때문이다. 김희철도 조성수가 거래한 업체들을 모른다고 했다.

따라서 준공검사까지는 마음에 들지 않더라도 조성수의 협조가 필요하다.

"제발 부탁 좀 합시다. 준공검사 좀 받게 도와주세요."

어느새 내 목소리는 애원하는 투로 변해 있었다. 하지만 나의 애원에도 불구하고 조성수는 건성으로 알겠다고 하고 전화를 끊었다.

김희철이 농장으로 온 것은 3시쯤이었다. 김희철은 오자마자 경산에 가서 공사하고 온 내용을 이야기했다. 토요일과 일요일 이틀 동안에 철골 프레임 공사와 다락 공사, 그리고 테라스 프레임 공사까지 마쳤다고 했다. 원래는 내부 칸막이 공사와 난방용 배관 공사까지 끝내려고 했는데 장비가 고장 나서 일요일 2시쯤 공사를 중단하고 충주로 올라왔다면서, 다음 주말에 내려가 내부 칸막이 공사와 바닥 난방 공사, 그리고 징크 판넬을 씌우는 외장 공사를 마치면 내장 공사만 남는다고 했다. 그러면서 김희철은 앞으로는 징크 판넬을 씌우는 단계까지만 하는 반축 공사 위주로 주문을 받을 예정이라고 했다. 그렇게 되면 주문을 받은 후 3주면 공사를 완료할 수 있기 때문에 여러 곳의 공사를 따내도 동시에 진행할 수 있다는 것이다. 전에 김희철이 이런 이야기를 했을 때 무리라고 생각했는데 경산 공사를 진행하는 것을 보니 가능할 수도 있겠다는 생각이 든다.

그러나 내가 알고 싶은 것은 경산 공사가 아니라 우리 집 준공검사가 어떻게 진행되고 있는가였다. 김희철은 오늘 안으로 조성수가 필요한 서류를 준비해 줄 것이라고 했다. 나는 지난 토요일 아침에 내가 해 놓은 축대와 경사로 보완 작업을 김희철에게 보여 주면서 이렇게 하는 것이 토목 설계에 맞는 것 아니겠느냐고 했다. 김희철은 자신도 이렇게 해야 한다는 것을 알고 있었지만, 꼭 그렇게까지 할 필요가 없다고 생각해 경사로 끝부분에 축대를 쌓지 않았단다. 하지만 이렇게 해 놓지 않으면 대지와 농지의 경계 일부에만 축대를 쌓은 것이 되어 문제가 될 수도 있지 않겠느냐고 내가 재차 확인하자 마지못해 그렇다고 인정했다. 그러면서 이제 이 정도 했으니 환경측량에서 더 이상 문제 삼을 일은 없을 것이라고 했다.

김희철은 준공검사 이야기를 하다가 난데없이 준공 허가가 나는 대로 우리 농장에 여섯 평짜리 온실을 지어 주겠다고 했다. 나에게 진 빚을 온실로 갚겠다는 것이다. 옆에 있던 아내는 온실 이야기가 나오자 내일이라도 당장 온실이 지어질 것처럼 어디에 설치하면 좋을지 이야기했다. 그러나 나는 김희철의 제안에 별로 관심을 보이지 않았다. 그럴 능력이 없는 김희철이 지금 경산 공사가 예정대로 진행되니까 벌써 새로운 주문을 여러 개 따낸 것처럼 허세를 부리고 있다. 그러나 내 생각에는 쉽게 새로운 주문을 따낼 수 있을 것 같지가 않다. 설혹 김희철이 주문을 여러 개 따낸다고 해도 그 돈으로 우리 집에 온실을 지어 줄 수 있을지도 의문이다. 김희철이 빚을 지고 있는 사람은 나뿐만이 아니다.

김희철은 이천의 건축주가 오늘이나 내일 정식으로 자신을 고소할 것이라는 이야기도 했다. 지난해에 농막을 건축하기로 하고 3100만 원을 받았는데 대지 정리 작업만 하고 아직 농막을 지어 주지 못했기 때문이란다. 전에 내가 조성수에게 들은 이야기와 많이 달랐다. 조성수는 김희철이 이천의 건축주로부터 지하실이 있는 소형 주택과 온실을 지어 주기로 하고 6000만 원을 받았다고 했었다. 누구 말이 맞는지는 몰라도 김희철에게 돈이 생기면 우선 이천의 건축주에게 진 빚부터 갚아야 할 것이고, 밀린 작업자들의 일당도 지급해야 할 것이다. 그러니 지금 김희철이 하는 이야기는 공수표가 될 가능성이 크다.

온실과는 달리, 자신의 디자인에 맞도록 우리 집 전체를 보수해 주겠다는 김희철의 약속은 실현될 가능성이 아주 없지는 않다. 주문을 여러 개 받기 위해서는 우리 집 영상을 찍어 유튜브에 올려야 하기 때문이다. 따라서 경산의 공사를 하면서 약간의 여유만 생겨도 우선 우리 집부터 수리하려고 할지 모른다. 지금 김희철이 준공검사를 위해 조성수를 다그치고 있는 것도 하루라도 빨리 우리 집 영상을 찍기 위해서일 것이다.

나는 온실 이야기는 준공검사가 끝나고 새로운 주문을 여러 개 따냈을 때 다시 하기로 하고, 지금은 준공검사를 받는 문제에만 집중하자고 했다. 김희철은 제천의 농막 공사를 마무리하러 간다며 일어났다. 나는 떠나는 김희철에게 준공검사를 조성수에게 맡겨 놓지 말고 필요한 서류 하나하나를 직접 확인해 달라고 다시 한번 당부했다.

한밤중의 문 달기

2022년
9월 20일
화요일

오늘은 아무도 농장에 오지 않아 조용한 하루였다. 오전에 김희철이
전화를 해서 조성수가 오늘까지 준공검사 서류를 준비해 주겠다 했다고
전해 주었다. 그러나 오후 6시쯤 확인해 보니 조성수가 준비해야 할 서류
중 하나만이 건축 사무소에 도착했다고 했다. 나는 곧바로 조성수에게
전화를 했지만 받지 않았다. 만약 그때 통화가 되었더라면 조성수에게
한바탕 난리를 쳤을 것 같다. 다시 전화를 할까 하다가 서류가 다 준비될
때까지는 화가 나더라도 참자 싶어 다시 하지 않았다.

　　마음을 가다듬고 있는데 김희철이 다시 전화를 했다. 가까운 곳에
있는데 농장으로 와도 되겠느냐고 물었다. 시계를 보니 8시가 넘은
시간이었다. 그래서 오늘은 늦었으니 다음에 보자고 하고 전화를
끊으려다가 막걸리라도 한잔 하고 싶다는 생각이 들어서 "오시려면
막걸리 한 병만 사 가지고 오세요. 딱 한 잔씩만 하게." 하고 말했다.
김희철은 막걸리 세 병과 족발을 사 가지고 왔다. 우리는 막걸리 한
잔씩을 마시고, 공사 이야기, 조성수 이야기, 그리고 준공검사 이야기를
했다. 요즘 만날 때마다 하는 똑같은 이야기였다. 얼마 전까지는 조성수를
만날 때마다 했던 이야기들이다. 그때는 조성수가 준비해야 할 서류는
아무 문제가 없는데 김희철이 해결해야 할 일들이 문제라고 하면서
한숨을 쉬었다. 그러나 이제는 김희철은 모든 준비가 되었는데 조성수가

협조하지 않아 골치를 앓고 있다. 결국 조성수는 자신이 해야 할 일은 해 놓지 않고 김희철 탓만 하고 있었던 것이다. 하지만 내일이면 모든 것이 해결된다니 기다려 보는 수밖에 없다.

이런저런 이야기를 하다가 문 이야기가 나왔다. 필요한 문 세 개를 가져다 놓은 것은 오래되었지만 아직도 달지 않고 있었다. 안방과 옷방은 문틀을 설치한 후 난방용 배관을 깔았기 때문에 문틀의 높이가 처음보다 짧아졌다. 하지만 문은 처음 만든 문틀에 맞춰 제작되었기 때문에 문을 잘라 내야 설치할 수 있다. 따라서 문을 달려면 문을 자를 수 있는 도구가 필요하다. 그러나 화장실 문은 쉽게 달 수 있을 것이다. 나는 문을 다는 것은 시간이 걸리는 일도 돈이 드는 일도 아닌데, 조성수가 문을 달아 주지 않는 이유를 알 수 없다고 했다. 그러자 김희철이 지금 달자고 했다.

10시가 다 된 시간에 우리는 화장실 문을 달기 시작했다. 10분이면 달 수 있을 것이라고 생각했지만 거의 한 시간이 걸렸다. 손잡이 부품이 처음 보는 것이어서 조립하는 데 애를 먹었기 때문이다. 달고 보니 문이 조금 틀어져 있어 힘을 주어 닫아야 잠겼다. 김희철은 문을 교체해야겠다고 했고, 나는 그냥 사용해도 되겠다고 했다. 이것저것을 교체하자는 김희철의 큰소리는 문을 달면서도 여전했다. 김희철은 우리가 예쁘게 만들어졌다고 생각하고 있는 계단도 뜯어내고 다시 해야 한다고 했다. 김희철의 말대로 하면 집을 새로 짓는 거나 다름없을 것이다.

김희철이 농장을 떠난 것은 11시가 다 되어서였다. 김희철은 내일 오후에는 경산에 가서 일요일까지 외장 작업을 해야 한다면서, 경산으로 출발하기 전까지 준공검사 서류를 최대한 챙겨 놓고 가겠다고 했다.

**2022년
9월 21일
수요일**

최지현 소장과
시청 위생과 직원

오후에 환경측량의 최지현 소장이 토목 공사 한 것을 확인하러 나왔다. 최지현 소장은 배수로 공사가 아직도 미흡하다고 했다. 토목 설계에서는 대지에 내리는 빗물을 모두 모아 집수정을 통해 밖으로 배출하도록 요구하고 있다. 다시 말해 대지의 물이 밭으로 조금도 흘러들어 가서는 안 된다. 그러나 우리가 만든 배수로를 보면, 대지에 내리는 빗물 중 일부는 집수정을 통해 배출할 수 있지만 일부는 농지를 통해 집수정으로 들어갈 수 있다는 것이다.

최 소장은 조성수에게 이런 문제점을 보완하라고 이야기했다고 했다.

"공사를 맡았다고 하면서 찾아온 사람에게 이야기했더니 다 고쳐 놓겠다고 했어요. 그 사람은 축대를 헌 다음 수로를 내고 다시 축대를 쌓겠다고 약속했어요."

나는 처음 듣는 소리였다. 조성수는 최지현 소장을 만나 최소한의 보완작업만 하도록 선처해 달라고 부탁했다고 했다. 그러면서 자기가 알아서 할 테니 걱정하지 말라고 했다. 석축을 다시 쌓아야 한다는 이야기는 아예 하지 않았다. 그러고는 추석 이후 나타나지도 않고 전화도 받지 않아, 나는 할 수 없이 다른 사람을 시켜 토목 설계에 가깝게 집수정을 설치하고 배수로를 만들어 놓았다. 사실 내가 토목 설계도를 본 것도 최근의 일이다. 김희철이나 조성수는 모든 것을 자기네들이 알아서 한다고 하면서 내게는 토목 설계도나 건축 설계도를 보여 준 적이 없다. 전문가가 아닌 내가 설계도를 보아도 이해할 수 없을 것이라고 생각했는지 모른다.

어쨌든 현재 집을 지은 대지와 농지의 위치로는 최 소장이 이야기하는 대로 배수로를 내는 것이 가능하지 않다. 정확하게 말하면 가능하지 않은 것이 아니라 그렇게 하려면 1000만 원 가까운 돈이 더 들어가야 한다. 그런데 그런 많은 돈을 들일 이유를 찾을 수가 없다. 밭 한가운데 지은 겨우 15평짜리 집에서 흘러내린 빗물의 일부가 다른 사람의 밭도 아닌 내 밭 귀퉁이를 통해 집수정으로 흘러들어 가는 것이 문제라니 말도 안 된다.

나는 최 소장에게 제발 더 이상 문제 삼지 말아 달라고 사정도 해 보고 그게 상식적으로 말이 되느냐고 따져 보기도 했다. 최 소장은 시청의 담당 공무원과 의논해 보겠다고 했다. 가만두면 우리 집에 내리는 빗물을 어련히 알아서 잘 관리할 텐데 현지 사정을 무시한 배수로 설계를 해 놓고 그대로 따르라니 참으로 답답하다. 무슨 큰 저택을 짓는 것도 아니고, 겨우 15평짜리 집을 짓는 데 아파트 단지를 조성할 때나 필요한 배수로 공사를 요구하고 있다. 나는 최 소장에게 불만을 이야기했다.

"이번에 집을 지으면서 우리나라에서는 절대로 농촌에 집을 지으면 안 된다는 것을 알게 되었습니다. 이 정도로 배수로 공사를 했는데도 미흡하다고 하니 이건 집을 짓지 말라는 소리네요."

최 소장은 알겠다고 하고 돌아갔지만 담당 공무원과 협의해 어떤 결과를 내놓을지 알 수 없다.

최지현 소장이 배수로를 확인하고 있는 동안에 시청 위생과 직원이 정화조를 점검하기 위해 나왔다. 시청 직원은 정화조 뚜껑을 열어 확인하고 사진을 찍은 다음 정화조에서 나온 물을 밖으로 배출하는 하수관을 확인했다. 하수관을 묻은 곳에 풀이 많이 자라 배출구를 찾는 것이 어려웠지만 시청 직원은 끝까지 배출구를 찾아내 사진을 찍었다. 위생과 직원에게서는 아무런 지적 사항이 없었다. 김희철은 정화조를 매설하면서 찍어 놓은 사진을 잃어버려 걱정이라고 했는데 그것이 문제가 되지는 않는 것 같다.

위생과 직원이 정화조를 확인하기 위해 나온 것으로 보아 조성수가 정화조 설치 신고를 한 것 같은데 다른 건축 관련 서류는 어떻게 되고 있는지 모르겠다. 김희철은 공사를 하기 위해 경산으로 갔고 조성수는 아무런 연락이 없기 때문이다. 나는 조금 더 여유를 가지고 기다리기로 했다. 어차피 공사가 거의 다 끝났는데 준공이 며칠 더 늦어진다고 크게 문제 될 것은 없을 것이다.

거실과 안방의 건식 난방을 이용하려면 별도의 전선과 차단기를 설치해야
한다고 했다. 난방용 온수기의 소비 전력이 3킬로와트나 되어 이미
설치되어 있는 콘센트에 꽂아서 사용할 수 없다는 것이다. 조성수는 전기
기사에게 40만 원을 더 주어야 난방용 온수기에 전선을 연결할 수 있다고
했었다. 40만 원을 자기가 내겠다는 것인지 나보고 내라는 것인지는 알 수
없다. 그러나 조성수는 이제 나타나지도 않고 있다. 나는 더 이상 기다릴
수가 없어 어제 전기공사산업기사 자격증이 있다고 했던 김성원을
농장으로 오라고 해서 작업 내용을 설명하고 공사를 해 줄 수 있느냐고
물었다. 김성원은 테라스에 두 개의 전등과 스위치 그리고 세 개의 콘센트
설치, 방문 두 개 달기, 양변기 고정하기, 계단 니스 칠하기, 난방용 온수기
별도 전선 설치 공사를 하루에 끝낼 수 있다고 했다. 따라서 부품값 약
30만 원과 하루 일당 25만 원이면 조성수가 하지 않고 있는 대부분의
작업을 끝낼 수 있다. 나는 김성원에게 오늘 작업을 해 달라고 했다.

　김성원이 세 곳의 자재상에 들러 필요한 자재를 사 가지고 농장에
도착한 것은 10시가 다 되어서였다. 김성원은 난방용 전선을 설치하는
작업부터 시작했다. 전에 일했던 전기 기사는 천장을 뚫고 전선을
연결해야 한다고 했는데 김성원은 데크 아래를 통해 전선을 연결했다.
데크를 몇 장만 뜯어내고 막대를 이용해 전선을 밀어 넣어 연결한 다음

난방용 콘센트와 누전 차단기를 설치했다.

다음에는 테라스에 전기 콘센트와 전등 다는 작업을 했다. 부지런히 일했지만 콘센트 세 개와 전등 두 개를 달고 나니 6시가 되었다. 아직 뜯어낸 데크의 방부목도 다시 제자리에 부착하지 못한 상태였다. 할 수 없이 나머지 작업은 다음에 하기로 했다. 다음 작업을 언제 할 수 있는지는 제천 농막의 작업 상태를 보아 가면서 결정하기로 했다.

오늘 사 온 자잿값은 전기 콘센트, 전선, 계단에 칠할 니스 한 통, LED 등 두 개, 데크에 칠할 오일스테인 16리터, 바이오 실리콘, 칠에 필요한 붓과 롤러, 문 손잡이, 의자 다리에 칠한 흰색 페인트를 포함해서 48만 5000원이었다. 부품값이 생각보다 많이 나왔지만 조성수처럼 실제보다 부풀린 값이 아닌 것이 확실했다.

지난 1년 동안 공사판에서 실랑이를 하다 보니 만나는 사람을 우선 의심의 눈초리로 보게 된다. 하지만 대학에서 전기공학을 공부했다는 김성원은 자신은 전기 기사로서는 일류지만 다른 일에는 이류라고 솔직하게 말하는 사람이다. 나는 조성수가 팽개쳐 버리고 간 공사를 김성원을 시켜서 마무리해야겠다고 생각했다.

김성원은 오늘 공사를 하면서 보니 우리 집에 화재경보기가 설치되어 있지 않아 준공검사에서 절대로 통과할 수 없을 것이라고 했다. 화재경보기는 칸으로 구분되어 있는 모든 공간에 달아야 한단다. 화재경보기의 값을 물어보니 하나에 만 원 내외이고, 간단하게 사다 달면 된다고 해 다음에 올 때 여섯 개를 사다 달아 달라고 했다. 전기공사를 끝내면 오일스테인을 칠하는 일을 비롯해 남아 있는 모든 작업을 해 주기로 했다. 이제는 조성수를 더 이상 기다리지 않아도 될 것 같다. 앞으로 김희철이 우리 집을 위해 어떤 일을 더 해 줄지 모르지만 그것도 더 이상 신경 쓰지 않기로 했다.

　김성원이 작업 중일 때 경산에 가 있는 김희철에게서 전화가 왔었다. 아침에 조성수와 통화했는데 오늘 안으로 준공검사에 필요한 서류를 모두 준비해 놓겠다고 했다는 것이다. 오후에는 연락이 없어서 실제로 모든 서류가 준비되었는지는 알 수 없다. 오늘 내가 건축 사무소에 가서 준공검사에 필요한 서류 중 무엇이 아직 안 되었는지 확인하려고 했는데 김희철은 그럴 필요가 없다고 했다. 자신이 준공검사에 필요한 서류의 목록을 조성수에게 주고 하나하나 챙기라고 했으니 조성수가 모두 준비해 놓을 것이라고 했다.

　최근 김희철과 조성수의 행동을 보면서 이해할 수 없는 면이 많았다. 조성수는 자기가 준비해야 할 서류를 준비했다고 했는데 사실은 아무것도 준비되어 있지 않았고, 김희철에게 무슨 서류들이 필요한지 물어보면 단열재 시험 성적서, 창호 단열 시험 성적서, 절수 확인서 등을 이야기하면서도 전체 서류의 목록을 정확하게 말해 준 적이 없었다. 그래서 나는 김희철이나 조성수가 준공검사 신청에 필요한 서류를 정확하게 모르고 있는 것이 아닌가 하는 생각을 하게 되었다. 따라서 건축 사무소에 가서 서류의 목록을 알아보고, 내가 하나하나 챙겨야겠다고 생각했다. 그런데 이제라도 김희철이 건축 사무소에서 서류의 목록을 받아 조성수에게 주고 하나하나 챙기라고 했다니 한번 믿어 보기로 했다.

만약 조성수가 거래한 자재상들을 알았다면 내가 직접 다니면서 서류를 챙기고 무엇이 문제인지 확인할 수 있었을 것이고, 이렇게 앉아서 애를 태우지 않았을 것이다. 이런 일이 생길 줄 알았다면 공사를 시작할 때부터 필요한 서류의 목록을 파악해 놓고, 자재가 들어올 때마다 필요한 서류를 받아 두었을 것이다. 그러나 그때는 이런 일로 어려움을 겪게 될 줄은 전혀 생각하지 못했다.

나는 준공검사 이야기가 나올 때부터 내가 건축 사무소를 찾아가 준공검사에 필요한 서류가 무엇인지 알아보고 필요한 서류를 직접 챙길까 하는 생각도 했다. 그러나 김희철이 건축 사무소나 환경측량에 주어야 할 돈을 주지 않고 있어서 그렇게 하지 못했다. 김희철에게 맡겨 놓으면 김희철이 돈 문제를 해결하겠지만 내가 나서면 내가 그 돈도 책임져야 할 것 같았기 때문이다. 문서상 건축 사무소나 환경측량과 계약한 것은 김희철이 아니라 나이므로 김희철이 끝까지 해결하지 못하면 결국은 내가 책임져야 하겠지만 일단은 김희철에게 맡겨 두기로 하고 있다.

나는 김희철에게 준공검사를 받기 위해 필요한 서류 목록을 나에게도 보내 달라고 했다. 이제라도 무엇이 문제인지 알아야 할 것 같았다. 김희철은 문자 메시지로 목록을 보내 주었다. 아마 건축 허가를 내서 집을 짓는 것이 처음인 김희철도 이 내용들을 제대로 알고 있지 못했을 것이다. 어쩌면 조성수도 자신이 직접 준공 허가를 받는 것은 이번이 처음일 것이다.

그러나 따지고 보면 문제는 돈이다. 아직도 조성수에게 줄 돈이 남아 있다면 그 돈을 받기 위해 조성수는 서류 목록을 알아보고 필요한

<　순공 체크리스트 >

필증 관련	정보통신 사용 전 검사 필증(우리는 해당 없음)
	전기 사용 전 검사 실시 확인서(우리는 해당 없음)
	정화조 필증 또는 배수 준공 필증
	가스 필증(가스 미사용 시 인덕션 사진)
	도로 점용 허가서(우리는 해당 없음)
납품 확인서 및 시험 성적서	단열재 납품 확인서 및 시험 성적서
	창호 납품 확인서 및 시험 성적서
	유리 납품 확인서 및 시험 성적서
	절수 설비 설치 확인서 (납품 확인서, 환경표지 인증서)
	온돌 설치 확인서 (건식전기온돌 난방인 경우 컨트롤러 사진)
기타	소방 관련 설치 사진 (소화기, 단독 경보기, 자동 확산 소화용구)
	주차장 사진(우리는 해당 없음)
	건물번호 사진
	기술지도완료 증명서(우리는 해당 없음)

서류들을 준비했을 것이다. 그러나 더 이상 나에게 받을 돈이 없으니까 마무리 공사도 서류 준비도 귀찮은 일이 되어 버렸을 것이다. 따라서 목록 같은 것은 챙길 생각도 하지 않고 생각나는 대로 한두 가지 준비해 주고 다 했다고 생각하는 것인지도 모른다. 집을 지을 때 돈을 미리 주면 안 되는 또 다른 이유이다.

이 색깔이 맞나요?

목요일 전기공사를 한 김성원이 금요일에는 다른 일이 있어 일을 할 수 없다고 해서 주말에 우리가 없더라도 와서 일을 해 달라고 했다. 김성원에게 부탁한 일은 문 달기, 화장실 실리콘 작업, 계단에 니스 칠하기, 집 외부와 데크에 오일스테인 칠하기이다. 그런데 어제는 일을 하지 않았는지 아무 연락이 없었다. 일요일인 오늘은 일을 하는지 궁금했지만 전화를 해 보지는 않았다. 내일 월요일에 직접 만나서 확인해도 될 것이다.

그런데 12시쯤 김성원에게서 문자 메시지가 오고, 메시지를 확인하기도 전에 전화가 걸려 왔다. 문자 메시지로 데크에 칠하고 있는 오일스테인의 색깔 사진을 보냈다면서 우리가 원하던 색깔이 맞느냐고 물었다. 사진으로 보기에는 매우 흐린 노란색이었다. 나는 맞다고 확인해 주면서 제대로 색깔이 나오려면 세 번은 칠해야 하지 않느냐고 했다. 김성원은 그렇다면서 혹시 내가 그런 사실을 모르고 색깔이 너무 흐리다고 할까 봐 메시지를 보냈다고 했다. 나는 김성원에게 내일 오일스테인을 더 사다가 한 번 더 칠하고, 건물의 앞면과 뒷면 그리고 현관 캐노피에 붙인 적삼목에는 티크 색 오일스테인을 사다가 칠해 달라고 부탁했다.

김성원은 어제도 일했는데, 하루 종일 방문을 달았다고 했다. 문의 아래위를 잘라 내야 해서 시간이 많이 걸렸단다. 문을 잘라 내고도 문틀에

296

잘 맞지 않아 문 다는 사람을 불러서 같이 작업했다고 했다. 김성원은 어제 문을 다느라고 시간을 너무 많이 보냈다면서 오늘 데크에 오일스테인을 칠하는 작업비는 따로 받지 않겠다고 했다. 제대로 일을 못 했으니 돈을 받을 수 없다는 것이다. 나는 내일 만나서 이야기하자고 했다. 이틀 동안의 일당을 모두 주지는 않더라도 문 다는 것을 도와주었다는 사람의 인건비와 한나절 오일스테인을 칠한 수고비는 챙겨 줄 생각이다.

김희철과 김성원

오늘은 아침에 일어나자마자 농장에 왔다. 김성원이 이야기한 대로 방문이 달려 있었고, 화장실 마무리 작업과 계단의 니스 칠도 되어 있었다. 데크의 3분의 2 정도에는 오일스테인이 칠해져 있었다.

8시가 되자 김성원이 왔다. 오늘은 데크의 나머지 부분을 칠하고, 적삼목에 티크 색 오일스테인을 칠할 예정이라고 했다. 조성수가 사다 놓았던 16리터짜리 오일스테인 한 통으로는 데크의 3분의 2밖에 칠할 수 없었단다. 지난 목요일 일을 끝내고 갈 때 한 통 더 사 오라고 12만 원을 주었는데 오늘 사 왔다. 데크가 47평이나 되다 보니 전체를 한 번 칠하는 데 오일스테인이 25리터가량 필요하고, 따라서 약 20만 원의 비용이 든다. 두 번째부터는 16리터면 한 번 칠할 수 있을 것이다. 김성원은 도착하자마자 데크에 오일스테인 칠하는 일을 시작했다.

11시쯤 되어 김희철에게서 전화가 왔다. 준공검사 서류가 어떻게 되었나 확인하려고 조성수에게 여러 번 전화했지만 받지 않는다면서, 오후에 건축 사무소에 전화해서 어떤 서류들이 준비되었고 어떤 서류가 아직 안 됐는지 직접 확인하겠단다. 자신은 경산 공사가 끝나지 않아 아직 경산에 있는데 오늘 밤에 충주에 올 예정이라면서, 제천의 농막 공사 마무리를 김성원에게 맡겨 놓았는데 김성원이 전화를 받지 않는다고 했다. 나는 김성원은 지금 여기서 작업을 하고 있다고 이야기해 주었다.

김희철은 다른 말 없이 한숨을 쉬었다. 내가 김희철의 공사를 하고 있어야 할 김성원을 빼돌려 우리 일을 시킨 꼴이 되었다. 김희철과의 통화를 끝내고 김성원에게 물었다.

"김희철 사장 전화를 받지 않는다고 하던데 일부러 받지 않는 거예요?"

김성원은 말도 말라는 듯이 고개를 절레절레 흔들었다.

"지난주에 제천 농막 공사를 하면서 나온 쓰레기를 폐기물 업체에 버리려고 하니 50만 원을 내래요. 그래서 김 사장에게 돈을 달라고 했더니 우선 내 돈으로 버리면 나중에 주겠대요. 저는 지금 일당도 여러 날 밀려 있는데 내 돈으로 쓰레기를 어떻게 버려요. 그래서 돈을 보내 주지 않으면 쓰레기를 치울 수 없다고 했어요. 그런데 어제까지도 돈을 보내 주지 않아 제 트럭에 싣고 다니던 쓰레기를 다시 제천 현장에 실어다 내려놓고 왔어요. 김 사장은 자기가 신경 쓰지 않도록 제천 공사를 마무리해 달라고 하지만 저는 김 사장이 돈을 주기 전에는 쓰레기도 치우지 않고, 일도 하지 않을 생각이에요. 그러니 전화를 받을 필요도 없지요."

김성원의 이야기는 간단하고 명료했다. 공사판에서 나중에 주겠다는 이야기는 믿을 수 없다는 것이다. 특히 김희철처럼 신용이 없는 사람이 하는 이야기는 절대로 믿어서는 안 된다고 했다.

"A급 기술자는 김 사장 같은 사람 밑에서 절대로 일 안 해요. 저처럼 연고가 없어 일거리를 구하지 못하는 사람이거나, 실력보다 많은 일당을 요구해 다른 곳에서 일을 주지 않는 사람이 김 사장과 일을 하지요. 저는 선금을 주지 않으면 일을 하지 않을 생각이에요. 그게 서로를 위해서 좋아요. 저는 돈 때문에 서로 얼굴 붉히는 걸 제일 싫어해요. 그럴 것 같으면 아예 일을 안 하는 게 나아요. 제가 다른 일 다 제쳐 놓고 선생님네 일을 하러 오는 것도 그날그날 일이 끝나면 즉시 송금해 주시기 때문이에요."

그러면서 김성원은 더 할 일이 있으면 얼마든지 시켜 달라고 했다. 김희철이 마음에 들지 않지만 한 가지 고마운 것은 우리 일을 할 수 있도록 소개해 준 것이라고도 했다. 나는 김성원의 이야기를 들으면서 오일스테인을 칠하는 일이 끝나면 대문에 목재를 붙이는 일과 테라스에 벽을 설치해 창고를 만드는 일도 김성원에게 부탁하기로 마음먹었다.

김성원이 일을 끝내고 돌아간 후, 내일 병원 진료 때문에 서울 갈 채비를 하고 있는데 김희철에게서 전화가 왔다.

"건축 사무소에 전화를 걸어 알아보았더니, 조성수가 준공 서류를 준비해 놓지 않았답니다. 오늘은 전화도 받지 않고요."

"지금 어디세요? 만나서 이야기할 수 없나요?"

"지금 저는 경산에서 충주로 가고 있는 중인데 9시는 돼야 도착할 수 있을 것 같습니다."

"오늘은 서울로 가야 하니까 안 되겠네요. 내일 병원 진료가 있어서 수요일에나 다시 충주로 올 수 있어요. 김 사장님이 내일 직접 서류들을 알아봐 주시겠어요?"

"알겠습니다. 제가 내일 건축 사무소에 가서 무슨 서류가 안 됐는지 알아보겠습니다. 그런데 김성원은 일을 잘하고 있나요?"

준공검사 서류 이야기를 하던 김희철은 갑자기 김성원에 대해 물었다.

나는 사실대로 이야기했다.

"오늘은 데크에 오일스테인 칠하는 일을 했고, 내일은 현관과 건물 앞뒤에 붙인 적삼목에 오일스테인 칠하는 일을 하기로 되어 있어요. 내가 없어도 와서 일할 겁니다."

그러자 김희철이 말했다.

"내일 칠하는 일까지만 김성원에게 시키고, 다음에는 그 사람 떼어 버리세요. 제가 다른 사람 붙여 드릴게요."

어느새 김희철의 말투는 부하 직원에게 지시하는 사장의 말투로 변해 있었다. 며칠 전에는 김성원에게 이것저것 일을 시키라고 하던 김희철이었다. 김희철은 김성원에게 그날그날 일당을 주는 우리 일을 소개시켜 주면 나중에 돈을 준다고 해도 김성원이 다른 일을 해 줄 것으로 생각했던 것 같다. 그런데 돈을 주지 않으면 일을 하지 않겠다고 하니까 더 이상 김성원에게 일을 주지 말라고 하고 있다. 김희철은 우리 일을 미끼로 돈을 나중에 받고 자신의 일을 해 줄 다른 사람을 찾고 있을 것이다.

그렇다 해도 지금 나는 준공 허가를 받기 위해 김희철에게 의존할 수밖에 없는 형편이다. 조성수를 찾아내기도 어렵고, 만나고 싶지도 않다. 가능하면 김희철이 나서서 해결해 주면 좋겠다. 그런 김희철이 김성원을 빼고 다른 사람에게 일을 시키라고 요구하고 있다. 서울로 오는 차 안에서 여러 생각을 했지만 그 일은 내일 병원 진료를 받고 모레 충주에 가서 결정하기로 했다. 사람 사이의 관계가 어렵다는 것을 다시 실감해야 했던 하루였다.

조성수는
내게 왜 그럴까?

병원 검진이 끝나자마자 서둘러 농장으로 향했다. 김성원이 작업을 끝내고 가기 전에 내일 할 작업을 의논하고 싶었기 때문이다. 농장에 도착한 것은 4시쯤이었다. 김성원은 건물 앞과 뒤에 붙인 적삼목에 오일스테인을 칠하고 있었다. 나는 건물 앞면과 뒷면뿐만 아니라 현관 캐노피에 붙인 적삼목에도 오일스테인을 칠했을 것이라고 생각했는데 현관 캐노피는 아직 시작도 하지 못하고 있었다. 김성원의 말대로 오일스테인을 칠하는 일이 손이 많이 가는 작업인 것 같다.

  추석 전에 주방 가구를 설치했던 작업자들도 와서 마무리 작업을 하고 있었다. 그런데 우리가 후드를 설치할 벽면 구멍을 뚫어 놓지 않아 오늘도 일을 끝낼 수 없다고 했다. 나는 벽면에 후드를 설치할 구멍을 뚫는 일도 주방 가구 작업자들이 하는 것으로 알고 있었는데 아닌가 보다. 그들은 우리가 벽면에 구멍을 뚫고 배출 장치를 달아 놓은 뒤 연락을 하면 다시 와서 후드를 설치해 주겠다고 했다.

  나는 김희철과 조성수 그리고 에어컨 설치를 부탁한 김명철에게 차례로 전화를 했다. 김희철은 농장으로 오겠다고 했지만 조성수는 여전히 전화를 받지 않았다. 김명철은 모레 목요일 9시에 에어컨을 달아 주겠다고 했다. 김희철이 농장에 도착한 것은 5시 30분쯤이었다. 김희철과 김성원은 서로 어색한 인사를 나눴다. 먼저 말을 꺼낸 사람은 김희철이었다.

"왜 내 전화를 받지 않아요?"

"돈을 보내 줘야지 전화가 왜 필요해요?"

김희철은 준공검사에 필요한 서류가 대부분 갖추어졌는데 조성수가 준비해야 할 창문과 유리의 납품확인서 및 시험 성적서만 준비되지 않았다고 했다. 나는 조성수에게 다시 전화를 했지만 받지 않았다. 그때 김희철에게로 전화가 왔다. 조성수인 것 같았다. 김희철이 서류가 어떻게 되었느냐고 묻더니 전화를 끊고, 곧 내게 전화가 올 거라고 했다. 그러더니 바로 전화가 왔다. 조성수였다. 조성수는 힘이 하나도 없어 보이는 목소리로 죄송하다고 했다. 나는 준공 서류부터 물어보았다.

"조 부장님, 도대체 무슨 일입니까? 준공검사 신청이 급하다는 걸 잘 알고 있을 텐데 지난 20일 동안 어디서 무얼 하고 있었어요? 서류 준비는 잘되고 있나요?"

"사실은 어머니가 많이 편찮으셔서 연락드릴 여유가 없었어요. 이제 조금 여유가 생겨 전화를 드립니다. 필요한 서류는 내일 아침에 건축 사무소에 가져다 주겠습니다. 그리고 내일은 법원에 갈 일이 있어 안 되고 모레는 농장에 들르겠습니다."

어머니가 아팠다는 말을 믿어도 될까? 내일 서류를 준비해 놓겠다는 말은 또 얼마나 믿을 수 있을까? 모레는 정말 농장에 올까? 이제는 내게서 돈을 받아 내는 것을 포기했을까? 그리고 법원에는 무슨 일로 가는 것일까? 나는 전화를 끊고, 김희철에게 정색을 하고 물었다.

"김 사장님 생각에는 조성수가 나를 이렇게 힘들게 하는 이유가 무어라고 생각하나요? 아무리 생각해도 내가 조성수에게 서운하게 한 것이 없는데 왜 이러는지 모르겠어요."

"모든 것이 제 탓일 겁니다. 제가 앞에 나서서 왔다 갔다 하니까 기분이
나빴는지 모르지요. 제천이나 경산 공사 때문에 저와 사이가
나빠졌거든요."

"제천이나 경산 공사 때문은 아니에요. 그것은 오래전의 일이고,
조성수가 갑자기 연락을 끊은 것은 이달 8일부터예요. 그러니까 지난
20일 동안에 조성수의 심경에 변화가 있었던 거지요. 나는 그 이유를
모르겠다는 거예요."

내 전화는 받지 않으면서도 김희철의 전화를 받은 것을 보면
김희철과의 문제 때문은 아닐 것이다. 김희철도 조성수의 잠적 이유를
짐작하지 못하는 것 같다. 어찌 되었든 조성수와 통화를 하고 나니 꽉
막힌 것 같던 속이 조금 풀린 느낌이다. 드디어 이번 주 안으로
준공검사를 신청할 수 있을 것 같다. 또 다른 예상하지 못했던 문제가
생기지만 않는다면 10월 중순까지는 준공 허가를 받을 수 있을 것이다.

김성원의
솔직한 태도

지난해 원두막을 철거하면서 원두막 외벽에 부착했던 외장 목재를 버리지 않고 쌓아 두었다. 오늘은 김성원을 시켜 이 외장 목재를 농막 앞부분에 부착하는 작업을 했다. 초창기에 지은 이 농막은 판넬의 철판이 외장재 역할을 하고 있어 누가 보더라도 싸구려 판넬 집이라는 것을 쉽게 알 수 있다. 그러나 목재로 된 외장재를 바깥쪽에 붙이고, 오일스테인을 잘 칠하면 숲속의 통나무집 같은 분위기를 연출할 수 있을 것이다.

전기공사가 자신의 전공이고 목수는 부전공이어서 B급밖에 되지 않는다고 했던 김성원은 목수 일도 생각보다 잘했다. 깔끔하게 외장재를 붙여 놓고 나니 처음에 기대했던 것보다도 훨씬 좋아 보였다. 쌓여 있던 목재 중에서 내장재로 사용했던 깨끗한 목재를 골라 처마 밑에 부착하고 나니 농막이 새로 태어난 것 같았다.

작업을 하면서 김성원은 김희철의 이야기를 많이 했다. 김성원은 일당을 제때 주지 않으면 일을 하지 않겠다고 하는 자신을 쌀쌀하게 대하는 김희철에 대해 나쁜 감정을 가지고 있었다. 김성원이 내게 물었다.

"선생님은 어제 김희철과 무슨 이야기를 그렇게 오래 하셨어요?"

"주로 준공 서류에 관한 이야기를 했고, 나중에 김희철이 해 주겠다는 공사에 대해서도 이야기했는데요. 왜요?"

"저는 혹시라도 선생님이 김희철의 설득에 넘어갈까 걱정이 되어서요.

김희철이 하는 말을 그대로 믿으시면 안 됩니다."

"잘 알고 있어요. 전에는 김희철의 말에 넘어갔지만 이제는 절대로 그럴 리가 없어요. 나도 김희철에 대해서는 잘 알고 있어요."

"그러면 다행이지만 김희철 같은 사람들이 말은 잘하잖아요. 그래서 당하는 사람들이 많아요. 제가 냉정한 것 같지만 저런 사람에게 당하지 않으려면 그럴 수밖에 없어요."

"그래서 앞으로는 김희철과 다시는 같이 일을 하지 않을 생각이에요?"

"김희철이 제때 돈을 주지 않아서 일을 안 하지 돈만 제대로 주면 언제라도 같이 일할 수 있어요. 저는 돈을 벌기 위해 일하는 사람이어서 돈을 주면 누구와도 같이 일하지만, 돈을 주지 않으면 누가 부탁해도 일을 하지 않아요. 김희철이 선생님네 일을 소개해 준 것은 고맙지만 그건 별개의 문제이고, 일당을 제때 주지 않으면 일할 이유가 없어요."

나는 김성원의 솔직한 태도가 마음에 들었다. 김희철은 김성원에게 더 이상 일을 시키지 말라고 했지만 나는 김성원에게 내일은 오늘 하던 농막 외장 작업과 새로 짓는 집의 칠 작업을 마무리해 달라고 했다.

김성원이 한창 김희철에 대해 이야기하고 있을 때 김희철에게서 전화가 왔다.

"아침에 전화로 건축 사무소 직원과 이야기했어요. 조성수가 창문 관련 서류를 건축 사무소에 가져다 놓았는데 필요한 서류를 모두 가져오지 않았다고 합니다."

나는 여기까지 듣고 벌써 가슴이 답답해졌다. 오늘 조성수가 창문과 관련된 서류들을 건축 사무소에 가져다주면 모든 것이 끝날 것으로 생각하고 있었는데 또다시 문제가 생긴 것 같다. 역시 쉽게 넘어가는 것이 없는 조성수다. 나는 김희철에게 무엇이 문제냐고 물어보았다.

"일부 창문의 시험 성적서가 첨부되지 않았다고 합니다. 그래서 조성수에게 전화해서 건축 사무소 직원과 직접 통화한 후 부족한 서류를 보완하라고 했으니까 오늘 중으로 해 놓을 겁니다."

나는 오늘 하루 더 기다려 보자고 하고 전화를 끊었다. 일부 창문의 시험 성적서를 발급받지 못한 것은 무엇 때문일까? 세 번에 걸쳐 창문을 주문했으므로 착오가 생겼을 가능성이 크지만 창문 대금과 관련된 문제일지도 모른다. 대금을 지불한 창문의 시험 성적서는 발급해 주고, 대금이 아직 지불되지 않은 창문의 시험 성적서는 발급을 미루고 있는 것은 아닐까?

어쨌든 조성수가 내일 농장에 온다고 했으니까 오늘 중으로 서류를 보완해 놓을 가능성이 있다. 그것마저 하지 않고는 내게 할 말이 없을 것이기 때문이다. 하지만 항상 예상을 뛰어넘는 행동을 하는 조성수이니 내일은 또 어떤 일이 벌어질지 알 수 없다. 오후에는 김희철로부터도 아무런 연락이 없어 조성수가 오늘 서류를 보완해 놓았는지는 내일이 되어야 알 수 있을 것 같다.

조성수와 창문

김명철이 약속한 대로, 오전에 에어컨 설치 기사 세 명이 와서 에어컨을
설치했다. 김명철도 같이 오는 것으로 알고 있었는데 김명철은 서울에
일이 있어 오지 못했다고 했다. 나이 든 설치 기사들은 일사불란하게
에어컨을 설치했으나 에어컨 파이프가 벽에 주렁주렁 걸려 있었다.
파이프가 보이지 않도록 마무리해 달라고 했더니 마무리는 나중에
김명철이 와서 해 줄 거라고 했다. 일이 다 끝나자 설치 기사 중 한 사람이
나를 찾았다.

"에어컨 설치가 끝났습니다. 잔금 35만 원을 주셨으면 좋겠습니다."

"잔금은 마무리 작업이 끝난 다음에 보내 드리지요."

"지금 주실 수 없나요? 저도 저 사람들에게 수고비를 주어야 해서요."

"제가 에어컨 대금 377만 원을 이미 7월에 지불했고, 추가로 주문한
35만 원밖에 남지 않았는데 그건 마무리 공사가 끝난 다음에 드려도 되는
것 아닌가요?"

"그건 제가 듣던 이야기와 다른데요. 김명철 사장은 오늘 돈을 주실
거라고 했어요."

"김명철 사장은 믿을 만한 사람 같아 보이지만 안 그런 사람도
많더라고요. 일이 모두 끝난 다음에 잔금을 드리겠습니다."

내가 돈 문제에 대해 이렇게 야박하게 이야기한 것은 아마 이번이

처음일 것이다. 하지만 집을 지으면서 많은 일을 겪다 보니 나도 이렇게 변한 것 같다. 그는 불만스러운 얼굴로 인사도 하지 않고 가 버렸다.

어쨌든 김명철은 약속대로 에어컨을 설치해 주었다. 그러나 조성수는 약속을 지키지 않았다. 준공에 필요한 서류를 준비해 주지도 않았고, 농장에 오지도 않았다. 여러 번 전화를 했지만 받지 않았다. 할 수 없이 경산에 가 있는 김희철에게 다시 전화를 했다.

"조성수가 내 전화를 받지 않네요. 혹시 준공 서류와 관련해서 새로운 사실이 있나요?"

"제가 건축 사무소 직원에게 물어보니 조성수가 건축 사무소에 다녀갔다고 합니다. 그런데 천창 두 개와 다락 전면에 새로 설치한 창문의 시험 성적서를 발급받을 수 없다고 합니다. 규정에 맞지 않는 유리를 사용했다는 겁니다."

"아니 그럼 우리 집 공사에 불량품을 썼다는 겁니까?"

"불량품은 아니고요. 열관류율이 규정에 맞지 않을 뿐입니다."

"그런 것이 불량품이지요."

참으로 기가 막힐 노릇이다. 나는 공사를 적당히 하는 것은 눈감아 주었지만 설마 규정에 맞지 않는 창문을 달았으리라고는 생각도 못 했다.

"그러면 이제 어떻게 해야 합니까?"

"방법은 두 가지가 있어요. 창문 세 개를 없애고 준공검사를 받는 방법과 규정에 맞는 창문을 새로 사서 설치하는 방법이에요."

"창문을 없애는 것보다 창문을 새로 사서 다는 것이 쉽지 않겠어요?

규정에 맞는 창문을 새로 설치하려면 비용이 얼마나 드는지 알아봐
주세요.”

　전화를 끊고 생각해 보니 조성수가 그동안 나를 피한 것이 이해가 된다.
조성수는 창문이 규정에 맞지 않아 준공검사를 받을 수 없다는 것을 알고
있었을 것이다. 하지만 문제를 해결하려고 한 것이 아니라 준공검사가
어떻게 되든 공사를 팽개치고 달아나기로 한 것이다. 생각하면 할수록
무책임한 사람이다. 머리끝까지 화가 나 가만히 있을 수가 없었다. 그래서
다시 조성수에게 전화를 걸었다. 받지 않았다. 다시 걸었다. 역시 받지
않았다. 그러나 화를 내면 낼수록 나만 손해라는 생각이 들었다. 분노만큼
사람의 몸과 마음을 피폐하게 만드는 것도 없다. 이제 이쯤에서 조성수를
깨끗이 잊어버리는 것이 나의 건강을 위해서 좋을 것이다. 나는 조성수가
공사를 마무리하지 않고 달아났다는 것을 기정사실로 받아들이기로 했다.

　김희철은 환경측량의 최지현 소장과의 통화 내용도 전해 주었다.
최지현 소장은 시청 담당자와 협의를 통해 우리가 해 놓은 배수로 공사를
그대로 받아들이기로 했다고 한다. 유리창 문제로 가슴이 답답했는데 조금
숨통이 트였다. 최지현 소장이 현장을 방문했을 때 했던 나의 하소연과
설득이 통한 것 같다. 토목 공사에 문제가 없다면 이제 남은 것은 창문
문제뿐이다. 내일은 일이 있어 서울에 가야 하니 창문 문제는 다녀와서
주말에 해결해야겠다.

창문을
어떻게 할까?

오늘도 김성원이 농장에 와서 농장 주변에 우수관을 설치하는 작업을 했다. 나는 김성원의 작업을 도와주면서 문제가 된 창문을 어떻게 하는 것이 좋을지 의견을 물었다. 김성원은 창문을 폐쇄하는 데는 자잿값이 6만 원 정도 필요하고 작업 시간은 한나절이면 되겠지만, 창문 세 개를 새로운 것으로 교체하려면 적어도 300만 원은 들 것이고 공사도 쉽지 않을 것이라고 했다.

비용이 들더라도 창문이 꼭 필요하다면 다시 사서 달아야 하겠지만 막상 설치해 놓고 보니 천창 두 개는 차라리 없는 것이 나을 것 같았다. 전면에 낸 큰 창문은 필요하지만 지금 다시 창문에 돈을 들이고 싶지 않았다. 그래서 창문을 폐쇄하기로 마음먹었다. 대충 폐쇄하는 것이 아니라 단열 규정에 맞는 단열재를 사다가 제대로 폐쇄하기로 하고 김성원에게 오늘 일이 끝나면 자재를 사서 내일 폐쇄해 달라고 했다. 경산에 가 있는 김희철에게도 전화를 해서 창문을 폐쇄하기로 했다고 알려 주었다. 내일 창문을 폐쇄할 테니 개천절 휴일이 끝난 다음 화요일에 준공검사 서류를 제출할 수 있도록 해 달라고 했다.

일을 끝내고 단열재와 합판을 사러 간 김성원이 창문 폐쇄 자재 대금으로 6만 7000원을 지불했다는 영수증을 보내왔다. 김성원이 돌아가고 나서 나와 아내는 현관 캐노피에 오일스테인을 한 번 더 칠했다.

전에 칠했던 자단은 너무 검은색에 가까워서 현관에 어울리지 않을 뿐만 아니라 제대로 칠하지 않아 얼룩이 많이 보였기 때문이다. 이번에는 밝은 갈색인 오크로 칠했지만 바탕이 어두운 색이다 보니 아직도 전체적으로는 어둡게 보인다. 하지만 캐노피를 새로 칠하고 나니 현관이 이전보다 훨씬 밝아 보였다. 내일 한 번 더 내부는 오크로 칠하고, 외부는 자단으로 칠하면 마음에 드는 현관이 될 것 같다.

창문 폐쇄

처음부터 천창은 내가 원한 것이 아니라 김희철이 자신의 디자인을 완성하기 위해 꼭 필요하다고 해서 설치한 것이었다. 실제로 설치해 놓고 보니 뿌연 천창을 통해 바라보는 좁은 하늘 풍경이 별로 마음에 들지 않는데다 누수의 원인까지 돼서 후회하고 있었다. 따라서 천창 두 개를 폐쇄하는 것에 대해서는 아무런 미련이 없었다. 다만 천창을 완전히 제거하지 않고 폐쇄하는 것으로는 누수의 문제를 근본적으로 해결할 수 없을 것 같아 걱정이 되었다. 보기에는 흉하지만 덕지덕지 발라 놓은 실리콘이 제 역할을 해 물이 새지 않기만을 바랄 뿐이다.

한편, 다락 전면에 낸 창문은 원래 설계도에는 없었는데 내가 원해서 추가로 설치한 것이다. 창문을 설치하고 나니 다락이 새로운 공간으로 바뀌었다고 좋아했던 창문이다. 이 창문을 설치하는 과정에서 내가 김희철에게 말만 하지 말고 직접 망치를 들고 일을 하라고 크게 화를 내기도 했고, 30도가 넘는 더운 날 김희철이 직접 창문 낼 자리를 뚫기도 했었다. 이런 우여곡절을 겪으면서 만든 다락 전면 창문을 폐쇄하는 것은 많이 아쉬웠다. 그래서 천창 두 개만 폐쇄하고 전면 창문은 새로 사서 달까 하는 생각도 했지만 가능하면 쉽고 간단한 방법으로 문제를 해결하고 싶어 폐쇄하기로 했다.

처음 다락 창문을 달 때 나는 김희철에게 어차피 내가 추가로 돈을 지불해야 하는 거라면 조성수에게 시키지 말고 직접 달아 달라고 했었다. 그러나 김희철은 도중에 조성수에게 창문 설치를 맡겨 버렸다. 조성수는 내게 창문값으로 130만 원을 요구해 받아 갔다. 따라서 김희철이 규정에 맞지 않는 창문을 주문한 것인지, 아니면 조성수가 김희철로부터 넘겨받은 다음에 규정에 맞지 않는 창문을 주문한 것인지는 알 수 없다. 두 사람은 서로 상대방에게 책임을 떠넘기려 할 것이다. 하지만 이제 그런 것을 따지기에는 내가 너무 지쳐 있었다.

김성원은 오전에 단열재와 합판으로 창문을 폐쇄하는 작업을 했다. 창문 쪽에 얇은 단열재를 부착한 다음 10센티미터 두께의 스티로폼 단열재 두 장을 대고 그 위에 합판을 붙였다. 합판 위에는 다시 얇은 단열재를 대서 마감했다. 스티로폼 단열재 두 장을 댄 천창과는 달리 전면 창에는 공간이 부족해 한 장밖에 댈 수가 없었다.

처음 창문을 폐쇄해야 한다는 이야기를 들었을 때 나는 깜짝 놀랐다. 창문을 완전히 떼어 내고 그 자리를 흔적도 없이 없애 버려야 하는 것으로 생각했기 때문이다. 따라서 창문을 없애는 것보다는 규정에 맞는 창문을 새로 설치하는 것이 비용이 덜 들 것으로 생각하고 그렇게 하려고 했다. 그러나 창문을 폐쇄하는 작업은 생각보다 간단했다. 창문틀과 창문을 그대로 두고 그 위에 규정에 맞도록 단열재를 부착하고 깨끗하게 마감 작업을 한 것이 전부였다.

창문을 폐쇄하고 나니 다락은 이제 뒤쪽에 작은 창문이 하나만 있는 답답한 공간이 되었다. 이렇게 계속 사용한다면 통풍이 잘되지 않아

창문 폐쇄 전

창문 폐쇄 후

여름에는 무척 더울 것이다. 그러나 겨울에는 오히려 따뜻할 수도 있다. 나는 좋게 생각하기로 했다. 창문을 폐쇄한 다음 창문을 폐쇄하는 과정과 폐쇄한 창문 사진을 경산에 가 있는 김희철에게 보냈다.

창문 폐쇄 작업을 마친 김성원은 계단 아래 부분에 합판을 대서 깨끗하게 마무리하는 작업을 했다. 용접한 철근이 그대로 드러났던 계단의 아래 부분을 가리고 나니 계단 밑 공간도 깨끗해졌다. 전체적으로 검은색인 외관과 어울리지 않던 흰색 캐노피 지붕은 김성원에게 부탁해 이미 검은색 페인트를 칠해 놓았다. 따라서 마감을 제대로 하지 않아 마음에 걸렸던 문제들이 대부분 해결되었다. 이제는 현관에 오일스테인을 마저 칠하는 일만 남았다.

나는 김성원이 하는 작업을 도와주면서 현관 캐노피에 오일스테인을 칠하는 작업을 했다. 아내도 오일스테인 칠하는 작업을 도왔다. 캐노피 내부에는 오크 색 오일스테인을 세 번이나 더 칠했고, 외부에는 검은색에 가까운 자단 오일스테인을 두 번 더 칠했다. 여러 번 반복해서 칠하고 나니 현관도 마음에 들었다. 오늘 저녁부터 비가 온다고 하니 비가 그친 다음에 주변 청소만 하면 공사가 모두 끝날 것이다.

새 들어오는 빗물

어제 낮부터 이슬비가 오락가락하더니 저녁이 되자 제법 비다운 비가 내렸다. 일기예보에서는 비가 내일까지 내릴 것이라고 했다. 그래서 오늘은 새로 지은 집의 실내 청소나 하려고 생각하고 있는데 김성원이 농장에 왔다. 김성원은 가지고 온 진공청소기를 이용해 자신이 작업을 하면서 어질러 놓은 다락을 청소하기 시작했다. 오늘 비가 와서 일을 못하니 아내와 다 같이 식사나 하자고 했었는데 식사를 하러 가기 전에 청소부터 해 주겠다는 것이다.

그런데 다락을 청소하던 김성원이 다급한 목소리로 나를 불렀다. 다락으로 올라가 보니 어제 폐쇄한 천창에서 물이 새 바닥에 물이 고여 있었다. 천창 주변에 잔뜩 발라 놓은 실리콘이 스며드는 빗물을 막아 내지 못했던 것이다. 이것은 심각한 문제였다. 집의 가장 중요한 기능은 비를 막아 주는 것이다. 비가 새는 집은 집이라고 할 수 없다. 다른 날림 공사는 적당히 넘어갈 수 있지만 비가 새는 것은 그럴 수가 없다. 나는 바닥에 고여 있는 빗물을 걸레로 닦아 내면서 아무래도 천창을 뜯어내고 그 자리를 징크 강판으로 씌워야겠다고 생각했다. 나는 청소를 하고 있는 김성원에게 천창 창틀을 뜯어내고 그 자리에 징크 강판을 씌우는 것이 가능하겠느냐고 물어보았다. 김성원은 징크 강판값이 들어서 그렇지 기술적으로는 문제가 없다고 했다. 나는 김성원에게 비가 그치면 천창 창틀을 뜯어내고 그 자리에 징크 강판을 덮는 작업을 해 달라고 했다.

천창으로 비가 새는 문제로 어려움을 겪으면서 천창 설치는 경험이 많은 사람만이 할 수 있는 어려운 작업이라는 것을 알게 되었다. 천창을 설치해 본 경험이 없으면서 잘할 수 있다고 큰소리쳤던 조성수나 젊은 목수는 천창 주변에 보기 흉할 정도로 실리콘을 덕지덕지 발라 놓고도 스며드는 빗물을 막지 못했다. 지난번에 김희철에게 천창으로 물이 샌다고 하자 김희철은 자신은 잘할 수 있다고 큰소리쳤다. 그러나 비가 새는 문제는 매우 심각한 문제여서 김희철의 말을 믿고 모험을 할 수는 없다. 김희철이 새로 천창을 설치해 금년에는 비가 새지 않는다고 해도 내년이나 후년 장마 때도 비가 새지 않는다고 보장할 수 없기 때문이다. 돈을 들여 설치한 천창을 다시 돈을 들여 철거해야 하는 것이 안타깝지만 다른 방법이 없다. 나는 앞으로 누가 천창을 설치한다면 적극 말릴 것이다.

빗물이 새는 문제는 규정에 맞지 않는 창문을 설치한 것보다 훨씬 심각한 문제다. 능력이 없는 것이 때로는 사람을 속이는 것보다 훨씬 더 큰 손해를 입힐 수 있다. 규정에 맞지 않는 창문을 설치한 것은 창문을 폐쇄하는 것으로 해결할 수 있었지만, 빗물이 스며드는 것을 막지 못한 무능력의 결과는 천창 틀 전체를 제거하고 지붕을 다시 하는 것이었다.

어느 장단에 춤을 춰야 하나

어제에 이어 오늘도 비가 내렸다. 우리는 그동안 화분에서 키우던 향나무 세 그루를 새로 지은 집 앞에 옮겨 심는 것 외에 다른 일은 할 수 없었다. 5년 전에 한 뼘 크기의 향나무 묘목을 화분에 심은 것이 이제는 제법 조경수로 심어도 될 만큼 자랐다.

내일과 모레 서울에서 일이 있어 서울 갈 준비를 하고 있는데 경산에 가 있는 김희철에게서 전화가 왔다. 김희철은 다짜고짜 조성수에게서 연락이 있었느냐고 물었다.

"조성수에게서 연락이 있었나요?"

"조성수가 내게 연락할 리가 없지요. 나는 조성수를 깨끗이 잊기로 했어요."

"그게 아니라 건축 사무소에 알아보니 조성수가 다락 전면 창의 시험 성적서를 건축 사무소에 보냈답니다."

"조성수가 창문의 시험 성적서를 가져왔다고요?"

"예, 그렇답니다."

전혀 뜻밖의 이야기였다. 공사를 팽개치고 도망가기는 했지만 준공 허가를 받지 못할 정도로 내게 피해를 주기는 부담스러웠던 걸까. 일말의 양심이 남아 있기는 한 모양이다.

"그러면 그저께 폐쇄한 것을 다시 뜯어내야 하겠네요."

"그래야 될 겁니다."

이렇게 되면 어느 장단에 춤을 취야 할지 모르겠다. 폐쇄해야 한다고 해서 폐쇄했는데, 다시 폐쇄한 것을 뜯어내라고 하고 있다. 하지만 뜯어내는 것은 언제든지 할 수 있는 일이다. 따라서 좀 더 지켜보기로 했다. 그러나 비가 새는 천창을 철거하는 일은 더 미룰 수 없을 것 같아 김희철에게 천창을 철거하기로 했다고 알려 주었다.

"김 사장님, 그런데 또 다른 문제가 생겼어요. 그저께 폐쇄한 천창으로 빗물이 새 들어와 천창을 모두 뜯어내고 징크 강판을 씌우기로 했어요."

"천창을 뜯어낸다고요? 그건 안 됩니다."

"안 되다니요? 빗물이 새는 천창을 무엇에 씁니까? 더구나 규정에 맞지 않는 유리를 사용해 폐쇄까지 한 마당에."

"제가 올라가서 책임지고 물이 새지 않도록 다시 설치해 놓겠습니다. 제 방식대로 하면 절대로 물이 샐 리가 없습니다."

우리 집 영상을 찍을 생각만 하고 있는 김희철은 천창이 자신의 디자인에서 중요한 역할을 한다고 생각하고 있기 때문에 폐쇄한 천창일망정 포기하지 않으려고 했다. 나는 김희철의 요구를 냉정하게 뿌리칠 수 없었다.

"내일 충주에 온다고 하니 창문 문제는 와서 다시 이야기하지요. 나는 내일 일 때문에 서울에 갔다가 모레 충주에 올 예정입니다."

김희철과의 통화를 마친 다음 나는 김성원에게 전화를 걸어 내일 하기로 했던 천창 철거 작업을 잠시 미루자고 했다. 김성원은 김희철의 말에 휘둘리면 안 된다고 했다. 김성원은 내가 다시 김희철의 설득에 넘어가 손해를 보지 않을까 걱정하면서, 한편으로는 김희철의 간섭으로 자신의 일거리가 줄어들지 않을까를 걱정하고 있다. 나는 김성원에게 나도 이제 김희철을 잘 알고 있으니 걱정하지 말라고 했다.

결국 다락 전면 창이나 천창의 문제는 김희철이 내일 경산에서 돌아오고, 서울에서의 나의 일이 끝난 다음으로 미뤄지게 되었다. 다 끝난 것 같던 공사가 다시 미로 속으로 빠져드는 것 같아 서울로 향하는 발걸음이 무거웠다.

전기 기사의 난감한 전화

오늘은 서울 병원에 가서 지난번 검진 때 찍은 위 내시경과 복부 CT 검사 결과를 확인하는 날이었다. 검사 결과는 '모두 아무 이상 없음'이었다. 정기적으로 하는 검진에서 이번에도 만점을 받은 것이다. 나는 가벼운 마음으로 내년 10월에 할 검진을 예약하고 집으로 왔다.

그런데 집에 도착하고 얼마 안 되어 전에 우리 집 전기공사를 했던 전기 기사에게서 전화가 왔다.

"여보세요. 저는 지난번에 전기공사를 했던 사람인데요. 공사가 어떻게 되어 가는지 궁금해서 전화를 했습니다."

"안녕하세요. 공사는 이제 거의 다 끝났습니다."

"공사를 했던 조 사장은 아직도 그곳에 오나요?"

"조성수는 추석 이후 한 번도 오지 않았어요. 조성수가 준공 서류를 준비해 주지 않아 아직 준공검사를 신청도 못 하고 있어요."

"저는 아직 전기공사비를 받지 못하고 있습니다. 전화를 해도 받지 않아요."

"조성수와는 전부터 일을 많이 하셨나요? 전에도 이런 일이 있었어요?"

"저는 조 사장과 일을 한 것이 이번이 처음입니다. 아는 사람의 소개로 일을 하게 되었는데 일을 하면서도 믿음이 가지 않았어요. 그러더니 결국 이렇게 어렵게 하네요."

전기 기사의 사정이 딱하기는 했지만 조금 더 기다려 보라고 하고 전화를 끊는 수밖에 없었다. 조성수가 잠적했을 때부터 이런 일이 일어날 것을 예상하고 있었다. 앞으로 설비 공사를 한 사람과 주방 가구를 납품한 사장에게서도 비슷한 전화를 받을 지 모른다. 내 잘못이 아니지만 이런 전화를 받으면 나도 참으로 난감해진다.

창문 잠금장치의 의미

서울에서 출발해 농장에 도착한 것은 1시쯤이었다. 도착해서 집을 둘러보니 창문에 잠금장치가 달려 있었다. 아마 우리가 없는 사이 김성원이 잠금장치를 사다 달아 놓고 간 것 같았다. 나는 김성원에게 전화를 해 고맙다고 했다.

"오늘 농장에 와 보니 창문 잠금장치를 달아 놓으셨네요. 바쁘실 텐데 잊지 않고 달아 주셔서 고맙습니다."

"그러지 않아도 그냥 두면 잊어버릴 것 같아 어제 사다가 달았어요."

"잠금장치는 쉽게 살 수 있었나요?"

"웬걸요. 창문 공장에 가서 제가 찍어 간 창문 사진을 보여 주었더니 잠금장치가 있다고 하더라고요. 가격을 물어보니 3000원이라고 해요. 그런데 잠금장치를 팔 수 없다는 겁니다."

"팔 수 없다니, 왜요?"

"창문 잠금장치와 현관 열쇠는 시공업자들이 건축주들로부터 잔금을 받은 후에 달아 주는 것이 보통인데 공장에서 잠금장치를 팔아 버리면 시공업자들이 잔금을 받는 데 지장이 있어 싫어한답니다. 잠금장치를 사고 싶으면 인터넷을 통해 사라고 하더라고요."

"그런 게 있었군요. 동업자들 사이의 불문율인가 보지요? 그래서 어떻게 했어요?"

"그래서 나는 인터넷은 사용할 줄 모른다고 이야기하고 우리 사정을 설명한 다음 하나에 2000원씩 웃돈을 주고 여덟 개를 사다 달았어요. 그래서 모두 4만 원 들었습니다."

"잠금장치 사다 다는 것도 생각보다 쉽지 않군요. 여러 가지로 신경 써 주셔서 감사합니다."

조성수도 공사가 끝난 다음 달아 주려고 잠금장치와 현관 열쇠를 챙겨 놓았을 것이다. 그러나 조성수는 공사가 끝난 다음 창문 잠금장치를 달아 주고 현관 열쇠를 넘겨주면서 고생했다는 인사를 받는 멋있는 끝내기 대신에 공사를 팽개치고 달아나는 수치스러운 끝내기를 선택했다. 아무리 공사판에 길들여진 조성수라고 해도 이런 끝내기는 오랫동안 그의 마음을 무겁게 할 것이다.

날아간
홍보 영상

아침 일찍 김희철이 전화를 해서 오전에 건축 사무소에 들러 상황을 자세히 알아보고 농장으로 오겠다고 했다. 농장에 온 김희철은 김수현 설계사를 만난 이야기부터 했다.

"김수현 설계사 말을 들어 보니 조성수가 다락 전면 창의 납품 확인서와 시험 성적서를 발급받아 건축 사무소에 보내왔다고 합니다. 따라서 이제 준공검사에 필요한 서류가 모두 갖추어졌기 때문에 환경측량과 협의한 후 다음 화요일에 준공검사를 신청할 예정이랍니다."

"창문이 규정에 맞지 않는다고 했었는데 어떻게 시험 성적서를 받았대요?"

"조성수와 이야기해 보지 않아 그건 저도 잘 모르겠어요. 하지만 전면 창을 폐쇄했던 것을 뜯어내고 준공검사를 받으면 된답니다."

폐쇄했던 것을 뜯어내도 된다니 뜯어내겠지만 도통 어떻게 돌아가는지 알 수 없다. 나는 김희철에게 그동안 궁금했던 것을 물어보았다.

"김 사장님, 다락 전면 창을 설치할 때 처음에는 김 사장님이 일을 시작하다가 조성수에게 맡겼잖아요. 나는 지금까지도 전면 창을 주문한 사람이 김 사장님인지 조성수인지 모르겠어요. 누가 주문한 거예요?"

"조성수가 주문했지요. 조성수가 다른 창문도 모두 주문했기 때문에 한꺼번에 시험 성적서를 받아야 할 것 같아 조성수에게 주문해서 달아 달라고 했어요. 그때는 이렇게 될 줄 몰랐지요."

"조성수가 창문값으로 130만 원을 받아 간 것은 아세요? 그 돈으로는 규정에 맞는 창문을 달 수 없었나요?"

김희철은 내 이야기를 듣고 깜짝 놀랐다.

"조성수가 창문값을 받아 갔다고요? 저는 조성수가 공사비에서 지불할 것으로 알고 있었어요."

조성수가 창문값을 받아 갔다는 것을 몰랐다는 것은 믿을 수 없다. 내게 받아 갈 것을 알면서도 창문값을 낼 수 없었던 김희철이 조성수에게 맡겼을 것이다. 그러나 이제 그런 것을 따지고 싶지는 않다. 나는 천창은 어떻게 되느냐고 물어보았다.

"그럼 천창은요? 천창의 시험 성적서는 어떻게 됐나요?"

"천창은 시험 성적서를 가져오지 않았답니다. 따라서 폐쇄한 채로 준공검사를 받아야 한답니다."

"준공검사는 그렇다고 쳐도 물이 새는 문제는 어떻게 하면 좋을까요?"

"제가 새로 설치하면 물이 새지 않게 할 수 있는데 지금은 바빠 시간을 낼 수 없습니다. 경산 공사도 제가 없으면 올스톱이고, 제천 공사 마무리도 끝나지 않았고요."

나는 김희철의 이야기를 들으면서 김성원을 시켜 내일이라도 천창을 완전히 철거하기로 마음먹었다. 김희철은 영상을 찍을 욕심에 천창을 그대로 두라고 하지만 비가 새는 천창을 그대로 둘 수는 없다. 김희철은 기다릴 수 있는 것과 그럴 수 없는 것을 구별하지 못하는 것 같다.

대문은 어떻게 하는 것이 좋겠느냐고 물으니 지금의 형편으로는 대문을 마무리해 줄 수는 없고 적당한 자재를 추천해 주겠다고 했다. 하지만 나는 비싼 자재의 추천 같은 것은 필요하지 않다. 값싼 방부목을 사용해도 얼마든지 훌륭한 대문을 만들 수 있다. 따라서 대문도 내 생각대로 마무리하기로 했다.

"우리 집이 잘 지어져야 영상을 찍어 홍보에 사용할 수 있을 텐데 지금 이런 상태로는 영상을 찍는 것이 불가능할 것 같은데 어떻게 하지요?"

내가 말하자 김희철은 체념한 듯이 대답했다.

"할 수 없지요. 우선은 스마트팜에 주력할 생각입니다. 형편이 좋아지면 이 집 전체를 개조한 다음 영상을 찍기로 하고요."

이로써 우리 집을 홍보용으로 사용하려던 김희철의 계획은 사실상 무산되었다. 형편이 좋아진 다음에 집 전체를 개조하겠다는 계획은 실현 가능성이 거의 없기 때문이다. 경산 공사가 잘 진척되면 우리 집부터 개조하겠다고 하더니 이렇게 빨리 체념하는 것을 보면 경산 공사가 잘 되어도 그럴 여력이 생기지 않는 모양이다.

김희철이 경산으로 출발한 후 나는 김성원에게 전화를 해 천창 철거와 대문 마무리 작업을 해 달라고 부탁했다. 일이 없어 집에서 쉬고 있다는 김성원은 곧 농장으로 와서 작업에 대한 설명을 듣고는 내일 일을 시작하겠다고 했다. 나는 공사하는 김에 캐노피 지붕을 징크 강판으로 덮는 작업도 해 달라고 부탁했다. 김성원은 작업에 필요한 징크 강판을 구입할 수 있는지 알아보겠다며 갔다.

한 시간쯤 되었을까, 김성원이 몇 가지 철판 마감재 샘플을 가지고 다시

와 그중 어느 것이 징크 강판과 가장 비슷한지 물었다. 비슷한 강판을
알맞게 가공해 가지고 와서 천창 철거한 자리를 덮겠다는 것이다. 나는
비슷해서는 안 되고 징크 판넬에 부착된 징크 강판과 같은 것이어야
한다고 했다. 김성원은 그렇다면 판넬 공장을 찾아가서 똑같은 징크
강판을 살 수 있는지 알아보겠단다. 나는 울진에 가 있는 성중이 떠올라,
성중에게 전화를 해서 징크 강판을 샀던 공장 이름을 알아내 알려 주었다.
김성원은 그 공장을 알고 있다며 그곳을 찾아가서 똑같은 징크 강판을
구해 보겠다고 했다.

"오후 내내 이렇게 수고를 해서 어떡하지요?"

내가 미안해하자 김성원이 웃으며 말했다.

"수고비를 모두 청구할 테니 걱정 마십시오."

그 길로 김성원은 판넬 공장을 찾아갔다. 하지만 징크 강판은 팔지 않아
징크 판넬을 사서 단열재를 뜯어내 징크 강판을 만들었다고 한다.
김성원은 전화로 그 이야기를 하면서 내일 아침 일찍 일하러 오겠다고
했다.

천창 철거

아침 일찍 김성원이 징크 판넬에서 뜯어낸 징크 강판을 싣고 농장에 왔다.
천창을 철거하고, 그 자리를 징크 강판으로 덮는 일은 지붕 위에서 하는
작업이라 도와주는 사람 없이 혼자서 하는 것은 무리이다. 따라서 내가
김성원의 도우미를 하기로 했다. 실리콘을 잔뜩 발라 놓은 천창을
제거하는 것은 쉽지 않았다. 처음에는 칼로 실리콘을 떼어 내려고 했지만
잘되지 않아 천창 둘레를 그라인더로 자른 다음 천창을 창틀째 들어냈다.
천창을 들어낸 자리는 단열재로 메우고 징크 강판을 덮었다.

　나는 도우미 노릇을 하느라고 쉴 새 없이 뛰어다녔다. 마트에 가서 커터
칼을 사 오기도 하고, 김성원이 요구하는 대로 드릴이나 그라인더,
실리콘이나 우레탄 폼을 지붕으로 올려 주기도 했으며, 김성원과 함께
무거운 천창을 들어내기도 했다. 김성원은 내가 없었으면 오늘 일을 할 수
없었을 것이라고 했다. 한 개의 천창을 철거하고 나니 점심시간이 되었다.
열심히 일을 했더니 배가 고파 서둘러 식당으로 갔다.

　오후에는 나머지 천창을 제거하고 캐노피 지붕을 징크 강판으로
덮었다. 오전에 해 본 작업이라 두 번째 천창을 제거하는 일은 한결
수월했다. 그런데 천창을 모두 없애고 나니 집이 어딘가 허전했다. 이래서
김희철이 폐쇄한 천창일망정 철거하지 말라고 했나 보다. 그러나 누수의
걱정으로부터 해방되었다고 생각하니 기분이 좋았다. 이런 걸 두고

천창 철거 전

천창 철거 후

시원섭섭하다고 하는 것 같다.

작업이 다 끝난 후 나는 김성원에게 자잿값과 일당을 합쳐 모두 얼마를 주면 되겠느냐고 물었다.

"징크 강판값, 창문 걸쇳값, 어제 수고비, 오늘 일당을 모두 포함해 얼마를 드려야 됩니까? 나중에 서운하다고 하지 마시고 모두 청구하세요."

"징크 강판값 22만 원에 부가세 2만 원, 창문 잠금장치 4만 원, 합해서 자잿값이 28만 원이고요. 어제 수고비는 2만 원만 주세요."

"어제 한나절 수고하셨는데 2만 원 가지고 되겠습니까? 5만 원을 보태 7만 원 드리겠습니다."

"그러면 저야 고맙지요."

천창 철거 작업이 끝난 후 대문 공사를 의논했다. 나는 어제 김성원에게 대문도 만들어 달라고 부탁을 했었다. 김성원은 전에 설치한 철근 프레임에 바퀴를 달고, 방청 페인트와 검은색 페인트를 칠한 다음 목재를 붙이면 되니 하루면 할 수 있다고 했다.

"하루면 될 거예요. 제가 시간 나는 대로 와서 해 드릴 테니까 몇 번 와서 하든 하루 일당만 주세요."

"언제 하실 생각이세요?"

"내일과 월요일에는 비가 온다고 하니까 날씨가 좋아지는 대로 하겠습니다."

"알겠습니다. 천천히 해 주셔도 됩니다. 일을 마치고 자잿값을 알려 주시면 하루치 일당과 함께 송금해 드리겠습니다."

나는 천천히 해 달라고 했지만 김성원은 다음 주 중에 일을 마칠 것 같다. 이렇게 해서 대문 공사도 해결되었다. 이제는 준공검사가 끝난 뒤 벽을 설치해 보일러실 겸 창고를 만드는 일만 남았다. 그것도 가능하면 김성원에게 맡길 생각이다. 김희철은 돈을 주지 않으면 일을 하지 않겠다는 김성원을 싫어하지만 나는 전기공사를 제외한 다른 일에서는 자신이 B급이라고 하면서 한나절 수고비로 2만 원을 요구하는 김성원이 마음에 든다. 김성원이 가기 전에 한마디했다.

"저는 선생님이 김희철이나 조성수같이 나쁜 사람들을 만나 쓰지 않아도 될 돈을 쓰신다는 것을 알고 있어서 선생님에게 돈을 달라고 하기가 미안해요."

비가
새지 않는 집

오늘은 아침부터 하루 종일 비가 내렸다. 오전에는 흩뿌리는 정도였던 비가 오후가 되자 비다운 비로 바뀌었다. 나는 새집 다락에 작은 탁자를 옮겨 놓고, 그곳에서 컴퓨터 작업을 하면서 혹시라도 물이 새는 곳이 있는지 지켜보았다. 천창을 완전히 철거하고 징크 강판으로 덮었으니 비가 샐 리 없지만 그래도 직접 확인하고 싶었다. 저녁 늦게까지 지켜보았지만 빗물의 흔적은 어디에서도 발견할 수 없었다. 드디어 새집이 비가 새지 않는 집다운 집이 되었다. 천창을 철거한 것은 역시 잘한 일인 것 같다.

규정에 맞지 않는 천창을 어설프게 폐쇄해 놓고 준공검사를 받아야 하는 곤혹스러운 일을 하지 않게 된 것도 좋다. 실은 검사가 끝난 다음 폐쇄했던 것을 뜯어내고 천창을 다시 사용할 생각도 없진 않았다. 어쩌면 검사를 하는 사람도 그런 사실을 알면서 속는 척하는 건지도 모른다. 검사를 받은 후의 일은 그 사람의 책임이 아니기 때문이다. 하지만 천창을 완전히 철거했으니 서로 알면서도 속아 주는 연극이 필요 없게 되었다.

오일스테인
칠하기

일기예보에서는 어제부터 내리기 시작한 비가 오늘 오후까지도 내린다고 했다. 그러나 오전에는 비가 오지 않았다. 그래서 오일스테인을 한 번밖에 칠하지 않은, 집의 앞면과 뒷면에 붙인 적삼목에 오일스테인을 한 번 더 칠하기로 했다. 오일스테인을 칠하는 데는 특별한 기술이 필요하지 않다. 여러 번 칠하기만 하면 누구나 원하는 색깔을 낼 수 있다.

오일스테인을 사러 가면 자주 듣는 이야기가 있다.

"오일스테인을 칠하다 오셨나요?"

"아니요. 왜 그러세요?"

"오일스테인은 브랜드마다 색깔이 조금씩 달라서 색깔 이름만 가지고는 안 되고 브랜드까지 알아야 같은 색을 살 수 있거든요. 이름만 확인하고 사 갔다가 바꾸러 오는 사람들이 많아서요. 그런데 오일스테인은 세 번 정도 칠해야 원하는 색깔이 나오는 거 아시지요?"

"세 번이나 칠해야 하나요?"

"한 번 칠하면 고르게 칠해지지 않아 최소한 두 번은 칠해야 하는데 색깔을 제대로 내려면 세 번은 칠해야 해요."

나는 그동안 농막이나 데크에 오일스테인을 칠하면서 오일스테인을 파는 사람들이 왜 이런 이야기를 하는지를 알게 되었다. 따라서 오일스테인을 한 번 칠한 적삼목에 얼룩이 많이 보였지만 걱정하지 않았다. 두 번만 더 칠하면 예쁜 티크 색이 나올 것을 알고 있었기 때문이다.

먼저 테라스 안쪽에 있는 앞면 적삼목에 티크 색 오일스테인을 칠했다. 역시 한 번 더 칠하자 얼룩이 사라지고 원하던 색깔이 나오기 시작했다. 아내도 와서 거들었다. 아내는 오일스테인 칠하는 일은 나보다 훨씬 잘할 수 있다고 큰소리친다. 앞면과 뒷면에 티크 색 오일스테인을 한 번 더 칠하고 보니 집이 한 단계 업그레이드된 것 같다.

그런데 오일스테인을 칠하고 있는 동안 비구름이 다가오고 바람이 불기 시작하더니 날씨가 쌀쌀해졌다. 금년 들어 가장 춥다는 오늘 전방 고지에는 눈까지 왔다고 한다. 바람이 훅 불어와 추위를 느끼는 순간 아내와 나는 서로를 쳐다보면서 웃었다.

"그 생각 했구나. 오래전에 청주 목수가 했던, 추워지기 전에 공사를 끝내야 한다고 했던 말."

우리는 고개를 끄덕이면서 또 웃었다.

준공검사 신청!

어제는 건축 사무소에서 준공검사를 신청한다고 했던 날이다. 그러나 어제는 아침부터 저녁 늦게까지 여러 가지 일로 바빠 실제로 신청했는지 확인할 겨를이 없었다. 오후 늦게 김희철이 한 전화도 받지 못했다.

어제 바쁜 하루를 보낸 탓에 아침에 느지막이 일어나 농장으로 출발할 준비를 하는데 김희철에게서 전화가 왔다.

"어제 전화를 했는데 받지 않으셔서 알려 드리지 못했습니다. 어제 오후에 건축 사무소에서 준공검사를 신청했다는 연락을 받았습니다."

"드디어 신청했군요. 준공검사 이야기가 나오고 두 달 만인가요? 하지만 이제라도 준공검사를 신청했다니 다행입니다. 참 어렵게 신청했네요. 그동안 수고 많으셨어요."

"아닙니다. 제가 죄송하지요. 하지만 이제 준공검사를 신청했으니 늦어도 10월 말까지는 준공 허가를 받을 수 있을 겁니다."

"알겠습니다. 이제는 기다리는 일만 남았군요."

준공검사를 신청했다는 것은 사용 승인에 필요한 모든 조건이 충족되었음을 뜻하므로 준공 허가가 나는 데는 별문제가 없을 것이다.

대문 공사와
김희철의 큰소리

어제 김성원에게서 전화가 왔다. 지난 토요일 천창 철거 작업을 할 때 지붕에서 미끄러지면서 한쪽 다리에 힘을 강하게 준 적이 있는데 그 일로 며칠째 제대로 걷지를 못해서 대문 공사를 하러 오지 못했다고 했다. 나는 대문 만드는 일은 급한 일이 아니니 우선 몸부터 챙기라고 말했다. 하지만 김성원은 거의 다 나았다면서 자신도 먹고살기 위해서는 일을 해야 하니 오늘은 조금 힘들어도 일하러 오겠다고 했다.

김성원이 대문을 만드는 데 필요한 자재를 사 가지고 농장에 온 것은 오후 1시가 지나서였다. 김성원은 대문 철골 구조물에 목재를 부착할 수 있도록 각관을 잘라 철골 구조물에 용접해 붙이고, 목재(방부목)도 적당한 크기로 잘라 놓았다. 나는 시내에 가서 티크 색 오일스테인을 사다가 아내와 함께 목재를 칠했다. 먼저 칠을 한 다음 부착하는 것이 좋을 것 같았기 때문이다. 그러나 늦게 일을 시작한 터라 철골 구조물에 페인트도 칠하지 못한 채 작업을 끝내야 했다.

일이 끝나갈 무렵 김희철이 전화를 해서 저녁때 농장에 들르겠다고 했다. 나는 서로를 무척이나 싫어하는 김성원과 김희철이 만나지 않도록 하고 싶었다. 그러나 김성원이 내일 할 작업 내용을 이야기하느라 6시가 넘도록 떠나지 않아 '이러다가는 두 사람의 어색한 만남이 생기겠구나' 하는 걱정을 했다. 다행히 김희철이 늦게 와서 그런 일은 일어나지 않았다.

김희철은 7시가 넘어서 도착했다. 아내와 나는 김희철을 기다리다가 막 컵라면으로 저녁을 때우려던 참이었다. 나는 김희철에게도 컵라면을 권했다.

　"그동안 준공검사 서류 때문에 수고하셔서 저녁 식사라도 같이 하려고 기다렸는데 오시지 않아 지금 막 컵라면을 먹으려던 참이었어요. 저녁 식사 안 했으면 컵라면이라도 드실래요?"

　"저도 아직 식사를 못 하고 있었습니다. 컵라면 있으면 주세요."

　우리는 컵라면을 먹으며 이야기를 나누었다.

　"이제 준공검사를 신청했으니 실사를 나올 텐데 내가 항상 기다리고 있어야 하나요? 아니면 언제 나오는지 연락해 주나요?"

　"저도 그건 잘 모르겠습니다. 건축 사무소에 물어보면 알 수 있을 텐데요."

　"기다려 보지요. 내가 있어야 한다면 연락하고 올 테고, 내가 없어도 된다면 그냥 왔다 가겠지요."

　"그런데 대문 작업을 하고 계신 것 같네요."

　"오늘부터 시작했어요. 방부목을 사다가 오일스테인을 칠해 놓았어요."

　"조금만 더 기다리시지 그랬어요. 제가 목재를 사 드리려고 했는데."

　지난번에 왔을 때는 목재를 사 줄 수는 없고 추천만 해 주겠다고 하더니 이번에는 사 주려고 했단다. 지난번에 한 말을 잊어버렸거나 경산에서 건축비를 받아 사정이 좋아졌거나 둘 중 하나일 것이다.

　"어두워서 보지 못했는지 모르지만 천창도 완전히 철거해 버렸어요."

　"천창을요? 제가 기다리시라고 했는데."

"비가 새는데 어떻게 기다려요. 지난 주말에 비가 많이 왔잖아요. 다른 것은 기다릴 수 있지만 비가 새는 것은 못 기다리지요."

"제가 곧 다시 천창을 설치해 드리겠습니다. 조금만 기다리세요."

"천창은 꼭 필요하지 않은 거니까 됐습니다."

"아닙니다. 천창이 있는 것과 없는 것은 다릅니다. 제가 설치해 드리겠습니다. 천창은 그대로 두었지요?"

"유리는 있지만 창틀은 깨져서 버렸어요."

"그러면 천창을 다시 주문해야 되겠네요. 조금만 기다려 주세요. 집 전체를 새로 고쳐 드릴 테니까요."

지난번에 왔을 때는 풀이 죽은 모습이더니 오늘은 다시 큰소리를 치고 있다. 김희철은 아직도 우리 집 영상을 찍어 홍보에 사용할 생각을 포기하지 않은 걸까. 이러다가는 사용 승인이 나도 우리 집을 내 마음대로 할 수 없을 것 같다. 우리 집을 짓는 데 도움을 주기보다 피해를 준 김희철이 저녁 늦게 찾아와 오순도순 이야기를 나누면서 컵라면을 먹는 것도 이해하기 어려운 상황이지만, 김희철이 자신의 사업을 위해 우리 집을 마음대로 뜯어고치겠다는 것은 더 이해하기 어려운 일이다. 그러나 세상에 이해할 수 없는 일이 어디 한두 가지일까?

"그렇게 집을 다 뜯어고치려면 우리가 사는 데 지장이 많을 텐데요."

"그건 할 수 없지요. 어렵더라도 참아 주셔야지요."

조성수의 날림 공사에서 벗어나 제대로 된 집에 살려면 그 정도의 불편함은 감수해야 하지 않겠느냐는 뜻일 것이다. 나는 김희철의 이야기대로 될 가능성이 거의 없다고 생각하기 때문에 큰 걱정은 하지 않지만, 실제로 집을 다 뜯어고치는 일이 벌어진다면 그건 간단한 일이 아니다. 지금까지 1년 이상 속을 썩였던 공사가 아직 끝나지 않았음을 의미하기 때문이다. 나는 준공검사를 신청했다는 이야기를 듣고 이제 김희철이나 조성수에게서 벗어나 내 생활로 돌아갈 수 있겠구나 하는 생각을 했었다. 그런데 김희철은 아직도 나에게 지고 있는 빚을 끈으로 해서 나와의 관계를 이어 가려 하고 있다. 지난 1년 동안 김희철과 나와의 관계는 컵라면의 면발만큼이나 꼬불꼬불 꼬인 인연이 되어 버렸다. 내일은 다시 경산에 가야 한다는 김희철은 차를 몰고 어둠 속으로 사라지기 전에 다시 한번 조금만 더 기다려 달라고 말했다.

"조금만 더 기다려 주시면 집도 고쳐 드리고, 온실도 지어 드리고, 천창도 다시 내 드리겠습니다."

난도 높은 대문 공사,
난도 높은 인간관계

김성원은 어제와 오늘 이틀 동안 대문 달기, 다락 전면 창의 창틀을 무늬목으로 마감하는 작업, 아래층 창문에 블라인드 다는 작업을 했다. 이 중 가장 어려웠던 건 대문을 다는 일이었다. 다른 작업은 대부분 김성원이 혼자서 했지만 대문 달기는 나와 아내의 도움이 없었으면 가능하지 않았을 것이다. 대문을 달 때는 나와 아내가 작업을 주도하는 사수 노릇을 하고, 김성원이 조수 노릇을 했다고 해도 과언이 아니다.

대문은 총 다섯 칸인데, 그중 한 칸은 사람이 드나드는 문으로 따로 여닫을 수 있게 만들었고 나머지 네 칸은 접어서 열 수 있게 경첩으로 연결되어 있다. 따라서 네 칸 쪽은 무거운 무게로 인한 처짐을 방지하고, 열고 닫을 때 잘 움직일 수 있도록 맨 끝부분과 중간에 바퀴를 달아야 한다. 그런데 문제는 바퀴가 지나다닐 레일을 설치할 공간, 즉 대문의 두 기둥을 연결하는 각관과 대문 사이의 간격이 9센티미터밖에 안 돼 작은 바퀴밖에 달 수 없다는 것이었다. 그러나 달아 놓고 보니 작은 바퀴는 무게를 견딜 수도 없고, 잘 움직이지도 않았다.

나는 오늘 아침 일찍 일어나 대문 옆을 깊이 판 다음 대문의 두 기둥을 연결하는 새로운 각관을 15센티미터 아래쪽에 설치하고 그 옆에 레일을 설치했다. 9시가 되어 농장에 온 김성원은 다른 일을 하기 전에 우선 각관과 레일을 용접해 붙였다. 그렇게 하니 지름이 10센티미터나 되는

→ 대문 설치

큰 바퀴를 달 수 있었다. 바퀴의 축 역할을 하는 나사가 너무 길어 좁은 레일에 들어가지 않았지만 나사의 머리 부분과 끝부분을 그라인더로 잘라 내 해결했다. 그러나 아직도 네 쪽 대문의 무게 때문에 한쪽으로 기울어진 대문을 여닫기가 쉽지 않다.

검은색 페인트로 칠한 대문 골조에 티크 색 오일스테인을 칠한 방부목을 붙이고 보니 대문 모양은 그럴듯하게 보였다. 집의 색깔과도 어울려 집의 모양도 살아나는 것 같다. 보기에는 그럴듯하지만 사용하기에는 불편한 점이 있을 것이다. 실제로 작동하는 것보다는 어떻게 보이느냐에 신경 쓴 김희철의 디자인이 지닌 한계일 것이다.

저녁 식사를 하고 쉬고 있는데 울진에 가 있는 김성중에게서 전화가 왔다.

"선생님, 안녕하세요? 저 조성수 따라다니면서 일했던 김성중입니다. 별일 없으시지요?"

"아, 성중 씨, 난 잘 있어요. 울진은 재미있어요?"

"저도 잘 지내고 있습니다. 준공 허가는 받으셨나요?"

"준공 허가는 아직 못 받았어요. 지난 수요일에 준공검사를 신청했으니까 조금 더 기다려야 할 거예요."

"선생님, 제가 지금 조성수에게 너무 화가 나서 고소를 하려고 합니다."

"아직 밀린 일당을 못 받았나 보지요?"

"지금 두 달이 다 돼 가는데 아직도 사람을 가지고 놀고 있어요. 그래서 제가 대차게 나가 보려고 합니다."

"어떻게 할 생각인데요?"

"저도 저지만 조성수에게 당한 사람이 한두 사람이 아니에요. 전에 데크 용접을 했던 목수 형들도 400만 원이나 못 받았대요."

"그래요? 그 목수들은 어떻게 한답니까?"

"제가 고소하면서 목수 형들 일당 못 받은 거, 선생님네 공사 적당히 하고 내팽개친 거 다 합해서 사기죄로 고소하려고 합니다. 선생님도 사인해 주실 거죠?"

"성중 씨가 화가 많이 난 것은 알겠는데 성중 씨가 일당 못 받은 거랑 우리 집 공사 적당히 한 것은 전혀 별개의 문제예요. 성중 씨는 성중 씨 일당을 못 받은 것만 문제 삼아야지 우리 집 공사를 제대로 끝내지 않은

것은 문제 삼을 수가 없어요. 그것은 피해자인 내가 고소를 해도 해야
하는 건데 나는 고소할 생각이 없어요. 생각할수록 괘씸하지만 그냥
잊어버릴 생각이에요. 성중 씨가 못 받은 인건비와는 달리 공사비를
돌려받는 것은 간단한 문제가 아니거든요. 성중 씨는 우선 조성수 앞으로
밀린 임금을 달라는 내용증명 편지를 보내세요. 그러고도 안 주면 고소를
하든지 하고요."

"조성수를 고소하면서 조성수가 사기 친 사람들 이야기를 모두 하는
것이 더 유리하지 않을까요?"

"나도 법은 잘 모르지만 사기죄는 그렇게 간단하지 않아요. 성중 씨에게
일을 시키고 돈을 주지 않았다고 해서 다 사기죄가 되는 것이 아니고,
우리 집 공사를 날림으로 했다고 사기죄가 성립되는 것도 아니에요.
성중 씨에게 처음부터 돈을 주지 않을 생각이면서 돈을 준다고 하고 일을
시켰으면 사기죄가 될 수 있겠지만 그걸 어떻게 증명하겠어요."

"그럼 어떻게 해야 하지요?"

"성중 씨는 일하고 받는 임금이니까 쉽게 받아 내는 방법이 있을
거예요. 사기죄니 뭐니 하지 말고 임금을 받을 수 있는 방법을 알아보세요.
찾아보면 도움을 받을 곳이 있을 거예요."

"선생님은 조성수가 밉다고 저도 미워하지는 않으시겠지요?"

"그럴 리가 있나요. 나는 성중 씨의 항상 웃는 얼굴을 좋아하는
사람인데요."

"조성수와 같이 일하면서 선생님께 피해를 드려서 죄송합니다."

"그건 성중 씨 잘못이 아니니 성중 씨가 사과할 일이 아니라니까요."

"그래도 선생님께 죄송하다는 생각이 듭니다. 앞으로도 가끔 연락드려도 되지요?"

"되고말고요. 충주 오면 한번 들르세요."

전화를 끊고 생각해 보아도 성중의 생각처럼 조성수를 사기죄로 고소하는 것은 쉬운 일이 아닐 것이다. 김성중과 조성수 사이에 고용 계약 같은 것도 있을 리 없으니 조성수가 줄 돈이 없다고 하면 일당을 받아 내는 것도 쉽지 않을 것이다. 김성중은 조성수가 여기저기서 돈을 끌어다가 자기 집을 짓고 있을 것이라고 이야기했지만 그것이 사실인지는 알 수 없다. 세상은 성중의 생각보다 나쁜 사람들에게 훨씬 관대한 것 같다.

대문 공사
대차대조표

10월 15일에 시작한 대문 공사가 오늘에야 모두 끝났다. 김성원은 처음 하루 일당을 받고 대문 공사를 마치겠다고 했지만 실제로는 4.5일이 걸린 것이다. 4.5일 중 하루는 다락 전면 창 창틀을 집성목 합판으로 마감하는 작업을 했으므로 대문 공사에는 3.5일이 걸린 셈이다. 오늘은 대문 안쪽과 바깥쪽을 시멘트로 포장하는 작업까지 마쳤다. 포클레인과 같은 장비를 사용하지 않고 곡괭이와 삽으로 흙을 파낸 다음 시멘트로 포장하는 작업은 대문 공사 중 가장 힘이 많이 드는 작업이었다.

나는 김성원에게 처음 약속한 하루치 일당 대신 4.5일 치 일당인 125만 원을 주었다. 김성원은 멋쩍어하면서 이렇게 말했다.

"제가 일감의 양을 계산하는 데는 아직 서툴러서 이런 실수를 자주 합니다. 저는 하루면 될 줄 알았는데 선생님과 사모님이 많이 도와주시고도 세 품 반이 들었네요. 약속대로 하루 일당만 주셔도 되는데 알아서 챙겨 주시니 고맙습니다."

"제가 같이 일해서 그동안 애쓴 것을 잘 아는데 당연히 드려야지요. 이번 대문 공사는 난공사였어요. 고생하셨습니다."

김성원의 인건비 외에 목재와 시멘트, 아연 각관 등 대문 재료비로 100만 원 정도를 썼다. 따라서 대문 설치에 모두 225만 원 정도가 들었다. 김희철이 지불한 철골조의 값까지 계산하면 300만 원이 넘는 돈이

들었다. 내가 전에 대문을 전문적으로 만드는 회사에 전화해 견적을
받아 본 적이 있었다. 그때 받은 견적은 500만 원이었다. 따라서 대문
공사에 많은 돈이 들었다고 할 수는 없을 것이다.

　열고 닫는 데 어려움이 있기는 하지만 집과 잘 어울리는 대문을 설치한
것으로 만족하기로 했다. 대문 공사를 하면서 대문의 무게를 감안하지
않고 4+1 형태의 문을 설계한 것과 주변 지형을 고려하지 않고 대문을
너무 낮게 설치한 것 때문에 김희철을 많이 원망했는데 이제 더 이상
김희철을 타박하지 않기로 했다.

준공검사필증

오후 늦게 경산에 가 있는 김희철이 전화를 해서 건축 사무소에서 보내 준 준공검사필증을 받았다면서 내게도 이메일로 보내 주었다. 지난 8월 공사가 마무리 단계에 들어갈 때쯤부터 거의 매일 준공검사 이야기를 했는데 드디어 준공검사를 통과하고 사용 허가가 난 것이다.

나는 준공검사 신청 후 실사를 하러 나오기를 기다렸다. 그러나 아무도 오지 않아 이번 주중에 실사를 나오고, 다음 주에나 준공 허가가 날 것으로 생각하고 있었다. 그런데 준공검사필증에는 준공검사 신청 다음 날인 지난 13일(목요일)에 찍은 것으로 보이는 우리 집 사진이 첨부되어 있었다. 그러니까 지난 13일에 내가 모르는 사이에 와서 집을 살펴보고 간 것이다. 준공검사 신청 서류를 통해 세세한 내용을 확인한 다음 현장에 와서는 건물의 외관만 확인하고 간 것 같다.

그동안 준공검사에 대해서 여러 가지 이야기를 들었다. 준공검사 때의 지적 사항을 수정하느라 시간이 많이 걸렸다는 사람도 있었고, 언제 왔다 갔는지도 모르게 검사를 진행한다는 이야기도 있었다. 우리는 혹시라도 깐깐한 사람이 나와 이것저것 문제 삼을 것에 대비해 철저히 준비를 한다고 했었다. 특히 준공 허가 전에 집을 사용하면 불법 건물이 되어 문제가 될 수 있다고 해서 불편해도 농막에서 지내면서 새집은 사용하지 않았다. 결과적으로 생각보다 수월하게 준공검사 과정이 끝났다. 아마지자체마다 준공검사 항목이나 과정이 다른 모양이다.

아직 등록을 하고 취득세와 등록세를 납부해야 하고, 농지를 대지로 용도 변경하는 과정이 남아 있기는 하다. 하지만 이런 일들은 행정적인 절차일 뿐이라서 작년 8월에 시작한 주택 신축 공사는 모두 끝난 셈이다. 그동안 우여곡절이 많았지만 따지고 보면 겨우 건평 15평 남짓한 집을 짓는 작은 공사였다. 테라스까지 합해 건축 허가를 받은 면적이 24.7평이고, 건축 면적에 포함되지 않는 15평짜리 다락이 있지만 작은 집이기는 마찬가지이다. 공사에 소요된 기간도 1년 2개월이라고 하지만 측량이 끝나 실제로 공사를 시작한 때부터 계산하면 6개월이 걸렸다. 빨리 지으면 3개월이면 끝날 수 있는 공사가 3개월 더 늦어진 셈이다. 3개월 정도면 많이 늦어졌다고 할 수는 없을 것이다. 그러나 참 사연이 많은 공사였다.

준공 허가가 났다는 전화를 받고 내게 떠오른 생각은 '서로 믿지 못하는 사람들이 집을 짓다 보니 작은 집을 짓는 것도 이렇게 어렵구나' 하는 것이었다. 김희철이나 조성수가 끝까지 집을 잘 지어 줄 것으로 믿을 수 있었다면 공사가 조금 늦어진다고 조바심할 필요가 없었을 것이다. 그러나 김희철이나 조성수는 언제라도 공사를 팽개치고 달아날 수 있는 사람 같아 보였고, 그러다 보니 공사가 잠시라도 중단되면 불안해졌다.

마지막 단계에서 결국 공사를 마무리하지 않고 사라져 버리기는 했지만 쓰레기까지 치우고 늦게나마 준공 서류를 갖추어 준 조성수나, 연락을 끊고 사라지는 대신 준공 허가가 나올 수 있도록 끝까지 애를 쓰고 가능성이 낮기는 하지만 어떤 식으로든 내게 진 빚을 갚겠다고 하고 있는 김희철도 근본적으로 나쁜 사람은 아니다. 물론 내게 공사비를 미리 받아 가고도 작업자들에게 주어야 할 돈을 주지 않고 있는 것을 보면 착한 사람이라고 할 수도 없다.

어쩌면 나쁜 사람이냐 착한 사람이냐의 문제가 아니라 건축 사업을 할 능력이 있느냐 없느냐의 문제일지도 모른다. 결과를 놓고 보면 김희철이나 조성수는 집을 짓는 사업을 하기에는 능력이나 경험이 턱없이 부족한 사람들이다. 두 사람은 서로 상대방을 탓하지만 내가 보기에 두 사람 모두 공사 원가의 산출에서부터 자금 관리나 인력 관리 능력이 많이 부족한 사람들이다. 따라서 공사를 일정에 맞추어 체계적으로 진행시키지 못하고 주먹구구식으로 이 공사 저 공사를 찔끔찔끔 진행했다. 그러다 보니 어느 공사비가 어떻게 사용되는지조차 파악하지 못하고 있는 것 같았다. 항상 자잿값과 인건비가 올라 밑지는 공사를 하고 있다고 말했지만 실제로는 어느 공사에서 얼마나 밑지고 있는지도 파악하지 못하고 있었다.

그러나 내가 조바심을 하고 불안해하면서 공사를 할 수밖에 없었던 가장 큰 원인은 나에게 있었다. 믿을 수 있는 건축업자를 선별할 수 있는 능력이 없었던 것이 가장 큰 문제였다. 건축업자를 잘 알고 있는 사람의 소개를 받아 그동안의 건축 업적과 회사의 경영 상태를 살펴본 다음에 공사를 해도 문제가 생길 수 있는 것이 집 짓는 일이다. 그런데 나는 그런 과정을 모두 생략하고, 허상에 불과한 영상 자료와 사람의 겉모습만 믿고 공사를 시작했다. 거기다 공사가 시작되기도 전에 공사비의 상당 부분을 주어 버렸으니 문제가 생기지 않는 것이 오히려 이상할 것이다.

그러한 문제의 바탕에는 다른 사람을 쉽게 믿어 버리고, 모든 것을 성급하게 결정하는 나의 성격이 있다. 인격이나 양심 같은 것이 우선시되었던, 지금까지 내가 살아온 세상에서는 그런 성격이 큰 문제가 되지 않았을 뿐만 아니라 때로는 장점이 되기도 했다. 그러나 생존경쟁의 진면목이 그대로 드러나는 공사판에서는 그런 성격이 통하지 않는다. 돈을 매개로 하여 잠시 만나 같이 일을 하다가 곧 헤어지는 공사장에서는 돈만이 일할 동기를 부여한다. 돈을 받기 전까지는 일을 할 동기가 충분히 있지만, 일단 돈을 받고 난 뒤에는 열심히 일할 이유가 없어진다. 김희철이나 조성수가 내게 공사비를 미리 받아 가고도 작업자들에게는 가능하면 늦게 돈을 지불하는 것은 공사장의 생리를 잘 알고 있기 때문일 것이다.

나의 이런 성격은 다시 집을 짓는다고 해도 쉽게 바뀌지 않을 것이다. 한번 집을 지어 본 사람들은 다시는 집을 짓지 않겠다고 하면서도 다시 집을 지으면 잘할 수 있을 것 같다고들 한다는데 나는 다시 집을 짓는다고 해도 잘할 자신이 없다.

취득세 납부

19일에 준공검사필증을 받고 벌써 1주일이 지났다. 그동안 테라스 한쪽에 보일러실 겸 창고를 만들고, 주변 정리를 하느라고 시간을 내지 못해 미루고 있었는데 오늘은 오전에 법무사 사무실에 가서 등기 업무를 대행해 달라고 의뢰했다. 오후에 법무사 사무실에서 문자 메시지가 왔다. 내가 내야 할 금액이 모두 193만 1790원이라고 했다.

법무사 보수	230,000원
부가가치세	23,000원
취득세	1,564,400원
지방교육세	89,390원
등기신청수수료	15,000원
제 증명	10,000원
합계	**1,931,790원**

나는 즉시 법무사 사무실 계좌로 송금했다. 이로써 취득세까지 모두 납부했다. 며칠 후에 법무사 사무실에 가서 등기 권리증을 찾아오면 집을 짓는 모든 과정이 끝난다.

11월 2일 등기가 완료되었다는 법무사 사무실의 전화를 받고, 다음 날 등기
권리증을 찾아왔다. 시청으로부터는 농지를 대지로 전환하는 용도 변경
신청서가 접수되어 허가가 났다는 문자 메시지를 받았다. 용도 변경 신청은
환경측량에서 알아서 진행한 것 같다. 이로써 집 짓기와 관련한 모든 절차가
끝났다고 생각했다.

그런데 며칠 후 시청으로부터 토지분 취득세 납부 고지서가 날아왔다.
농지를 용도 변경함에 따라 공시지가가 상승했으므로, 대지로 전환한 토지
493제곱미터(약 150평)의 지가 상승분에 대한 취득세 86만 5000원과 도로로
전환한 68제곱미터(약 20평)의 지가 상승분에 대한 취득세 7만 4370원을
납부하라는 것이다. 농지를 대지로 전환하기 위해 농지보전부담금을 이미
냈는데 다시 취득세를 내라는 것이 이해되지 않지만 내지 않을 도리가 없었다.

준공검사가 끝난 후 10월 24일부터는 추가 공사를 시작했다. 우선
테라스에 벽을 설치해 한쪽을 다용도실로 만든 다음, 나머지 공간은 미송
루바로 마감하고 섀시를 설치한 후 LED 조명을 달아 카페처럼 꾸몄다.
다락에는 침실을 만들고 난간을 새로 설치했다. 침실을 만들면 서재로 사용할
공간이 좁아 보일 것 같았는데 오히려 더 넓어진 느낌이다. 샤워부스를
설치하는 등 화장실도 손봤으며 옷방에 선반을 달고 다락에 붙박이장도
설치했다. 난방용 온수기가 있는 계단 밑 공간에는 문을 만들어 달았다.

준공검사가 끝났을 때는 집이 을씨년스럽게 느껴졌는데 추가 공사를 마치고 나니 한결 아늑한 집으로 바뀌었다.

10월 24일 이후에 한 추가 공사 중 테라스 섀시와 붙박이장 그리고 샤워 부스 설치를 제외한 모든 공사는 김성원이 했다. 김성원은 테라스 섀시 공사도 자신이 하고 싶어 했지만 우리는 돈을 더 지불하더라도 전문 업체에 맡기는 것이 좋을 것 같아 그렇게 했다.

준공 허가를 받은 뒤로는 조성수는 물론 김희철로부터도 아무런 연락이 없다. 아마 앞으로도 없을 것이다. 지난 1년 2개월 동안 김희철 그리고 조성수로 인해 마음 썼던 일들이 벌써 조금씩 기억에서 멀어져 가고 있다. 봄 꽃이 필 때쯤에는 가까운 지인들을 초대해 삼겹살 파티라도 해야겠다.

건축비 내역

집을 짓는 데 들어간 돈은 총 1억 8695만 원이다. 처음에는 1억 원으로 집을 지어 보겠다고 시작했지만 결국 두 배 가까운 비용이 들었다. 이 중 약 1억 5300만 원이 실제 공사 대금으로 사용되었고, 2500만 원가량은 김희철에게 떼인 돈이다. 김희철에게 떼인 돈은 김희철의 디자인 비용과 인건비를 얼마로 보느냐에 따라 달라질 것이다. 나는 6월에 김희철이 나에게 3000만 원의 빚을 지고 있다고 이야기했지만 김희철은 10월에 자신이 내게 진 빚은 2000만 원이라고 했다. 그때 김희철도 나도 금액에 대해 이의를 제기하지 않았다. 금액을 가지고 따져 보아야 아무 의미가 없다는 것을 둘 다 잘 알고 있었기 때문이다.

건축을 위해 내가 지불한 돈

흙 넣기 및 터 파기	500만 원
김희철에게 지불한 돈	6500만 원
조성수에게 지불한 돈	8300만 원
김성원에게 지불한 돈	1700만 원
에어컨 설치비	377만 원
농지보전부담금	400만 원
측량 수수료	90만 원
섀시 대금	190만 원
샤워부스 설치	50만 원
커튼 및 블라인드	58만 원
붙박이장	288만 원
취득세(건물분)	156만 원
취득세(토지분)	86만 원
계	**1억 8695만 원**

실제 건축에 사용된 금액(추정)

모든 공사비는 작업자의 일당을 포함한 금액

항목	세부 항목	금액(만 원)	합계(만 원)
공사 시작 전 지불한 돈	농지보전부담금	400	
	측량 수수료	90	
	흙 넣기 및 터 파기	500	990
김희철이 집행한 공사 대금	원두막 및 데크 철거	700	
	건축 설계, 토목 설계	900	
	기초공사비	1200	
	철골 프레임 설치	1200	4000
조성수가 집행한 공사 대금	징크 판넬 공사	1200	
	다락 설치(용접, 바닥재)	300	
	축대 쌓기	300	
	추가 단열재 시공	200	
	상, 합판, 석고보드 시공	800	
	창문 및 문 설치	800	
	방통 치기	200	
	도배	150	
	주방 가구	350	
	화장실 주방 타일	370	
	전기공사	200	
	계단 설치	150	
	건식 난방	300	
	강화마루 시공	400	
	데크 및 테라스 공사	1400	
	온수 보일러 및 설비	150	7270
김성원이 한 추가 공사 대금	배수로 공사 및 대문 설치	500	
	오일스테인 비용	200	
	창고 및 테라스 설치	300	
	다락 침실 및 난간 설치	150	
	데크 확장 공사	150	
	전기공사, 천창 철거 등	400	1700

항목	세부 항목	금액(만 원)	합계(만 원)
추가 비용	에어컨 설치비	377	
	배수로 및 대문 공사	140	
	테라스 섀시 설치비	190	
	샤워부스 설치비	50	
	커튼 및 블라인드	58	
	붙박이장	288	1103
취득세	취득세(건물분)	156	
	취득세(토지분)	86	242
전체 합계			1억 5305만 원

2022년 12월 눈이 내린 어느 날